Le secret des Hautes-Terres

SUZANNE BARCLAY

Le secret des Hautes-Terres

Les Historiques

éditions HARLEQUIN

Collection : LES HISTORIQUES

Titre original : TAMING THE LION

Traduction française de MARIE-FRANCE BALAZS-KNOPP

Photo de couverture
Sceau : © ROYALTY FREE / FOTOLIA

83-85, boulevard Vincent-Auriol, 75646 PARIS CEDEX 13.
Service Lectrices — Tél. : 01 45 82 47 47
www.harlequin.fr

ISBN 978-2-2802-4507-4 — ISSN 1159-5981

Prologue

Stirling, Ecosse,
10 août 1407

Debout sur le seuil du Running Fox, Hakon Fergusson examina les lieux d'un regard inquisiteur, en clignant des yeux pour mieux distinguer la longue salle à travers la fumée des torches.

La taverne semblait nettement mieux tenue que toutes celles qu'il avait visitées ce soir-là. Les bancs et les tables étaient bien alignés et, s'ils étaient usés, on n'y voyait pas la moindre trace de cette saleté que toléraient ailleurs une clientèle trop souvent avinée et des tenanciers négligents. Les serveuses qui s'affairaient dans la pièce bondée étaient avenantes, leur tenue simple et correcte. Ce n'étaient visiblement pas des souillons.

L'attention de Hakon se porta ensuite sur les clients eux-mêmes. Bien qu'il soit déjà tard en cette soirée de samedi et que chaque table soit occupée, les gens lui parurent particulièrement tranquilles. Tout près de lui, quatre hommes comparaient sur un ton courtois les mérites respectifs des cottes de mailles et des gilets en cuir bouilli.

Six autres étaient assis devant l'âtre, la tête penchée sur un échiquier. Un brouhaha de rires et de conversations cordiales emplissait la salle où la plupart des commensaux devaient appartenir à la bonne société, à en juger par les éclats d'or et de soie qu'accrochait ici et là la lueur des torches fichées dans les murs.

Parfait ! Ces hommes-là appréciaient ce qui était bon, de toute évidence. Et ils ne rechigneraient pas à payer pour l'obtenir.

— C'est l'endroit idéal, chuchota-t-il à son compagnon, qui attendait derrière lui.

Seamus déplaça le tonnelet de whiskey sur son épaule.

— Ce n'est pas trop tôt ! bougonna-t-il. Vous ne vous doutez pas du poids que ça fait. Je ne comprends toujours pas pourquoi nous ne l'avons pas vendu dans la première auberge.

— Parce que nous en tirerons davantage ici, rétorqua Hakon.

Et Dieu savait que Hakon avait besoin de chaque écu qu'il pouvait grappiller, s'il voulait que son plan réussisse !

Quatre mois plus tôt, il avait reçu de plaisantes nouvelles. Son oncle et ses deux cousins venaient de trépasser après avoir mangé de la viande avariée lors d'un banquet, le laissant seul héritier de leur domaine dans les Highlands. Triste destin pour des Fergusson, avait songé mélancoliquement Hakon. Pour les membres masculins appartenant à sa branche du clan, celle qui vivait dans les Borders, il était d'usage de périr l'épée à la main, quand on ne se balançait pas au bout de la corde du bourreau !

Malgré tout, la perspective de posséder son propre château n'avait rien pour lui déplaire, même s'il devait pour cela quitter ces rudes terres frontalières qu'il affectionnait particulièrement. D'autant plus que le gouverneur des Borders était à ses trousses et n'aurait pas demandé mieux que de lui mettre la main au collet pour le faire pendre haut et court !

Hakon avait donc rassemblé sa troupe de ruffians les plus endurcis et pris la direction du nord, faisant ainsi la nique à lord Hunter Carmichael.

Dire que son héritage l'avait déçu était un euphémisme. Dun-Dubh consistait en un donjon en ruine, quelques acres de terres pierreuses et deux cents bouches affamées. Hakon avait vendu tout ce qu'il avait pu — les hardes des défunts, les meubles et le reste. Puis il avait décidé de retourner dans les Borders avec ses hommes, abandonnant à leur sort les deux cents manants du lieu, qui ne représentaient rien d'autre pour lui que des fardeaux.

Mais il avait changé d'avis lorsqu'il avait découvert que les Boyd, une famille voisine, possédaient une distillerie éminemment prospère.

Malheureusement, Thomas Boyd s'était révélé bien plus coriace et résolu qu'il ne s'y attendait. De toute évidence, il était déterminé à ne pas se laisser dépouiller et il avait fallu à Hakon des mois de ruses et de manœuvres pour obtenir enfin un résultat.

Avec un peu de chance, il sortirait du Running Fox avec la somme rondelette dont il avait besoin pour mener ses projets à bien.

— Eh bien, allons-y ! Nous allons voir combien nous pouvons tirer du whiskey des Boyd.

Plaquant un sourire aimable sur ses lèvres, il modifia sa démarche habituelle et pénétra dans la taverne en affectant la mine pateline d'un marchand en quête de nouveaux chalands.

Parvenu devant le comptoir, il héla l'aubergiste.

— Bonsoir ! Vous êtes bien Brann de la Side ?

L'interpellé le dévisagea avec méfiance. Trapu et replet, il avait le regard aigu d'un commerçant qui ne s'en laissait pas conter.

— Ouais, c'est bien moi. A qui ai-je l'honneur ?

— Robert Dunbar, répondit Hakon.

Le mensonge lui était venu aux lèvres tout naturellement. Ce n'était pas la première fois qu'il s'inventait un nom, le sien ayant une renommée par trop fâcheuse dans les environs.

— J'ai entendu parler de votre auberge, continua-t-il. La meilleure de Stirling, m'a-t-on assuré.

Le nommé Brann bomba le torse.

— C'est exact.

— Oh ! votre réputation n'est pas usurpée, renchérit Hakon.

Il promena un regard appréciateur sur les lieux, dont il se mit à chanter les louanges en riant sous cape. Brann se détendait visiblement. Parfait ! se réjouit Hakon. Son vieux scélérat de père lui avait toujours dit que sa bonne mine était sa meilleure arme. Grand et blond, la nature l'avait doté de traits plaisants et d'un beau regard brun derrière lequel il avait appris à dissimuler ses pensées. Bref, on lui aurait donné le bon Dieu sans confession !

— C'est la première fois que vous venez en ville ? questionna Brann.

L'homme les prenait pour des paysans, songea Hakon en réprimant un sourire.

Il avait particulièrement soigné son apparence avant de se mettre en route, enfilant des chausses noires et une tunique bleue qui avaient appartenu à son défunt oncle. Des vêtements qu'il avait délibérément choisis, non parce qu'ils lui allaient, mais parce qu'ils étaient un peu trop justes et rapiécés aux coudes et aux genoux. Les habits d'un pauvre homme qui soigne son apparence et s'efforce d'être propre… Il avait l'air parfaitement honnête et inoffensif dans ces hardes. Le genre d'homme à qui on fait tout de suite confiance !

— Oui, c'est la première fois.

L'aubergiste hocha la tête avec condescendance.

— Je vois. Les tavernes comme la mienne sont des établissements de luxe, mon garçon. Une chope ici vous coûtera plus cher que dans l'une des gargotes de la vallée.

Hakon serra les dents en examinant d'un regard oblique les tenues des autres clients. Un jour, se jura-t-il, quand la distillerie des Boyd serait entre ses mains, il s'offrirait une bonne douzaine de tuniques en velours.

— Qu'est-ce que je vous sers ? De la bière ? Du vin ?

— En fait, j'ai là quelque chose à vous faire goûter.

Hakon fit signe à Seamus de s'avancer et lui prit le tonnelet qu'il posa sur le comptoir.

Brann y jeta un coup d'œil méprisant.

— J'ai mes propres fournisseurs d'ale.

— C'est du whiskey !

— De whiskey aussi. Je ne peux pas me permettre d'acheter n'importe quoi. Mes clients sont exigeants.

C'était précisément pour cela que Hakon avait jeté son dévolu sur le Running Fox. Les clients exigeants étaient prêts à payer davantage !

— Moi aussi, assura-t-il. Mon whiskey est de qualité supérieure. Le meilleur de toute l'Ecosse !

— Ils disent tous cela, rétorqua Brann avec un haussement d'épaules.

Ce qui ne l'empêcha pas de s'humecter les lèvres en lorgnant le baril.

— Voulez-vous le goûter ?

— A quoi bon ?

Hakon sourit pour dissimuler son impatience. Que ne fallait-il pas faire ! Mais il avait besoin d'argent pour s'acheter des armes… et des complicités.

— Vos clients peuvent le goûter aussi, s'ils le souhaitent.

— Combien demandez-vous pour cela ?

— Pour la dégustation, rien du tout. Mais si vos clients l'apprécient, je peux vous en vendre dix tonnelets.

— Dix ? Ce n'est pas grand-chose.

Hélas ! c'était tout ce que Thomas Boyd avait avec lui, quand il avait eu la malchance de tomber dans l'embuscade que lui avait tendue Hakon.

— J'en ai d'autres chez moi, mentit-il.

Ou plutôt, les Boyd en possédaient en quantité. Il lui restait juste à trouver un moyen de s'en emparer !

— Si nous parvenons à nous entendre sur un prix, je pourrai vous en faire livrer régulièrement.

Brann parut réfléchir.

— Cela me semble correct, acquiesça-t-il enfin.

Hakon sourit. Correct ? C'était tout à fait ce qu'il souhaitait entendre ! Il voulait à tout prix passer pour un gentil garçon, honnête et franc ! Cette apparence lui avait permis d'attirer plus d'une victime dans ses filets.

— Si votre homme veut bien ouvrir le fût ? demanda Brann.

Hakon jeta un coup d'œil à Seamus. Le bonhomme avait fait ses armes sous la férule de son père et possédait de multiples talents — espionnage, filature, vol et même assassinat. Mais s'il était une chose qui échappait à ses compétences, c'était bien ouvrir un tonneau autrement qu'en le fendant d'un coup de hache.

— Hem… C'est votre taverne, maître Brann. Nous vous laissons faire.

Brann hocha la tête, tira un petit crochet de métal de dessous la table et ôta le bouchon en un tournemain. Puis il se pencha et renifla le liquide d'un air suspicieux, sans quitter les deux hommes de l'œil.

— Eh bien ? s'enquit Hakon.

— L'odeur est prometteuse, convint le tenancier. Un mélange subtil de fumée et d'alcool.

D'une main impatiente, il versa une mesure dans une tasse de bois et la porta à son nez pour la respirer à fond.

— Ah…, exhala-t-il, avant de goûter le breuvage avec respect.

Les yeux clos, il renversa la tête en arrière pour laisser le whiskey descendre dans sa gorge. Puis il poussa de nouveau un soupir extatique.

Hakon adressa un clin d'œil à Seamus. L'aubergiste avait plongé !

Maître Brann abaissa lentement sa tasse et rouvrit les yeux.

— Pas si mauvais, marmonna-t-il, en homme expert dans l'art du marchandage. Vous avez bien dit que mes clients pouvaient aussi le goûter ?

Hakon acquiesça.

— Une gorgée, pas plus !

Laissant le tavernier verser le whiskey dans des tasses, Hakon et Seamus s'éloignèrent du comptoir et s'adossèrent contre un mur.

— Un Fergusson qui donne quelque chose pour rien ! commenta Seamus en secouant la tête. Votre père doit se retourner dans sa tombe.

— Oh non ! il comprendrait. Maître Brann paiera le prix fort, si ses clients sont conquis.

Seamus croisa les bras sur sa maigre poitrine.

— Nous tirerons grand profit du lot, d'accord. Mais après ?

— Après, nous introduirons un espion à Kennecraig, pour savoir si Thomas ne mentait pas quand il a affirmé avoir entreposé des barils de poudre dans sa distillerie.

Prêt à la faire sauter si Hakon attaquait le château...

Seamus haussa les épaules.

— Il mentait. Qui serait assez fou pour faire exploser son donjon, uniquement pour nous empêcher de le prendre ?

— Un homme désespéré.

Le mois dernier, Thomas Boyd avait préféré mourir plutôt que d'abandonner Kennecraig à Hakon.

— Les Boyd vont se montrer encore plus méfiants, maintenant que leur laird n'est plus là.

Les Boyd... Hakon était persuadé qu'ils n'ignoraient pas qui avait tué Thomas, même s'il avait fait son possible pour que le meurtre apparaisse comme un simple accident.

— Au diable ! J'aurais préféré que Guthrie se contrôle un peu ! Thomas Boyd nous aurait été plus utile vivant que mort.

Seamus hocha la tête, une crainte respectueuse dans le regard.

— Votre fils a hérité des penchants sanguinaires de son grand-père, c'est un fait.

— Tuer Thomas était une erreur. Avec lui comme otage, nous aurions pu nous introduire aisément à Kennecraig.

— Bah, nous gagnerons quand même ! A présent, le domaine est dirigé par une femme...

Hakon émit un grognement pour toute réponse. Catlyn de Kennecraig n'était peut-être qu'une femme, mais elle avait déjà prouvé qu'elle n'avait pas froid aux yeux. Lorsqu'il avait enfourché son destrier pour aller lui exprimer ses condoléances et lui offrir sa protection, à présent que le clan n'avait plus de chef, la petite sorcière l'avait accueilli du haut des remparts et l'avait traité haut et fort de meurtrier.

Puis elle l'avait tout bonnement envoyé au diable lorsqu'il lui avait proposé d'épouser son fils Guthrie. Et elle avait conclu sa tirade en confirmant les menaces de son père : elle ferait sauter la distillerie si Hakon s'avisait d'attaquer le donjon.

Il cracha sur le sol.

— Bon sang ! Qui aurait pensé qu'un Fergusson se verrait ainsi tenu en échec par une donzelle et un clan de distillateurs ?

— Patience ! Il nous faut réfléchir et mettre au point un stratagème, le rassura Seamus.

— Oui, mais lequel ? Catlyn Boyd ne laissera jamais un Fergusson approcher à moins d'un mile de ses portes. Pourtant, il me faut cette distillerie !

La seule pensée des piles d'or que lui rapporterait tout ce bon whiskey lui mettait déjà l'eau à la bouche.

A cet instant, la porte de la taverne s'ouvrit et plusieurs hommes firent leur entrée, apportant une bouffée d'air humide et un joyeux brouhaha d'éclats de rire. Hakon fit une moue de mépris. C'était exactement le genre de godelureaux qu'il détestait. Jeunes, beaux et élégants ! Des fils de nobles, visiblement, qui affichaient leur arrogance avec autant de naturel qu'ils portaient leurs pourpoints de soie et de velours.

— Par tous les diables ! s'exclama Seamus.

— Qu'y a-t-il ?

— J'en reconnais un. Le grand brun à la figure d'archange, là-bas.

Hakon eut tôt fait de repérer l'homme. Plus grand que les autres, il avait les épaules incroyablement larges, les cheveux couleur d'ébène et un visage presque trop parfait pour appartenir à une créature terrestre. Apparemment, c'était aussi l'avis des serveuses, car elles abandonnèrent leur tâche séance tenante pour aller accueillir le nouveau venu et ses compagnons.

— Qui est-ce ? questionna Hakon.

— Ross Lion Sutherland.

— Quoi ? Le neveu de Hunter Carmichael ?

— C'est cela. Le jeune Ross est du genre qu'on n'oublie pas. Je l'ai aperçu à Keastwicke, quand je suis allé récupérer le corps de votre père.

Hakon se raidit, le ventre tordu par un spasme de haine. Hunter n'avait pas tué Aedh Fergusson, mais c'était lui qui avait dirigé le raid de représailles qui s'était achevé par la mort d'Aedh. Le gouverneur était une épine dans le pied du clan Fergusson depuis qu'il avait pris son poste. Un pompeux imbécile, qui prétendait instaurer la paix dans les Borders. A cause de ses patrouilles, il était devenu quasiment impossible de conduire un raid avec succès ou de voler une seule tête de bétail. Hunter et son équipe avaient pratiquement réduit les Fergusson à la famine.

Les paupières étrécies, Hakon regarda les serveuses ravies diriger les nouveaux venus vers une table à l'autre extrémité de la salle. Plus il examinait le beau visage souriant de Ross Sutherland, plus la haine croissait en lui. L'homme s'assit avec aisance et commanda nourriture et boisson, tapotant la joue des filles avant de leur glisser quelques piécettes dans la paume. Ce petit arrogant se prenait pour un roi !

— Quel plaisir ce serait de lui rabattre sa superbe ! marmonna-t-il entre ses dents.

Seamus porta la main à la poignée de sa dague.

— Vous voulez que je l'expédie ?

Mais Hakon secoua lentement la tête. Contrairement à son père et à son fils, il ne considérait pas la mort comme un châtiment satisfaisant. C'était trop définitif. En revanche, s'il avait la possibilité de faire longuement souffrir ceux qui lui avaient causé du tort…

Oui, c'était bien la meilleure forme de vengeance.

— Il sait s'y prendre avec les femmes, commenta Seamus, goguenard. Il n'y en a pas une qui ne vendrait son âme au diable pour finir la nuit dans son lit. Si toutefois il est encore en état de la satisfaire… J'ai l'impression qu'il apprécie notre whiskey.

— Messire Robert ! héla au même instant le tavernier. Lord Ross voudrait vous acheter un tonnelet. Ses hommes et lui viennent régulièrement ici depuis une semaine et il paie toujours rubis sur l'ongle. Si nous pouvons nous mettre d'accord sur le prix…

Hakon jeta un coup d'œil vers Ross et hocha la tête.

— Bien sûr.

Lord Ross arborait le sourire facile et l'expression légèrement ennuyée d'un homme qui a l'habitude d'obtenir tout ce qu'il veut dans la vie. Un homme qui s'adonnait sans doute aux vices habituels — les femmes, la boisson et le jeu.

Des vices que Hakon comprenait et pratiquait lui-même.

L'excitation monta en lui, tandis qu'une idée commençait à germer dans sa tête. Un stratagème qui lui permettrait d'utiliser Ross Sutherland et de le faire souffrir par-dessus le marché…

— Donald ?

Seamus mit une seconde à réagir. Il avait oublié qu'il était censé se nommer Donald Dunbar pendant la durée de leur séjour à Stirling.

— Allez chercher les autres barils ! lui intima Hakon.

Seamus se rua hors de la taverne, un sourire aux lèvres. Hakon avait un plan, il l'avait lu dans ses yeux. Et ce plan allait fonctionner, car Hakon Fergusson était l'homme le plus rusé de la terre.

Il suffisait de demander à tous ceux qui s'étaient laissé prendre dans ses rets.

Chapitre 1

Château de Kennecraig, Ecosse
17 août 1407

L'orage grondait sur les monts Grampian et dans l'étroite vallée de Finglas. Amplifié par les parois rocheuses, le roulement se répercutait jusqu'au château perché sur une crête, accentuant la solennité de la scène qui se déroulait dans la pièce souterraine.

La dégustation du *uisge beatha*.

La liqueur de vie.

Le breuvage nourricier du clan Boyd.

Vêtue d'une virginale tunique de laine blanche, ses cheveux couleur de miel cascadant jusqu'à ses hanches, Catlyn Boyd pénétra dans la haute pièce voûtée. C'était l'instant pour lequel on l'avait préparée toute sa vie. Ses paumes étaient moites de trac. Mais la joyeuse excitation qu'elle aurait dû ressentir était obscurcie par le chagrin.

— Papa, chuchota-t-elle. Vous nous avez été enlevé trop tôt.

Dieu que son père lui manquait ! Elle se rappelait la patience avec laquelle il répondait à ses innombrables questions, son courage, son inépuisable sagesse. Et surtout, la prévoyance dont il avait fait preuve en insistant pour faire d'elle son héritière après la mort accidentelle de son jeune frère.

— Oh ! papa, j'ai besoin de vous ! Plus que jamais…

Elle promena un long regard sur la salle, puisant des forces dans la vue des objets familiers. Ce n'était pas une grande pièce, mais elle était riche d'une longue histoire. Les tapisseries des murs avaient été tissées par sa mère, sa grand-mère et ses aïeules. Six générations de femmes… Deux colonnes de pierre supportaient le plafond voûté où pendait une roue de métal portant un cercle de chandelles. La lumière qui en rayonnait faisait luire l'unique meuble du lieu, une immense table de chêne aussi vieille que le château lui-même. Au centre était posé un joyau de famille encore plus ancien.

Le calice.

En cristal de roche, il était si transparent que la lueur des bougies traversait le liquide ambré contenu à l'intérieur. Plusieurs siècles plus tôt, Henri de Boyd, grand voyageur devant l'Eternel, avait ramené le calice des régions méditerranéennes, ainsi que la recette pour distiller de l'alcool à partir de grains.

Le cœur battant de fierté, Catlyn dénombra des yeux les hommes du clan assemblés dans le cercle doré de la lumière. Chacun des assistants était ici parce que la tradition le voulait, mais aussi parce qu'il jouait un rôle dans la fabrication du whiskey.

Le visage de Roland, le maître brasseur, était sombre et tendu. Si la qualité du breuvage était insuffisante, il pouvait perdre le poste qu'avaient détenu son père et son grand-père avant lui.

Son fils et apprenti, Wesley, souriait avec toute la confiance de la jeunesse. Gordie, le tonnelier, semblait surveiller le baril qu'il avait posé sur le sol, inquiet d'y déceler une fuite.

Catlyn posa enfin les yeux sur Adair. Le meilleur ami de son père.

Un nouvel élancement de chagrin lui poignit le cœur. Même après un mois, elle n'arrivait pas à accepter qu'il soit parti, cet homme généreux qui avait guidé ses premiers pas dans la vie et lui avait transmis tout son savoir, quand le destin avait fait d'elle son unique héritière.

— Il est temps, ma fille, fit doucement Adair.

Une ombre de tristesse assombrissait son regard. Visiblement, il prenait sur lui pour ne rien montrer de sa peine.

Catlyn acquiesça d'un hochement de tête, prit une profonde

inspiration et se dirigea vers la table. Sans hésitation, elle souleva le calice et laissa les vapeurs d'alcool monter jusqu'à ses narines. Une odeur si âpre qu'elle lui coupa presque la respiration. Exactement ce qu'il fallait pour un jeune whiskey d'un an.

On lui avait enseigné toutes les subtilités de la distillation et elle avait été élevée pour cela, pendant que les autres filles apprenaient la broderie et les tâches ménagères.

Le moment était venu de mettre la théorie en pratique.

Elle porta le calice à ses lèvres. Aussitôt, le liquide lui incendia la bouche. Elle renversa la tête pour le laisser glisser tout au long de sa gorge. La sensation de brûlure persista un instant sur sa langue avant de laisser place à des sensations plus subtiles à l'arrière de son palais. Un goût de terre, de fumée et d'alcool, nuancé par une touche plus douce qui atténuait le feu du liquide, invitant à goûter encore…

La voix de Roland s'éleva soudain, sarcastique.

— Comment pouvez-vous savoir s'il est bon ?

Catlyn sursauta et avala de travers, ce qui ne lui était pas arrivé depuis qu'elle avait goûté sa première gorgée de whiskey bien des années plus tôt.

Adair lui prit la coupe des mains et lui frappa dans le dos.

— Il est fort, n'est-ce pas ?

— Le whiskey est une boisson d'homme, grogna Roland. Lord Thomas aurait dû confier la distillerie à l'un de nous.

L'insinuation était claire. Pour lui, Catlyn n'était pas digne de succéder à son père !

Elle releva pourtant le menton.

— J'ai travaillé à côté de mon père depuis que je sais marcher.

— Regarder et faire, ce n'est pas la même chose.

Roland emplit une corne à boire et avala plusieurs gorgées. Les autres attendirent en retenant leur souffle. Catlyn les imita.

— Pas mauvais, marmonna-t-il enfin.

Le jeune Wesley remplit une corne à son tour et la vida. Puis il exhala longuement son souffle.

— Ouh ! Il vous coupe la respiration, s'écria-t-il, les yeux emplis de larmes.

— C'est ce qu'il faut, rétorqua son père, qui lui ôta la corne des mains. J'aimerais bien que tu fasses preuve d'un peu plus de respect envers mon travail en n'ingurgitant pas cela en trois lampées. Ma parole, on dirait un marin ivre qui écluse sa chope d'ale dans une gargote du port !

— Oui, papa.

Adair prit à son tour une gorgée, qu'il fit rouler longuement dans sa bouche avant de l'avaler.

— Evidemment, il sera meilleur dans quelques années.

— Lord Thomas le savait bien, opina Roland. Oh ! il avait du palais, lui ! Et de l'expérience...

Il dévisagea Catlyn avec dédain. De toute évidence, il l'accusait de manquer des deux.

Catlyn fixa tour à tour chacun des assistants dans les yeux.

— Je sais que je suis jeune, mais mon père m'a toujours dit que j'avais le palais et le nez qu'il fallait.

— Il vous faudra plus que cela si vous voulez empêcher Hakon Fergusson de nous prendre tout ce que nous possédons, rétorqua Roland d'un air sombre.

Adair le foudroya du regard.

— Kennecraig n'a jamais été pris, et il ne le sera pas tant que j'aurai un souffle de vie dans le corps !

— Belles paroles ! persifla Roland. Lord Thomas a dit la même chose quand ce Hakon a commencé à rôder par ici. Et regardez où il est à présent !

— Dans la tombe, murmura Wesley.

Catlyn frissonna.

— Hakon n'attaquera pas, de peur que nous ne fassions sauter la distillerie avec tout le whiskey qu'il convoite.

— Cela le retient pour le moment, concéda Roland, mais...

— Père affirmait que Hakon est le genre de brute qui s'attend à ce que ses victimes cèdent tout de suite. Quand il verra que nous ne nous laissons pas faire, il passera son chemin et ira chercher ailleurs des proies plus faciles.

Roland émit un grognement.

— Le whiskey de l'an dernier est prêt à être mis en tonneau et celui d'il y a quatre ans est bon pour la vente. Mais comment le sortirons-nous d'ici, avec Hakon qui n'arrête pas de rôder dans les parages ?

— C'est moi que cela concerne, intervint Adair. Si nous avions les moyens, je louerais des mercenaires pour escorter le convoi.

Roland secoua la tête.

— Nous n'aurons pas un sou tant que nous n'aurons pas vendu le *finglas*. Pas même pour acheter de la nourriture. Si nous ne faisons pas rentrer promptement des provisions, nous allons tous mourir de faim. Hakon n'aura même pas besoin d'attaquer le château, nous lui épargnerons cette peine !

Ces sombres prévisions semblaient le réjouir, observa Catlyn. En était-il à souhaiter du mal à tout le monde pour le plaisir de la savoir en difficulté ? Elle sentit le fardeau s'alourdir sur ses épaules, bien qu'elle prît sur elle pour n'en rien montrer.

— Je trouverai un moyen de…

Elle fut interrompue par des coups frappés à la porte. Les assistants se regardèrent, inquiets. Il fallait que ce soit important, pour que quelqu'un ait pris sur lui d'interrompre la sacro-sainte cérémonie de la dégustation.

Adair alla ouvrir.

— Je vous ai déjà dit que vous n'étiez pas le bienvenu ici, grogna-t-il en découvrant le visage avenant du bel Eoin.

L'ex-fiancé de Catlyn releva fièrement le menton.

— Il y a un groupe de cavaliers à la porte. Ils demandent à entrer pour s'abriter de l'orage.

— Des Fergusson ! marmonna Roland.

Le nom éveilla des échos sinistres dans la pièce.

— Non, non ! protesta Eoin. Ce sont de simples voyageurs. Je pense que…

— Ce que vous pensez n'intéresse personne ! interrompit sèchement Adair.

Catlyn posa une main sur son bras. Le brave capitaine ne

pardonnait pas à Eoin de l'avoir trahie. Mais à un moment où ils avaient tant besoin d'unir leurs forces, elle ne laisserait pas ce différend les diviser.

— Merci d'être venu nous informer, Eoin. Je vais aller voir de quoi il retourne, dit-elle d'une voix sereine avant de sortir précipitamment.

Elle remonta l'escalier et emprunta un corridor faiblement éclairé pour déboucher dans la cour. Le vent s'engouffra aussitôt dans ses jupes et cingla ses cheveux, apportant une odeur mouillée annonciatrice de pluie. Au-dessus d'elle, le tonnerre grondait et des éclairs zébraient le ciel chargé de nuages.

— Vous feriez mieux de vous dépêcher si vous ne voulez pas être trempée, conseilla Eoin, qui se hâtait à son côté avec un zèle de chien fidèle.

Fidèle ? Catlyn eut un sourire ironique. L'adjectif était vraiment mal choisi pour qualifier Eoin. Le jeune homme l'avait en effet trompée avec celle que Catlyn avait longtemps considérée comme sa meilleure amie. En dépit de tous ses efforts, Catlyn ne pouvait ni oublier ni pardonner leur trahison. Dora l'avait accepté et se tenait autant que possible hors de son chemin. Mais Eoin, plus pervers, semblait décidé à la reconquérir.

— Attention, les marches sont raides.

Il voulut lui saisir le coude pour l'aider à gravir les degrés de la tour de garde, mais elle se dégagea d'un geste brusque.

— Je les ai montées toute ma vie !

Prenant appui d'une main au mur rugueux, elle lutta contre le vent pour atteindre le sommet de l'édifice. Puis elle se pencha pour regarder en bas et aperçut un groupe d'hommes blottis contre la porte, sans doute pour se mettre à l'abri du vent.

— Oh ! mon Dieu, il faut faire quelque chose !

— Nous ne pouvons pas les laisser entrer, déclara Adair, qui venait de la rejoindre.

— Je sais. Mais papa se retournerait dans sa tombe s'il savait que nous renvoyons des voyageurs par un temps pareil.

— Si ce sont des Fergusson et que nous leur ouvrons

les portes, c'est nous qui allons rejoindre votre père dans la tombe ! s'écria Adair.

Debout de l'autre côté de Catlyn, Eoin eut une exclamation de dédain.

— Vous avez déjà vu des Fergusson aussi bien habillés ? Ils portent des cottes de mailles sous leur tabard et leur chef a une armure complète.

— Alors ce sont des mercenaires ! rétorqua Adair.

— Hakon n'a pas les moyens d'en payer.

— Qui vous dit qu'il ne leur a pas promis de les régler après qu'il se sera emparé de notre distillerie ?

— Vous en savez beaucoup, hein, mon vieux ? Mais les mercenaires veulent des pièces sonnantes et trébuchantes, pas des promesses !

— Taisez-vous ! leur enjoignit Catlyn, excédée. Je n'arrive pas à réfléchir avec tout votre tapage.

Elle chercha de nouveau du regard l'homme qui avait demandé l'asile quelques instants plus tôt. Il s'était présenté à Eoin sous le nom de Ross Sutherland et avait prétendu que ses compagnons et lui étaient des voyageurs égarés, en route vers Inverness.

Luttant contre le vent, Ross Sutherland se tenait bien droit sur sa selle, contrôlant sa monture rétive avec une aisance de cavalier expérimenté. Son visage était levé vers la meurtrière de la tour où s'encadrait Catlyn, mais il n'y avait rien de suppliant dans son attitude. Tout en lui exsudait l'arrogance, depuis l'inclinaison de sa tête jusqu'au contour de ses mâchoires carrées. Le reste de son visage disparaissait dans l'ombre de sa visière. Mais son regard devait être aussi impérieux que ses manières, Catlyn n'en douta pas une seconde.

— Ce ne sont pas des Fergusson, s'obstina Eoin. Envoyons quelqu'un les examiner de plus près et…

— Vous n'avez pas votre mot à dire ! coupa Adair.

Eoin s'empourpra. Il tourna ses grands yeux bruns vers Catlyn — ces yeux qu'elle avait crus sincères et qui lui avaient menti sans vergogne, du temps où il lui jurait un éternel amour.

— C'est à vous de décider, Catlyn.

Elle redressa les épaules.

— Nous ne pouvons pas prendre le risque de les laisser pénétrer céans. Ils sont trop nombreux.

Elle en avait compté vingt-cinq. Bien sûr, il y avait une centaine d'hommes en âge de combattre sous son toit. Mais tout de même…

Eoin posa une main sur son bras.

— Je sais que cela vous fend le cœur de les laisser dehors dans la tempête. Laissez-moi aller leur parler, j'essaierai de déceler leurs intentions.

Catlyn se dégagea. Et dire qu'il y avait eu un temps où le simple toucher de cet homme lui faisait battre le cœur ! Mais c'était avant qu'elle ne découvre sa liaison avec Dora.

— C'est gentil, mais si vous vous faites capturer…

— Ce sera un bon débarras ! grogna Adair.

Si Catlyn avait écouté l'ami de son père, elle aurait chassé Eoin de Kennecraig depuis longtemps. Adair, en effet, ne pardonnait pas au bellâtre d'avoir brisé le cœur de sa maîtresse.

Catlyn lui fit les gros yeux.

— Voyons, Adair ! S'ils s'emparent d'Eoin, nous serons obligés de marchander avec eux.

Malgré ses paroles raisonnables, elle ne put toutefois s'empêcher de songer qu'il serait divin d'être débarrassée d'Eoin. Elle se reprit bien vite, honteuse.

La voix grave et profonde de Ross Sutherland s'éleva pour les interpeller. Catlyn revint se placer à la meurtrière et allait lui répondre, mais Adair la devança.

— Nous ne pouvons pas vous laisser entrer !

— Voilà qui n'est pas très chrétien de votre part, observa le voyageur.

— Il nous faut songer d'abord à notre sécurité.

— Nous ne vous voulons aucun mal, vous avez ma parole.

— Le monde est plein de menteurs, riposta Adair, qui coula un regard significatif à Eoin.

Un grondement de tonnerre couvrit la réponse de Ross

Sutherland. De larges gouttes commencèrent à tomber du ciel obscurci.

Catlyn se pencha à la meurtrière, ignorant les grommellements désapprobateurs d'Adair.

— Un instant, sire chevalier !

Un sourire éclaira le visage de l'interpellé, dévoilant des dents parfaitement blanches.

— Merci de votre intervention, milady. Il commence à pleuvoir ferme !

— Oh ! nous ne pouvons pas vous laisser entrer. Mais si vous voulez bien attendre un instant, je vais vous faire descendre des couvertures et de quoi vous restaurer.

Le sourire disparut aussitôt, remplacé par un rictus de colère.

— Nous avons déjà des couvertures. Celles que vous voulez nous donner se mouilleront aussi vite que les nôtres. Ce qu'il nous faut, c'est un toit pour nous abriter avant que l'orage n'éclate.

Catlyn jeta un coup d'œil à Adair et soupira.

— Je… je suis navrée, sir Ross, mais c'est impossible. Ne pensez pas que nous manquions de charité. Mais nous avons un puissant ennemi aux alentours et nous ne pouvons pas courir le risque de faire entrer ici des gens qui seraient ses complices.

— Comme vous voudrez !

De toute évidence, Ross Sutherland avait aussi son amour-propre, car il fit faire demi-tour à son destrier et s'engagea dans l'étroit sentier qui descendait vers le plateau.

Le château de Kennecraig était perché au bord d'un précipice et cette piste était son unique accès, ce qui le rendait pratiquement imprenable. Les archers postés sur les remparts pouvaient aisément envoyer une volée de flèches ou même de la poix brûlante sur d'éventuels assaillants, obligés de s'avancer à la file indienne sur le chemin. Les Boyd savaient tous que le château ne pouvait être pris que par la ruse.

Une raison de plus pour éloigner les Sutherland, songea Catlyn. Pourtant, elle détestait ce qu'elle était en train de faire.

Les mains en porte-voix, elle cria :

— Il y a une épaisse pinède au bord de la rivière !

Elle n'obtint pas de réponse mais n'en continua pas moins d'observer les voyageurs.

Parvenue sur le plateau, la troupe fit brusquement halte. Elle en comprit vite la raison en voyant une horde armée jaillir soudain de derrière les énormes rochers qui bordaient la plate-forme.

Un petit cri lui échappa lorsqu'elle distingua les plaids sombres, entrecroisés de fils rouges et blancs reconnaissables entre tous.

— Les Fergusson !

Hakon se tenait à l'avant, identifiable à sa haute silhouette et sa longue chevelure pâle.

— Ils devaient se tenir en embuscade, sans doute avec l'intention de nous attaquer, observa Adair. Si ces Sutherland ne les avaient pas débusqués sans le vouloir…

— Oh ! mon Dieu ! Vous croyez que Hakon va s'en prendre à eux ?

— Je n'en sais rien, ma fille.

— Mais ils ne lui ont rien fait !

Catlyn retint sa respiration, toute son attention concentrée sur le drame qui se déroulait en bas, dans la pénombre croissante. Ross Sutherland désigna d'un geste Kennecraig, en repoussant sa cape sur ses larges épaules. Sans doute expliquait-il leur problème à Hakon.

— Hakon va peut-être les emmener à Dun-Dubh et leur offrir un refuge ?

A peine eut-elle prononcé ces mots qu'elle vit Hakon tirer son épée. Un concert d'exclamations horrifiées s'éleva autour d'elle, rapidement couvert par les cliquetis des épées. Les éclairs qui sillonnaient le ciel éclairaient par intermittence la scène de la bataille. Les Sutherland se battaient vaillamment, mais les Fergusson, plus nombreux, les faisaient peu à peu reculer. Lorsque le premier Sutherland tomba, Catlyn prit une brusque décision.

— Adair, il faut faire quelque chose !

— Oui. Archers, tous sur les remparts ! ordonna le capitaine, qui dévala l'escalier de la tour avec une célérité inattendue pour son âge.

Eoin et Catlyn se précipitèrent à sa suite.

Elle rattrapa Adair au pied des degrés et lui agrippa le bras.

— Qu'allez-vous faire ?

— Faire entrer les Sutherland si je le peux.

— Mais vous n'aurez pas à sortir, n'est-ce pas ?

L'inquiétude la submergeait. Elle craignait pour les siens, redoutant que les Fergusson ne se glissent dans l'enceinte à la faveur du désordre.

— J'ai bien peur que si, répliqua Adair.

La herse se relevait déjà, dans un grincement de chaînes et de poulies.

— Mais les archers nous couvriront. Restez à l'intérieur, ajouta Adair en lui tapotant la joue. Vous devriez commencer à préparer des pansements et des bandages.

Catlyn voulut protester, mais il avait déjà disparu. En se retournant, elle tomba sur un petit groupe de servantes qui se serraient les unes contre les autres en sanglotant. Avant que Hakon Fergusson n'entre dans leur vie, les gens de Kennecraig ne savaient pas ce qu'étaient la peur et la violence.

— C'est vrai ? interrogea Ulma. Hakon est ici ?

Le visage de la camériste, plutôt rougeaud en temps normal, était à présent blafard et son gai regard bleu tout assombri.

Catlyn ne chercha pas à leur mentir. Ses parents lui avaient appris que la vérité, aussi terrible qu'elle fût, valait toujours mieux qu'un mensonge.

— C'est exact. Mais leur plan a été dérangé par les Sutherland. Certains d'entre eux sont blessés, poursuivit-elle abruptement. Nous devons préparer tout ce qu'il faut pour les soigner.

— Que devons-nous faire ? s'enquit une voix tremblante.

— Dora va vous le dire, elle…

Catlyn s'arrêta net. Dora n'était plus gouvernante céans. Elle l'avait congédiée après l'avoir surprise dans les bras d'Eoin. Avant elle, c'était la mère de Catlyn qui dirigeait la maisonnée.

Mais lady Jeannie n'était plus la même depuis le décès de son époux. Et Catlyn elle-même manquait d'expérience en matière d'arrangements domestiques. La maison n'avait jamais été son domaine !

— Nous devrions peut-être demander à la vieille Freda de préparer ses herbes et ses onguents, suggéra doucement Ulma.

— Oui, bien sûr.

Catlyn faillit l'embrasser pour le conseil.

— Freda saura quoi faire, renchérit-elle. Allez toutes l'aider, voulez-vous ?

Honteuse d'être si peu à la hauteur, Catlyn regagna le poste de garde. Accablée par le chagrin et le poids de ses nouvelles responsabilités, elle n'avait pas songé à nommer quelqu'un d'autre au poste de gouvernante. Elle y remédierait dès demain, se promit-elle.

Postée devant la meurtrière, elle observa le chemin qui descendait de Kennecraig. Adair et ses compagnons se dirigeaient vers le plateau où avait éclaté le combat. La pluie avait redoublé d'intensité et leurs armes brillaient à la lueur des éclairs. L'espace d'un instant, elle craignit que le capitaine n'entraîne leurs hommes dans la mêlée. Mais parvenu à mi-chemin, il s'arrêta et mit ses mains en porte-voix.

— A moi, les Sutherland !

Les Fergusson et les Sutherland se retournèrent de concert et la bataille marqua un temps d'arrêt.

— Revenez vers nous ! cria Adair. Nous vous offrons l'asile !

Comme pour ponctuer cette offre, il porta un coup de lance au Fergusson le plus proche, qu'il atteignit en pleine poitrine. L'homme bascula de son cheval et tomba lourdement sur le sol.

— Enfer ! rugit Hakon Fergusson, qui égrena un chapelet de jurons.

Les Sutherland firent demi-tour et s'engagèrent au galop sur la piste, poursuivis par les Fergusson qui brandissaient leurs épées.

— Archers ! cria Catlyn.

Une volée de flèches enflammées fusa aussitôt dans le ciel

enténébré. Leurs pointes de métal étincelant à la lueur des éclairs, elles décrivirent un arc de cercle avant de s'abattre derrière les Sutherland, protégeant ainsi leur retraite.

Catlyn ne put retenir un sourire en voyant les Fergusson s'arrêter net, le visage distordu de rage. Leurs montures piaffaient et se cabraient, les sabots dangereusement près du bord du ravin.

— Archers ! cria-t-elle de nouveau.

La seconde volée de flèches maintint les Fergusson à distance pendant que leurs adversaires s'engouffraient dans Kennecraig, aussitôt suivis par les Boyd.

Catlyn descendit en hâte dans la cour et chercha Adair pour le féliciter. Le chaos le plus total régnait autour d'elle. Les serviteurs couraient en tous sens et les chevaux s'ébrouaient, tandis que les hommes échangeaient des cris de victoire et s'assenaient de grandes tapes dans le dos.

Une voix domina soudain le tumulte.

Catlyn fit volte-face juste à temps pour voir un cavalier se laisser glisser à bas d'un énorme destrier noir. Elle reconnut aussitôt Ross Sutherland, à sa haute taille et à l'autorité qui émanait de sa personne.

— Une embuscade !

Il arracha son heaume et le jeta sur le sol. La pluie fouetta ses cheveux couleur d'ébène, mais même ainsi, trempé jusqu'aux os, il exsudait la force et la puissance. On aurait dit un animal sauvage, songea-t-elle avec un frisson. Le farouche guerrier n'avait rien de commun avec les hommes qu'elle avait l'habitude de fréquenter.

Autour d'elle, tout le monde s'immobilisa soudain.

— Ne restez pas là comme des souches ! grogna le chevalier, dont la voix sonore couvrit les grondements du tonnerre. Gordie, montez sur le rempart et assurez-vous que ces traîtres ont bien décampé. Lang Gil, occupez-vous des chevaux. Nigel, je vous confie nos blessés.

Les hommes obtempérèrent sur-le-champ. Silencieux, les

Boyd dévisageaient Ross Sutherland avec un mélange de stupéfaction et de crainte.

Ils n'auraient jamais dû les laisser entrer, songea Catlyn avec angoisse.

Elle chercha Adair du regard. Debout à quelques pas, il observait Sutherland avec une évidente inquiétude, la main sur la garde de son épée.

— Qui est à la tête de ce château ? questionna sir Ross en fouillant la foule du regard.

Catlyn, qui détestait se mettre en avant, dut lutter contre une insidieuse envie de prendre la fuite.

Ce fut Adair, Dieu merci, qui répondit à sa place.

— Je suis le capitaine !

Ross se dirigea vers lui d'une démarche assurée.

— Je vous dois une fière chandelle.

Ses yeux se posèrent sur Catlyn et elle le vit écarquiller les paupières.

— Je vous reconnais. C'est vous qui étiez en haut de la tour de garde !

Elle acquiesça, la gorge sèche. Elle s'était trompée sur ses yeux. Ils n'étaient pas du tout sombres comme elle l'avait imaginé, mais d'un bleu clair incroyablement transparent. A la lueur vacillante des torches, Ross Sutherland était encore plus imposant que dans la pénombre. Son visage était mince, buriné, et il avait les épaules larges à en faire craquer les jointures de sa cotte de mailles.

Sombre, puissant. Et massif à faire peur.

Catlyn frissonna. De crainte. Ou plutôt non, pas exactement. Il y avait chez ce chevalier quelque chose de sauvage et d'indompté qui la rendait nerveuse, elle qui avait pourtant travaillé toute sa vie avec des hommes.

— Je… Je suis Catlyn Boyd, la dame de Kennecraig.

— Vraiment ?

Le regard d'un bleu inhabituel l'inspecta des pieds à la tête. Elle crut voir une flamme scintiller dans les prunelles claires. Ou était-ce un simple jeu de lumière ?

— Eh bien, je vous remercie de nous avoir permis d'entrer, lady Catlyn.

Il sourit après avoir prononcé son nom — un lent sourire qui transforma son visage et le rendit soudain irrésistible. Catlyn le regardait, fascinée.

Adair toussota.

— La pluie se transforme en déluge. Nous ferions mieux de rentrer dans le donjon. Je m'occupe de vos hommes et de vos chevaux, ajouta-t-il à l'adresse de Ross.

— C'est très aimable à vous, murmura Ross.

Il détourna les yeux de Catlyn, qui n'arrivait toujours pas à articuler une parole.

— Des vêtements secs, de la nourriture bien chaude et des soins pour vos blessés, c'est le moins que nous puissions faire pour vous, observa le capitaine. Si vous n'aviez pas débusqué Hakon, il nous aurait attaqués dès que nous aurions mis le nez dehors.

— Hakon ?

— Oui, Hakon Fergusson. C'est le nom du démon qui s'est jeté sur vous.

— Le mot démon lui convient bien, commenta Ross d'un air songeur. Il est pire que je ne pensais.

Il se détourna pour ordonner à ses hommes de déposer leurs armes avant d'entrer. Catlyn prit la direction du donjon sans oser jeter un regard en arrière. Jamais de sa vie elle ne s'était sentie aussi gauche et aussi timide !

Ross suivit ses hôtes en pataugeant dans la cour boueuse. Ainsi, Robert Dunbar lui avait menti. Il s'appelait en réalité Hakon Fergusson. Ce nom éveillait en lui un vague souvenir, mais il était trop préoccupé pour y songer maintenant. Au lieu de cela, il maudit à part lui le destin qui l'avait conduit ici. Et il maudit lady Catlyn d'être plus jeune et plus jolie qu'il ne s'y attendait. Dans sa virginale tunique blanche, avec ses longs cheveux de miel coulant à flots sur ses épaules, elle semblait toute prête à endosser le rôle qu'on allait lui faire jouer — l'innocente victime du démoniaque complot de Robert Dunbar.

Ou plutôt, de Hakon Fergusson.

Furieux contre lui-même, et encore plus contre Hakon qui l'avait obligé à entrer dans son plan, Ross jeta un coup d'œil par-dessus son épaule et tressaillit. Là, parmi ses hommes, ce visage étroit et chafouin…

Donald Dunbar — si du moins c'était son vrai nom — lui adressa un sourire de connivence. Ross poussa un juron et ralentit le pas pour se retrouver à sa hauteur.

— Vous aussi, vous êtes un Fergusson ? chuchota-t-il.

— Exact. Seamus Fergusson, pour vous servir. Mais il vaudrait mieux que vous continuiez à m'appeler Donald. C'est plus sûr.

Ross émit un grognement pour toute réponse. Il aurait volontiers étranglé l'individu !

— Saviez-vous que votre maître projetait de nous attaquer ?

Seamus haussa les épaules.

— Il fallait bien qu'il prévoie une alternative, au cas où votre prestance et vos beaux discours ne suffiraient pas.

— Deux de mes hommes ont été blessés, bon sang !

— Et une douzaine de Fergusson.

— C'est bien fait pour eux, le diable les emporte !

— Bon, cela nous a permis de pénétrer dans le château, non ?

Ross jeta un coup d'œil vers la litière qui transportait son jeune page blessé et sa haine pour Hakon s'en accrut d'autant.

— Il m'avait promis qu'il n'y aurait pas de sang versé !

— Bah, vos hommes n'en mourront pas. Et Hakon veut à tout prix la recette du whiskey ! A en juger par l'attitude de la dame, il a eu la main heureuse en vous choisissant.

Seamus ricana.

— La jeune Catlyn vous dévorait des yeux ! Ce sera pour vous un jeu d'enfant de lui soutirer ce qu'il nous faut.

— Oh ! j'obtiendrai ce qu'il demande, rétorqua Ross, maussade.

Il n'avait pas le choix, de toute façon. C'était la sécurité de son clan qui en dépendait.

— Mais j'agirai à *ma* façon, d'accord ?

Il foudroya l'autre du regard.

— Et il n'y aura plus d'effusion de sang, vous entendez ?

Seamus secoua la tête, tandis qu'ils pénétraient dans le donjon.

— Comme mon maître, je ferai ce qu'il faudra pour gagner. Autant que vous sachiez qu'il m'a chargé de vous surveiller. Au premier signe de défaillance de votre part, c'est moi qui prendrai les choses en mains !

Chapitre 2

Attablée à sa place habituelle auprès d'Adair, Catlyn crispait les mains dans son giron, les joues encore empourprées de honte.

Tout à l'heure, dans la cour, elle s'était comportée en vraie gamine. Comment avait-elle pu rester là, à fixer ce Ross Sutherland comme si elle n'avait jamais vu un homme séduisant avant lui ?

Gênée, elle remua sur son banc, en maudissant la tenue qu'elle avait jugé bon d'arborer pour le souper. Les épingles qui retenaient sa couronne de nattes lui rentraient dans la peau et lui donnaient mal à la tête. Le col de sa robe de laine lui grattait le cou. Elle avait voulu paraître plus âgée, plus assurée aussi, pour sa deuxième rencontre avec l'arrogant chevalier. Et au lieu de cela, elle se sentait tout bonnement ridicule, comme une petite fille qui aurait endossé la tenue de sa mère !

Autour d'elle, les membres du clan discutaient et sirotaient de l'ale, en attendant les Sutherland. Pas de vains bavardages ce soir. Ce qui les préoccupait tous, c'était le whiskey. Roland et Wesley évoquaient les mérites de la triple distillation, tandis qu'Eoin, Rabbie et Cinaed, le chef des fermiers, cherchaient un moyen de faire transporter la récolte d'orge à l'intérieur des murs.

Catlyn s'agita de nouveau, brûlant de s'éclipser.

— Ils n'arrivent pas, chuchota-t-elle à Adair. Je vais prendre un bol de bouillon et retourner dans mon bureau.

Adair posa une main sur son bras.

— Patience, ma fille ! Ils ne vont pas tarder, j'en suis sûr.

Lorsqu'on arrive dans un lieu nouveau, cela prend du temps d'installer les hommes et les chevaux.

— Rien ne m'oblige à être là pour les accueillir, maugréa-t-elle. Ce ne sont pas des invités, après tout, seulement des voyageurs égarés.

— Ah bon ?

Il l'enveloppa d'un regard amusé. De toute évidence, ses efforts de toilette n'avaient pas échappé à son attention sagace.

Catlyn pointa le menton.

— Ce n'est pas par vanité que j'ai endossé cette robe, croyez-le bien. Je voulais montrer à ces guerriers que la dame de céans n'est pas tout à fait la dernière venue.

Bien sûr, si elle pouvait impressionner Ross Sutherland en même temps… Elle secoua la tête pour chasser cette pensée de son esprit.

Le regard d'Adair pétillait de malice.

— Je sais qu'il n'est pas dans vos habitudes de vous mettre en frais pour un homme. L'un de ces Sutherland vous aurait-il tapé dans l'œil, par hasard ? Sir Ross semblait vous dévisager avec une indéniable insistance.

— Lui ?

Catlyn renifla de mépris.

— C'est le genre d'homme qui regarde toutes les femmes, dans l'espoir de les coucher dans son lit. Eh bien, il sera déçu. Nous ne voulons pas de cela ici.

— Je vous approuve sur ce point.

Le visage du capitaine se rembrunit.

— Il n'en reste pas moins qu'il est grand temps pour vous de trouver un fiancé, Catlyn.

— Je sais où est mon devoir, rétorqua-t-elle sèchement.

Il lui fallait un héritier, elle ne l'ignorait pas — un enfant de son sang, qui prolongerait la lignée et serait le gardien de la légitimité familiale. Mais après la trahison d'Eoin, elle ne pouvait s'imaginer accordant de nouveau sa confiance à un homme au point de l'épouser, lui laissant accès non seulement aux affaires de son clan mais à sa personne, à son cœur.

— Qui sait ? reprit Adair. Lorsque nous irons vendre notre *finglas* à la foire de Doune, vous y rencontrerez peut-être quelqu'un qui vous plaira.

— Je connais déjà tous les hommes du pays. Aucun ne fait l'affaire.

— Gillegorm Mac Adam est un brave garçon bien découplé.

— Lui ? Allons donc ! Il a des dents de lapin et pas une once de bon sens entre ses deux grandes oreilles !

— Je croyais que la beauté ne vous intéressait pas chez un homme ?

Catlyn contracta les mâchoires, excédée.

— C'est vrai. Mais ce n'est pas une raison non plus pour en prendre un affreux ! Voudriez-vous que mes enfants ressemblent à Gillegorm ?

Adair s'esclaffa.

— Non, ma fille. Je veux seulement que vous soyez heureuse.

— Mais je le suis ! J'ai mon rôle de châtelaine, mes amis, ma famille.

Et elle nourrissait l'espoir tenace que sa mère finirait par redevenir elle-même.

— Qu'ai-je besoin d'un homme pour me créer des tracas ?

Elle esquissa une moue.

— A propos, combien de temps accorderons-nous l'asile à ce chevalier ?

— Un jour ou deux. Le temps que la tempête s'apaise et que les blessés soient en bonne voie de guérison.

— Parfait. Je n'aime pas avoir des étrangers au château.

Adair ouvrait déjà la bouche pour répliquer, mais elle l'interrompit d'un geste.

— D'accord, c'est moi qui vous ai demandé de leur ouvrir les portes.

En vérité, elle ignorait que sir Ross aurait sur elle un effet aussi dévastateur ! Son beau visage sombre, la puissance inhabituelle de ses prunelles bleues… Dieu, que cet homme la troublait !

Adair hocha la tête.

— J'ai ordonné à nos hommes de les surveiller discrètement, si cela peut vous rassurer.

Mais cela ne la rassurait pas vraiment ! Au fond d'elle-même, Catlyn savait qu'elle ne se sentirait pas à l'aise tant que Ross Sutherland demeurerait sous son toit.

— Vous non plus, vous ne leur faites pas confiance, Adair ?

— Nous devons nous montrer prudents. Cependant, jusqu'ici, ils ne nous ont donné aucune raison de nous méfier.

Catlyn aurait bien voulu en dire autant. Le seul souvenir du regard dont Ross Sutherland l'avait enveloppée tout à l'heure dans la cour — un regard d'abord irrité, puis franchement appréciateur — suffisait à la perturber !

Elle se raidit.

— Je suppose que nous leur devons bien quelques nuits céans pour nous avoir sauvés de Hakon.

Adair avala une gorgée d'ale.

— Certes. Ce sont des combattants expérimentés, c'est sûr. Vous auriez vu sir Ross manier sa claymore !

Il secoua la tête, admiratif.

— Il est très dévoué à ses hommes et exige beaucoup d'eux en retour.

— Comment le savez-vous ?

— Oh ! à de petits détails ! L'un des siens a été blessé en protégeant ses arrières. Ross Sutherland s'est mis en danger pour se porter à son secours. Il l'a hissé lui-même en travers de sa selle. Et à l'arrivée, ils se sont tous occupés de leurs montures avant de songer à leur propre confort. Puis ils ont nettoyé leurs armes et ont procédé à des ablutions avant d'accepter notre invitation à dîner. Ils n'ont rien réclamé et ont exprimé leur gratitude pour tout ce que nous leur offrions.

Catlyn hocha la tête. Sir Ross et sir Mathew étaient logés dans son solarium, seule pièce disponible du donjon. Les autres dormiraient dans le quartier des soldats. La vieille Freda avait soigné leurs blessures et le forgeron réparerait leurs armes et leurs boucliers.

— Vous devez me trouver bien sotte de me méfier d'eux…

Adair lui tapota la main de sa paume calleuse.

— Mais non. Vous n'êtes pas habituée à côtoyer des guerriers, voilà tout.

Il émit un soupir.

— Ce sont des hommes comme eux qu'il nous faudrait ici, surtout en ce moment.

Catlyn lui jeta un regard alarmé.

— Vous n'envisagez pas de louer leurs services, j'espère ?

Il lui avait suffi de quelques instants en compagnie de sir Ross pour perdre tous ses moyens. Comment survivrait-elle si elle l'avait dans les parages pendant des jours, voire des semaines ?

Adair soupira avant de répondre.

— Même si nous avions les moyens de les payer, il serait imprudent de confier le château à des inconnus.

— C'est exactement ce que je pense.

Plus tôt Ross Sutherland quitterait les lieux, mieux cela vaudrait… pour elle.

— Les voilà ! cria quelqu'un par-dessus le brouhaha de la salle.

Catlyn tourna vivement la tête, clignant des yeux pour mieux voir à travers le léger nuage de fumée qui flottait dans la pièce. Ross Sutherland se tenait sur le seuil, la tête haute, vêtu d'une tunique sombre dont le col se confondait avec le noir d'encre de sa chevelure. Il s'inclina sous les vivats, pareil à un prince acceptant les hommages qui lui sont dus.

Catlyn frissonna à sa vue. Décidément, elle n'aimait pas cet homme. Il était trop assuré, trop hautain.

— Hum…, marmonna Adair. Il m'a tout l'air de quelqu'un qui sait ce qu'il veut et n'aime pas qu'on lui mette des bâtons dans les roues.

— Oui, murmura-t-elle faiblement.

Ross Sutherland était une force avec laquelle il fallait compter. A cet instant, les yeux du chevalier rencontrèrent les siens et elle eut l'impression que le monde disparaissait autour d'eux. Elle essaya de se détourner, en vain. Elle était bel et bien prisonnière de cet incroyable regard. Si puissant, si intense…

Adair lui assena une bourrade dans le flanc.

— Catlyn !

Elle tressaillit.

— Oui ?

— Vous devriez vous lever et lui souhaiter la bienvenue.

Lui souhaiter la bienvenue alors qu'elle n'avait qu'une envie : s'enfuir ! Elle dut faire appel à tout son sens des convenances pour quitter son siège et sourire.

— Entrez, messires, et joignez-vous à nous, je vous en prie !

— Merci, milady.

La voix profonde de Ross Sutherland éveilla des échos sous les voûtes de pierre. Sans la quitter des yeux, il s'avança dans la pièce. Le guerrier se mouvait avec une souplesse féline entre les rangées de table. Ses hommes le suivaient, vêtus comme lui de chausses et de tuniques sombres.

Adair sourit.

— Diable ! Il semble pressé de vous rejoindre.

Catlyn secoua la tête.

— Vous vous trompez, je vous assure !

Un frisson la parcourut, tandis que sir Ross s'approchait d'elle à grands pas.

— Essayez d'en apprendre davantage sur lui, lui conseilla Adair dans un murmure.

Elle était si troublée qu'elle mit un instant à comprendre.

— Je… je ne peux pas, voyons !

— Plus nous en saurons sur lui, mieux cela vaudra, insista-t-il.

— Mais… mais je ne sais pas parler aux hommes ! Je n'ai pas la moindre expérience en la matière.

— Allons donc ! Vous discutez toute la journée avec les ouvriers de la distillerie !

— Pour le travail, c'est différent.

Comment pourrait-elle parler avec Ross Sutherland quand sa seule vue lui nouait littéralement la gorge ? Bien sûr, elle ne pouvait se confier à Adair.

— Je vais installer ses hommes à une autre table, pour vous laisser seule avec lui, chuchota le vieil homme.

— Non, non ! Je…

— Posez-lui quelques questions, rien de plus. Les hommes sont toujours prompts à se vanter de leurs exploits.

— Attendez, Adair !

Mais le capitaine s'était déjà levé pour s'avancer à la rencontre des invités, qu'il dirigea vers les tables voisines. Catlyn se mordit la lèvre, irritée. L'homme qui était censé la protéger la laissait seule face au péril !

Elle n'eut pas le temps de réfléchir plus longtemps à la stratégie qu'elle adopterait : Ross Sutherland était déjà tout près d'elle. Il s'inclina avec grâce.

— Milady… Veuillez nous excuser pour notre retard. Il nous a fallu un peu de temps pour nous rendre présentables !

Présentable ? Il l'était parfaitement, et même bien plus que cela ! Grand, parfaitement proportionné, et si beau de visage que c'en était un véritable péché… Ses vêtements finement tissés mettaient en valeur sa large poitrine et ses jambes musculeuses. Toutes les femmes présentes, même celles qui étaient mariées, l'observaient avec une fascination mal déguisée. Son seul défaut, c'était cette lueur de suffisance dans les yeux. De toute évidence, il savait qu'il était bel homme et n'ignorait pas le pouvoir qu'il exerçait sur la gent féminine.

Un autre Eoin, en somme…

La comparaison eut un effet salutaire sur Catlyn, qui revint brusquement à elle. Elle n'avait pas en face d'elle un être surnaturel, mais un fat qui s'était probablement mis en tête de la séduire.

— Ne vous excusez pas, messire, répliqua-t-elle avec froideur. Ici, nous ne faisons pas de cérémonie. D'ailleurs, nous n'avons qu'un repas tout simple à vous offrir. Nous n'attendions pas de… d'invités.

Il eut un sourire espiègle qui lui donna l'air d'un jeune garçon.

— Nous vous sommes d'autant plus reconnaissants de nous avoir ouvert vos portes, milady.

— Et nous d'avoir déjoué les plans de Hakon Fergusson. Sans vous, il est à peu près certain qu'il nous aurait attaqués.

Catlyn se rendit soudain compte que Ross Sutherland était resté debout.

— Excusez-moi ! Veuillez prendre place, milord.

Confuse, elle lui désigna le siège en face d'elle. Mieux valait cela que de l'avoir à son côté ! Puis elle fit signe aux domestiques de les servir.

— Si vous voulez bien me permettre… murmura Ross.

Il versa lui-même du brouet dans un bol, qu'il lui présenta avec un sourire courtois.

— Merci, milord.

Elle porta une cuillerée à ses lèvres et la trouva brûlante, ce qui l'agaça subitement. L'attitude de son compagnon lui tapait décidément sur les nerfs. Ses paroles charmeuses, ses regards séducteurs… Pour qui se prenait-il, au nom du ciel ?

— Puis-je vous dire à quel point je vous trouve ravissante ce soir ?

Catlyn se renfrogna. Allons, il était bien parti ! Bientôt, il allait tourner un madrigal où il comparerait ses cheveux à du miel et ses yeux à des émeraudes.

— Merci, répéta-t-elle d'un ton sec.

Ross coula un regard en coin à Catlyn. La jeune femme devait être timide. Comment expliquer autrement son comportement maladroit et la gêne qu'elle ne parvenait pas à dissimuler ? Cette modestie ne la rendait que plus charmante à ses yeux, autant que ses efforts pour soigner son apparence. La pucelle éthérée qu'il avait croisée dans la cour avait laissé place à une femme délicieusement jolie, aussi royale que toutes celles qu'il avait pu rencontrer à la cour.

Pourtant, il avait décelé une certaine vulnérabilité dans ses yeux. Et il était évident qu'elle n'était pas insensible à son charme. Ross réprima un soupir. Il lui faudrait jouer de ces deux atouts, Dieu lui pardonne. C'était son seul moyen de récupérer la reconnaissance de dette qu'il avait imprudemment signée quelques jours plus tôt.

Quelques jours seulement ! Il lui semblait qu'un siècle s'était écoulé depuis qu'il avait pénétré au Running Fox avec ses hommes pour y célébrer l'anniversaire d'une de leurs victoires. C'était alors que le prétendu Robert Dunbar s'était immiscé dans sa vie, en lui offrant ce whiskey à la douceur traîtresse…

— Le plus suave nectar des Highlands, avait susurré Dunbar.

Oh ! le damné breuvage se buvait aisément, c'était le moins qu'on pût dire ! Mais ensuite, il avait explosé dans sa tête avec la force d'un incendie. Peu habitué aux alcools forts, Ross n'avait qu'un vague souvenir de ce qui avait suivi. C'était dans un brouillard qu'il revoyait ses hommes roulant sous la table et le paquet de cartes que Dunbar avait étalé devant lui.

Le lendemain matin, Ross avait émergé pour découvrir sa signature apposée sur un vilain bout de parchemin. Une donation en bonne et due forme où il s'engageait à livrer la forteresse familiale de Stratheas en échange de sa dette de jeu.

Une seule nuit, une nuit maudite ! C'était le temps qu'il lui avait fallu pour jouer et perdre ce château qui était dans la famille maternelle depuis des générations. Et sa seule chance de le récupérer consistait à voler ces Boyd qui l'avaient généreusement accueilli pour le sauver d'une embuscade.

Pourquoi Hakon lui avait-il donné un faux nom ? Et comment savait-il que les Boyd accorderaient l'asile aux Sutherland ?

Ross soupira en examinant les visages qui l'entouraient. Dans ces montagnes désolées, il avait cru rencontrer des gens frustes confrontés à de difficiles conditions de vie. Or tout ici n'était qu'ordre et civilité ! Les murs recouverts de chaux offraient au regard leur blancheur éclatante et des tapisseries multicolores égayaient la salle bien tenue, où régnait une atmosphère chaleureuse et cordiale.

Ross sentit sa gorge se serrer de remords. Kennecraig lui rappelait Edin Valley, le foyer qu'il avait abandonné un an plus tôt pour aller chercher au loin l'aventure. A présent, il allait trahir les Boyd comme il avait déjà trahi son propre clan.

Car le seul moyen de récupérer la fameuse reconnaissance de dette qu'il avait signée était de séduire cette timide jouvencelle qui détenait la recette familiale pour la fabrication du whiskey. Quoi qu'il lui en coûtât, Ross allait devoir extorquer à cette belle enfant le secret qu'exigeait Hakon en échange de Stratheas.

Pauvre petit oiseau ! songea-t-il en lui coulant un regard de côté. Une jeune fille toute simple et naïve, visiblement peu habituée à la compagnie masculine. Cela lui déchirait le cœur de devoir berner et dépouiller cette jeune femme compatissante qui lui avait ouvert ses portes. Et pourtant, il fallait bien qu'il s'y résigne s'il voulait obtenir les renseignements voulus.

Réprimant un soupir, il commença sa campagne.

— Un repas délicieux, la complimenta-t-il alors que la nourriture était en vérité assez rudimentaire.

La jeune fille ne releva pas la tête.

— Le cuisinier fait de son mieux, répondit-elle. Mais ces dernières semaines avant la moisson sont toujours un temps de vaches maigres.

Ross songea de nouveau à Edin Valley, avec ses collines débordantes de céréales mûres et ses troupeaux bien gras. Là-bas aussi, c'était bientôt le temps des récoltes. S'il échouait à Kennecraig, c'était Hakon qui bénéficierait du rude labeur des Sutherland. Ou du moins qui essaierait. Reconnaissance de dette ou pas, Ross se doutait bien que les siens ne se rendraient pas sans combattre. Et la bataille risquait d'être sanglante.

Tout cela par sa faute !

— Heureusement, la moisson approche, murmura-t-il. Que cultivez-vous, si loin vers le nord ?

Elle releva enfin la tête et tourna vers lui un regard étonnamment averti.

— Pourquoi cette question ? Cela ne vous intéresse guère, j'imagine.

Ross cilla, surpris.

— J'essaie d'entretenir la conversation, voilà tout.

— Pourquoi donc ?

« Pour vous trahir. Vous voler… »

— Pour apprendre à vous connaître, tout simplement.

— A quoi cela peut-il vous servir ? Vous allez repartir dans un jour ou deux.

Ainsi, les Boyd avaient hâte d'être débarrassés de lui ! Peut-être n'étaient-ils pas aussi confiants qu'il avait pu le croire, après tout.

— Simple politesse, assura-t-il.

— Du genre dont vous usez auprès des dames de la cour, à Edimbourg ?

— Qu'est-ce qui vous fait penser que j'ai vécu à la cour ?

— Vous parlez français, je l'ai entendu.

Ross se rappela les ordres qu'il avait aboyés à son arrivée. Dorénavant, il ferait bien d'être plus prudent !

— Vous aussi, à ce qu'il semble.

— On n'a pas besoin de parler une langue pour savoir la reconnaître !

Ross hocha la tête. Catlyn Boyd avait la repartie prompte et ne manquait pas d'esprit !

— Vous êtes fâchée contre moi ?

— Ai-je des raisons de l'être ?

Plus qu'elle ne le pensait…

— Non, bien entendu.

— Alors, pourquoi le serais-je ?

Elle ferma le sujet en baissant de nouveau la tête vers son écuelle. Ross se renfrogna. Au diable ! D'habitude, il lui en fallait moins que cela pour coucher une femme dans son lit. La froideur de la jeune fille le laissait perplexe, surtout après la façon dont elle s'était comportée dans la cour. Pensif, il prit une bouchée de viande et promena son regard sur les tables voisines.

Sobrement vêtus, les Boyd buvaient peu pour un clan détenteur d'une légendaire recette de whiskey. Leurs manières étaient accueillantes mais sobres, de même que leurs tenues vestimentaires.

Ross les examina avec intérêt. Il avait toujours aimé les

gens, hommes et femmes confondus. Les différences entre les personnes le fascinaient. Ce trait de caractère constituait une partie de son charme, s'il fallait en croire sa mère. Elle ne cessait de lui répéter que cette façon qu'il avait de s'intéresser aux autres constituait un atout non négligeable.

Hélas ! son charme ne semblait pas avoir d'effet sur lady Catlyn. Dommage, car de son côté, il la trouvait de plus en plus attrayante. Tandis qu'il endossait des vêtements secs, elle avait elle-même troqué sa tunique blanche contre un surcot de laine d'un beau vert émeraude qui faisait admirablement ressortir son teint diaphane et sa chevelure couleur de miel. Quelques frisons s'étaient échappés de son chignon et dansaient autour de son visage juvénile. Un besoin presque incoercible s'empara de lui. Enfouir les mains dans ses mèches blondes, embrasser cette bouche rose qui lui parlait avec tant de froideur…

Avait-elle une aversion pour les hommes en général ? Ou flairait-elle en lui un danger particulier ? Dans les deux cas, gagner sa confiance risquait d'être un véritable défi — un défi qu'il n'aurait sans doute pas relevé si l'enjeu n'avait été aussi vital.

— Est-ce vous qui avez tissé ces superbes tapisseries, demoiselle ?

— Non, c'est ma mère.

Il perçut la note de souffrance dans sa voix et baissa instinctivement la sienne.

— Serait-elle… décédée ?

Il n'obtint qu'un « non » sec pour toute réponse. Comment briser cette carapace ?

— Milady ?

Une jeune servante se tenait près de leur table, une cruche et deux coupes à la main.

— Adair a pensé qu'un peu de whiskey vous réchaufferait le corps et l'esprit.

Ross s'empressa de refuser.

— Pas pour moi, merci.

Lady Catlyn releva la tête.

— Vous n'aimez pas le whiskey ?

— Pas vraiment.

— Mais nous distillons celui-ci nous-mêmes !

Une lueur vengeresse dansa dans les yeux de la belle Catlyn.

— Il me plairait que vous le goûtiez, messire.

Petite sorcière ! Comment refuser sans paraître grossier à présent ? Résigné, Ross s'obligea à accepter la coupe que lui tendait la domestique. Le puissant fumet d'alcool et de feu de bois monta aussitôt à ses narines. Il connaissait cette odeur, bien sûr ! Le whiskey que Hakon lui avait servi à l'auberge provenait sans nul doute du même stock. Quelle tragique ironie !

Pourrait-il en avaler une seule gorgée sans rejeter son souper ?

Conscient du regard de lady Catlyn, qui suivait tous ses gestes, il prit une minuscule gorgée et dut déglutir trois fois avant que son estomac n'accepte à contrecœur le liquide.

— Vous n'aimez pas le *finglas* ? s'enquit Catlyn, incrédule.

— Il est fort !

— Le whiskey est censé l'être. La plupart des hommes l'apprécient pour cette raison.

Elle le jaugea d'un regard où il crut déceler une pointe de mépris. De toute évidence, elle ne le trouvait pas à la hauteur !

— Je n'en doute pas.

En fait, il avait bel et bien apprécié ce whiskey à la taverne. Et cette incartade risquait de lui coûter fort cher...

— Y a-t-il une différence entre les crus ?

Evidemment, ce n'était pas ainsi qu'il espérait lui soutirer les informations qu'il était venu chercher céans. Mais on ne savait jamais...

— Bien entendu, rétorqua-t-elle avec dédain. Il suffit d'avoir un peu de nez pour s'en rendre compte. Si vous voulez, je peux organiser une petite dégustation pour vous demain. Vous pourrez goûter quelques coupes et comparer.

Des coupes ? Grand Dieu, il se demandait déjà comment il allait finir celle-ci !

— Oh ! je ne serai sans doute pas capable de percevoir

la différence. Mais je serais curieux de v
le fabriquez.

Avait-il éveillé ses soupçons ? Le reg
glacial.

— Je crains que ce ne soit pas possi

— Pourquoi donc ?

— Nous sommes très occupés à cette
Vous seriez dans nos jambes.

— Mais je ne vous dérangerai pas. Je suis prompt à m'écarter quand il le faut.

— Pour éviter les maris que vous cocufiez ?

Il douta d'abord d'avoir bien entendu. Mais le mépris qu'il lut sur le visage de son interlocutrice était sans équivoque.

— Je ne badine jamais avec les femmes mariées, milady, soyez-en sûre.

— Ah oui ? Et que voulez-vous que cela me fasse ?

Elle tourna la tête pour héler un homme grisonnant installé à la table voisine.

— Roland, que diriez-vous de commencer notre travail très tôt demain matin ? Cela nous permettrait de rattraper le temps perdu aujourd'hui.

— Il vaudrait mieux, acquiesça l'autre d'un ton sec. En fait, je pensais m'y mettre dès ce soir.

— Il est déjà tard et nous avons eu une journée éprouvante. Nous serons tous plus en forme après une bonne nuit de sommeil.

Roland se leva.

— En ce cas, nous commencerons à l'aube. Allons, les gars, nous ferions mieux d'aller nous coucher.

Les Boyd l'imitèrent aussitôt et se dirigèrent vers la porte en procession.

Le sourire chaleureux dont lady Catlyn répondait aux saluts fut une révélation pour Ross. Si elle n'était ni froide ni caustique de nature, pourquoi éprouvait-elle pour lui une telle aversion ? C'était humiliant, irritant. Et cela compromettait le succès de sa mission !

mes hommes et moi pouvons vous être d'une aide
nque, nous en serons très heureux.

— Ce ne sera pas nécessaire, merci.

Ross essaya sur elle son sourire le plus ravageur, en dépit de la colère qui bouillonnait en lui.

— Vous nous avez sauvé la vie et ce serait une joie pour nous de nous acquitter de notre dette envers vous.

— Nous n'avons nul besoin de votre aide, répéta-t-elle avec un royal dédain.

Ross se contint à grand-peine. C'était la première fois de sa vie qu'une femme le traitait ainsi !

— Il doit bien y avoir quelque chose que je puisse faire pour vous exprimer ma gratitude ?

— Oh ! oui ! Vous en aller dès demain…

Partir ? Sans la recette du whiskey ? C'était hors de question !

— N'accorderez-vous pas quelques jours aux blessés pour se remettre ?

L'expression de la jeune fille s'adoucit un peu.

— J'en parlerai à Freda demain. Elle me dira combien de temps elle pense que vous devez rester. Pas trop longtemps, je l'espère.

Elle s'était levée et s'apprêtait à tourner les talons, mais Ross lui saisit le poignet. Elle avait la chair si ferme, si chaude… Le battement de son sang, qu'il sentait contre sa paume, déclencha en lui une onde d'émotion quasi viscérale.

— Merci pour votre hospitalité, lady Catlyn, murmura-t-il d'une voix étrangement rauque. Demain, lorsque vous vous serez reposée, vous vous montrerez peut-être plus réceptive. Je suis sûr que mes hommes et moi trouverons une façon de nous rendre utiles.

Il devina le trouble qu'il faisait naître en elle dans son regard, mais elle ne se départit pas de sa froideur et se dégagea fermement.

— Je regrette, mais je risque d'être occupée. Bon retour à Inverness, messire.

Ross voulut lui barrer le passage, mais un grand jeune homme blond s'immisça entre eux. Large et musclé, il ne manquait pas d'attraits malgré l'expression hargneuse de son visage.

— Ne la touchez pas ! grogna-t-il en jetant à Ross un regard brûlant de colère.

A la grande surprise de Ross, Catlyn ne sembla pas apprécier l'intervention.

— Je sais me défendre toute seule, Eoin, pour l'amour du ciel !

— Mais il vous importune, ma chère !

Elle exhala un soupir excédé.

— Vous m'importunez tous les deux, voilà la vérité !

— Laissez-moi tout de même vous escorter jusqu'à votre chambre. Je vous en prie !

— C'est inutile, Eoin. Restez plutôt ici pour tenir compagnie à sir Ross.

Ce fut au tour de Ross de protester.

— Nous devrions parler un peu, milady. J'ai beaucoup de choses à vous dire.

— Eh bien, vous n'aurez qu'à discuter avec Eoin !

Elle enveloppa ses deux interlocuteurs d'un regard sarcastique.

— Vous vous ressemblez tellement, tous les deux ! Vous devriez bien vous entendre.

Puis, pinçant sa jupe entre ses doigts, elle s'éloigna sans un regard en arrière. Ross la regarda se diriger vers la porte, fasciné. Quelle démarche ! Même une reine n'aurait pas réussi une sortie aussi majestueuse. Hélas pour lui, le départ de la maîtresse des lieux n'arrangeait pas ses affaires. Ses chances de recouvrer la propriété familiale s'amenuisaient d'instant en instant.

— Laissez-la tranquille ! maugréa le nommé Eoin, rappelant Ross à la réalité. Vous avez compris ?

Sur ces mots, il gratifia Ross d'un regard hostile, puis emboîta le pas à la dame et quitta la salle.

— Hem… Il semblerait que cela ne marche pas tout à fait comme prévu ! commenta soudain une voix railleuse.

Mathew Sutherland, cousin et bras droit de Ross, rejoignit son chef en quelques enjambées.

Ross soupira.

— La dame m'a pris en grippe, Dieu sait pourquoi.

— Voilà qui est regrettable.

— C'est le moins qu'on puisse dire !

— Qu'allez-vous faire ?

Quitter les lieux aux premières lueurs de l'aube, voilà ce que Ross voulait répondre. Mais c'était impossible, bien entendu. Il serra les dents, contrôlant sa colère avec peine.

— Je vais trouver un moyen de la charmer… pour qu'elle me révèle ses secrets !

Mathew cligna de l'œil.

— Voilà qui ne devrait pas être difficile pour vous ! Vous êtes assez doué pour amadouer les femmes, que je sache.

— Hélas, celle-ci semble de glace ! Et vous, avez-vous appris quelque chose en dînant avec les Boyd ?

— Pas vraiment, sinon que ce sont des gens simples et travailleurs, qui ne pensent qu'à la fabrication de leur whiskey. Adair nous a tout de même posé des questions, mine de rien.

— C'est un homme sagace, j'ai pu m'en rendre compte. Comment nos gars s'en sont-ils tirés ?

— Ils se sont montrés prudents et ont esquivé avec intelligence.

Ross n'en doutait pas. Ils avaient tous été à bonne école avec son oncle, Hunter Carmichael, gouverneur des Marches écossaises et spécialiste de la traque des hors-la-loi.

— En somme, notre mission ici n'est pas très différente de celles que nous avons effectuées pour l'oncle Hunter. Il s'agit pour nous de glaner des informations, puis de décider d'un moyen d'action. Il faut localiser la distillerie, savoir qui y a accès, et découvrir si possible l'endroit où ils rangent leurs registres.

Mathew hocha la tête.

— Je vais m'en occuper tout de suite.

Adair les rejoignit à cet instant.

— J'espère que vous vous êtes suffisamment restaurés, messires ? Nous avons fort à faire en cette saison, c'est pourquoi nous nous retirons très tôt le soir. Bien que ce ne soit guère courtois envers les invités que vous êtes, je vais être obligé de vous demander de faire de même.

Il adressa un signe à quatre Boyd de stature impressionnante, qui vinrent encadrer Ross et Mathew.

— Auriez-vous l'intention de nous faire garder ?

Adair ne tenta pas de mentir ni de s'excuser.

— La prudence l'exige, milord. Aussi heureux que nous soyons de vous accueillir, vous n'en restez pas moins des étrangers pour nous.

— Si je comprends bien, vous allez donc nous enfermer comme de vulgaires prisonniers ?

— Seulement dans le cas où vous désobéiriez à mes consignes.

— Qui sont ?

— De limiter vos déplacements à vos chambres, à la grande salle ou à la cour. Et de ne pas tenter d'échapper à la surveillance de vos gardes.

C'était raisonnable, Ross dut en convenir. Il aurait agi de même à la place des Boyd. Le problème, c'était qu'il n'avait pas la moindre envie d'être raisonnable ! Et la présence des gardes allait sérieusement restreindre leur liberté de mouvement, à ses hommes et à lui.

Mais discuter n'aurait servi qu'à éveiller les soupçons.

— C'est d'accord, grommela-t-il. Mais dites-moi, est-ce votre dame qui a exigé cette surveillance ?

— Non, ces choses-là sont de mon domaine. Pourquoi me demandez-vous cela, messire ?

— Hélas, je crains que lady Catlyn Boyd ne m'aime pas.

Adair haussa les sourcils.

— Oh ! Et aurait-elle des raisons pour cela ?

— Je ne l'ai insultée en rien, si c'est ce que vous pensez, bien au contraire. Mais plus je me montre aimable envers elle, plus elle se fait glaciale.

— Et pourquoi voudriez-vous charmer notre Catlyn, hein ?

— Eh bien, parce que… parce que je lui suis redevable.

— Vraiment ?

Un sourire retroussa les lèvres d'Adair.

— Comme il se trouve que nous vous sommes nous aussi redevables, je vais vous apprendre quelque chose pour votre gouverne. Catlyn n'a pas la moindre envie de se laisser charmer par qui que ce soit.

— Qu'entendez-vous par là ?

Le sourire d'Adair s'élargit, éclairant son visage tanné.

— Si vous restez assez longtemps, vous comprendrez peut-être tout seul.

Il adressa un clin d'œil à Mathew.

— Et maintenant, messieurs, je vais vous souhaiter une bonne nuit. Nous vous avons installés tous deux dans le solarium de lady Catlyn, car c'est la seule pièce céans qui ne soit pas occupée. Les servantes ont dû vous y monter des paillasses, des couvertures et tout ce dont vous pourriez avoir besoin. S'il vous faut autre chose, n'hésitez pas à demander.

En bref, ils pouvaient tout demander, sauf la liberté ! Mais Ross ne pouvait en vouloir aux Boyd de leur prudence. Emboîtant le pas à ses gardes, il gravit deux étages d'un étroit escalier en colimaçon. Mathew le suivait de près et il pouvait sentir de façon presque palpable la tension qui émanait de lui. Dieu merci, son cousin fut assez avisé pour tenir sa langue jusqu'à ce que la porte de leur chambre se soit refermée sur eux.

— Bon sang ! Pensez-vous qu'ils aient l'intention de nous retenir prisonniers ici ? Après tout, rien ne les empêche de nous assassiner dans notre sommeil…

— Chut !

Ross le conduisit vers la fenêtre et lui montra leurs armes alignées à l'extérieur.

— S'ils avaient l'intention de nous faire un mauvais parti, ils nous auraient ôté nos armes. Non, ils sont prudents, voilà tout. Ce qui ne nous arrange pas, j'en conviens.

Mathew se détendit un peu.

— Qu'allons-nous faire maintenant ?

— Repérer la distillerie.

— Ah oui ? Et comment comptez-vous sortir d'ici ?

— Par le toit, j'espère.

Ross ôta la barre des volets et en repoussa un. Puis il se pencha au-dehors.

— Il n'y a que deux étages en dessous de nous.

— *Que* deux !

— Oui. Et la corniche forme une petite saillie juste après.

— Vous ne songez tout de même pas à déambuler là-dessus !

Ross se contenta de sourire. Il avait toujours aimé l'escalade, que ce soit pour cueillir des pommes au sommet d'un arbre ou se hisser le long d'une falaise abrupte afin d'y dénicher les petits faucons qu'il élevait ensuite pour la chasse.

— C'est idiot, vous allez vous rompre le cou !

— Mais non ! Je n'ai pas le vertige, moi.

— Eh bien, je respecte la loi de la nature, moi. Les oiseaux ont été créés pour voler et les hommes pour rester les deux pieds sur terre !

— Je serai prudent, promit Ross.

Sa décision prise, il examina la pièce. Comme tout à Kennecraig, elle était propre, bien rangée et très simplement meublée. Des pichets, des coupes et une cuvette pour se laver occupaient un bout de l'immense table. Curieusement, il y avait aussi des livres et une écritoire. Etait-ce lady Catlyn qui lisait, ou bien son père ?

La pièce était dépourvue de lit, bien entendu, mais des paillasses avaient été disposées devant l'âtre où craquetait un modeste feu. Une pile d'oreillers et de couvertures avait été placée tout près, avec leurs sacs de selle.

Ross fouilla dans le sien et en sortit le rouleau de corde dissimulé tout au fond.

— Il est parfois bon d'être prévoyant ! murmura-t-il en enroulant le filin autour de sa taille.

— Et que suis-je censé faire pendant que vous risquez stupidement votre vie ?

Ross promena de nouveau son regard autour de lui.

— Fouillez minutieusement le lieu. Regardez derrière les tapisseries, au cas où il y aurait une porte dérobée ou une cachette quelconque. Il serait trop beau que la dame ait simplement rangé ici la fameuse recette. Mais examinez tout de même les livres et les parchemins sur la table.

Il fronça les sourcils, étonné de ne pas découvrir la moindre trace de ces ouvrages auxquels s'adonnaient traditionnellement les dames. Pas de tambour à broder ni de corbeille à couture…

Décidément, Catlyn Boyd n'était pas une femme comme les autres, comme il l'avait déjà supposé. Si Ross voulait lui voler ses secrets, il faudrait qu'il apprenne à la connaître.

Chapitre 3

Catlyn se retrouva devant la double porte de la distillerie sans savoir comment elle était arrivée là après s'être enfuie de la grande salle. Car il n'y avait pas d'autre mot — elle avait *fui* le contact de Ross Sutherland ! Même maintenant, son poignet la brûlait encore à l'endroit où il l'avait enserré de ses fortes mains calleuses. Et son cœur battait toujours la chamade, Dieu lui vienne en aide !

L'homme était une menace pour la gent féminine tout entière. Et elle se sentait humiliée de découvrir qu'elle n'était pas aussi insensible à son charme qu'elle l'aurait dû.

Honteuse, elle appuya son front contre le panneau de chêne, comme si elle espérait y puiser de la force. Trop de gens comptaient sur elle et elle avait trop de décisions à prendre. Elle ne pouvait pas se laisser déstabiliser par de folles rêveries. Surtout quand il s'agissait de Ross Sutherland !

D'accord, il était beau et fort. Curieusement, sa stature et ses talents de guerrier la fascinaient davantage encore que son visage d'archange. Quelque part en elle, elle aurait aimé acquiescer à la suggestion d'Adair et louer les services du chevalier.

Mais c'eût été commettre la plus grande sottise de sa vie !

Agitée, elle poussa l'un des battants et pénétra dans l'antichambre de la distillerie. L'odeur familière du *finglas* l'enveloppa aussitôt. Pour elle, c'était le cœur même de Kennecraig, le centre de son monde depuis qu'elle était enfant. Elle connaissait et elle aimait chaque pouce de cette vieille tour. C'était son royaume, sa responsabilité.

Catlyn exhala un soupir de fatigue. Comment n'aurait-elle pas ressenti le besoin d'avoir un défenseur ? Même avant que Hakon n'entre dans leur vie, ses journées étaient terriblement remplies. Et tant de choses restaient à faire ! Jusque-là, il y avait toujours eu quelqu'un pour partager son fardeau. Mais son père était parti, et sa mère n'était plus la maîtresse de maison qu'elle avait été. Oh ! bien sûr, Roland et ses hommes continuaient à assumer les tâches manuelles ! Mais c'était à Catlyn de consigner les étapes de la fabrication dans les registres, à elle de décider si le *finglas* de quatre ans était bien conforme à leurs standards, à quel prix il fallait le vendre et quelle quantité il leur faudrait garder pour pouvoir poursuivre les expérimentations paternelles.

Dans un coin sombre de la distillerie étaient entreposés les fûts contenant le whiskey de dix ans. Thomas Boyd était persuadé que le breuvage s'améliorait chaque année. A dix ans, affirmait-il, il atteignait son sommet. Mais pour répondre aux besoins du clan, il avait été obligé de vendre tous les ans le plus clair de sa production.

Cette année, il avait eu l'intention de soumettre le dix ans d'âge à quelques fins palais d'Edimbourg. A commencer par le roi…

A présent, c'était à Catlyn de réaliser le rêve de son père. Mais avait-elle les épaules assez solides pour cela ? Les nobles accepteraient-ils de conclure un marché avec un distillateur qui était aussi une femme ?

Les sourcils froncés, elle parcourut le cellier. C'était une pièce immense au plafond très haut, deux fois plus vaste que la grande salle. Pendant la journée, l'air et la lumière filtraient par d'étroites ouvertures. Mais la nuit, seule une lanterne sourde brûlait sur la table disposée au centre, car la flamme et l'alcool pouvaient constituer un mélange hautement explosif.

Des tonnelets de whiskey s'alignaient dans les casiers disposés contre les murs. Chacun portait une étiquette de cuir avec une date et un numéro écrits de sa main. Les chiffres étaient ensuite reportés dans les registres et elle savait ainsi quel orge avait été utilisé pour ce whiskey particulier, combien de fois la liqueur avait été distillée et aussi son âge, bien entendu.

Catlyn prit la lanterne sur la table et se dirigea vers son bureau. Choisissant une clé dans l'aumônière suspendue à sa ceinture, elle ouvrit la porte. Son anxiété fondit dès qu'elle se retrouva à l'intérieur. Petite, confortable et tiédie par un bon feu, la pièce servait de bureau aux seigneurs de Kennecraig depuis plusieurs générations. Sur les étagères étaient rangés les gros registres reliés de cuir et les rouleaux de parchemin qui contenaient toutes les étapes de la distillation annuelle depuis un temps immémorial. Certains étaient rédigés en latin, d'autres en français.

Enfant, Catlyn s'asseyait ici pour jouer sur le sol, pendant que Tom étudiait les langues. Mais elle était bien plus intéressée par les leçons de son frère que par ses propres poupées. Heureusement, car c'était grâce à sa curiosité qu'elle avait pu prendre la relève quand Tom était décédé à l'âge de quinze ans. Oh ! bien sûr, il y avait eu des récriminations parmi les hommes du clan, mais son père n'avait pas cédé.

« Elle a hérité de mon attention pour les détails et elle a le nez de son grand-père ! » répétait-il à ses hommes.

Bien qu'elle regrettât d'avoir dû remplacer son père aussi vite, Catlyn adorait son travail. Rien ne la ravissait davantage que d'entendre la première goutte de liqueur tomber du tube de l'alambic.

Un léger bruit dans la salle attenante la tira brusquement de ses pensées. Elle se retourna vers la porte, inquiète.

— Qui est là ? demanda-t-elle en élevant sa lanterne.

La faible lueur dorée éclaira les tonneaux les plus proches, laissant dans l'ombre tous les recoins de la pièce. Catlyn frissonna. Elle n'avait jamais eu peur de venir ici toute seule, même la nuit. Mais c'était avant que Hakon ne rôde alentour.

Elle se rappela les barils de poudre entassés dans les celliers. Jusqu'ici, cette menace avait suffi à tenir l'homme à distance.

Mais s'il réussissait à introduire quelqu'un au château pour enlever les barils ?

Quelqu'un comme les Sutherland…

Elle porta la main à sa gorge, terrifiée par cette seule pensée. Puis elle se souvint de la façon dont Hakon avait attaqué les Sutherland. Non, Ross ne représentait pas un danger pour les Boyd. Du moins pas de cette façon. Et les portes des celliers demeuraient soigneusement verrouillées, excepté quand Roland et ses ouvriers y travaillaient.

Tout de même, il serait peut-être sage d'y poster des gardes aussi longtemps que les Sutherland demeureraient sous leur toit.

En partie rassurée par cette décision, elle porta de nouveau son attention sur les papiers empilés sur la table. Elle aurait dû y travailler une heure ou deux, mais ses yeux lui brûlaient et ses nerfs lui jouaient des tours. De plus, elle avait un dernier devoir à accomplir avant de se coucher.

Elle sortit de la pièce et referma la porte à clé, en se promettant d'être à pied d'œuvre aux premières lueurs de l'aube.

Catlyn observa une pause devant la porte de la chambre qui avait été celle de ses parents. Elle redoutait ce qu'elle allait trouver à l'intérieur.

Le jour où Adair avait rapporté le corps de son père à Kennecraig, elle avait aussi perdu sa mère. Jeannie Boyd était tombée alors dans un état de stupeur et de confusion dont elle n'avait pas encore émergé. Catlyn souffrait affreusement des absences de sa mère. Que n'aurait-elle pas donné pour la voir enfin redevenir elle-même !

— Oh ! Seigneur, faites qu'elle aille un peu mieux…

Prenant une profonde inspiration, elle toqua à la porte et actionna le loquet sans attendre la réponse. Assise sur le sol, sa mère était penchée sur un coffre grand ouvert et des vêtements épars gisaient autour d'elle — les habits de sir Thomas.

— Maman ! Comme je suis contente de vous voir de nouveau debout.

Elle traversa la pièce, le cœur battant d'espoir. Se pouvait-il que sa mère ait enfin repris ses esprits ?

Jeannie releva la tête. Ses cheveux noisette, autrefois si

beaux et lustrés, retombaient tristement sur ses épaules et des cernes rouges bordaient ses yeux.

— Je me fais du souci, ma fille. Thomas va rentrer d'un jour à l'autre et je n'arrive pas à remettre la main sur son meilleur plaid.

Catlyn sentit ses jambes se dérober sous elle et se laissa tomber près de sa mère. Oh Seigneur ! C'était dans ce tartan ensanglanté que l'on avait enterré son père…

— Il fait si chaud, observa-t-elle doucement. Il n'en aura sûrement pas besoin.

— Mais il compte sur moi pour le garder en bon état, vois-tu. Et je ne comprends pas où il est passé !

Elle ramassa une tunique safran et la secoua.

Catlyn lui saisit les mains et les réchauffa dans les siennes.

— On le retrouvera, maman. Laissez-moi vous remettre au lit.

— Mais je ne peux pas dormir tant que je ne l'ai pas retrouvé, marmonna Jeannie, qui se dégagea pour fourrager de nouveau dans le tas de vêtements.

Catlyn l'observait, les yeux voilés de larmes.

— Demain, nous ferons un petit tour sur les remparts. L'air frais vous fera du bien, maman. Il y a si longtemps que vous n'êtes pas sortie…

Mais Jeannie secoua la tête.

— Je ne quitterai pas cette chambre tant que je n'aurai pas retrouvé ce plaid.

Elle agita une paire de chausses noires.

— Regarde, je les ai reprisées. Thomas sera ravi de pouvoir les remettre. Mais il sera très mécontent si je n'ai pas retrouvé son plaid.

Catlyn se retourna au bruit de la porte qui s'ouvrait derrière elles. Dora se tenait sur le seuil, gênée, un plateau dans les mains. C'était le comble de l'ironie que la seule femme dont sa mère supporte la présence soit précisément la maîtresse d'Eoin !

— Oh ! Dora ! s'exclama Jeannie. Vous allez m'aider à retrouver le plaid de lord Thomas, n'est-ce pas ?

— Oui, milady.

Les yeux baissés, Dora pénétra dans la chambre et déposa son fardeau sur la table. C'était une mince jeune femme blonde, d'une beauté si radieuse que les hommes ne pouvaient s'empêcher de se retourner sur son passage, même ceux qui la connaissaient depuis toujours. Rien d'étonnant à ce qu'Eoin ait été tenté de batifoler avec elle, tout en courtisant l'héritière de la distillerie, songea Catlyn avec un brin d'amertume. Même sa mère semblait préférer la compagnie de Dora à la sienne. Et quoi de plus normal ? Tandis que Catlyn essayait de ramener sa mère à la réalité, Dora semblait la rejoindre aisément dans son monde à elle.

— L'une des servantes l'aura peut-être emporté pour le laver. Nous descendrons demain leur demander.

Jeannie se leva avec maladresse.

— Allons-y tout de suite !

— Oh ! non, milady. Il fait nuit et les servantes doivent être couchées. Vous devriez être au lit, vous aussi.

— Mais je n'ai pas sommeil ! protesta Jeannie.

— Alors venez vous asseoir près du feu. Je vous ai monté une petite coupe de lait bien chaud.

— D'accord. Mais demain, nous descendrons à la première heure et nous chercherons partout.

Dora lança à Catlyn un bref regard d'excuse.

— Je sais que cela ne servira à rien, chuchota-t-elle. Mais l'air frais et un peu d'exercice lui feront grand bien.

— Oui, soupira Catlyn, qui se releva prestement.

Elle aurait dû se réjouir que sa mère ait une personne de confiance auprès d'elle. Pourtant, elle se sentait jalouse de Dora. Encore une fois !

— Je vais préparer maman pour la nuit, Dora. Eoin vous attend, je suppose.

Dora parut surprise

— Oh non ! C'est fini avec lui. Il est très fâché contre moi.

Elle effleura machinalement sa tempe marquée d'une légère meurtrissure.

Catlyn fronça les sourcils.

— C'est lui qui vous a fait cela ?

Dora secoua la tête. Ses nattes s'écartèrent dans ce geste, révélant une autre marque sombre sous son oreille. Horrifiée, Catlyn la prit par les épaules.

— Dora, dites-moi la vérité ! C'est Eoin qui vous a frappée ?

— Non, je ne pense pas que ce soit lui.

— Vous ne pensez pas ?

— On m'a jeté des pierres dans l'obscurité.

— Dora, c'est affreux ! Je l'ignorais.

— N'en parlons plus, Catlyn, je vous en prie. Il est normal que je sois châtiée pour ce que j'ai fait. Je n'aurais jamais dû laisser Eoin m'embrasser, sachant qu'il vous était fiancé. Mais je me sentais si seule depuis la mort d'Alan ! Eoin et moi évoquions le passé, et brusquement…

Une larme roula sur sa joue.

Catlyn sentit son cœur se serrer.

— C'est la faute d'Eoin. Il n'aurait pas dû profiter de votre chagrin.

Dora releva la tête et la regarda dans les yeux, pour la première fois depuis le jour où Catlyn les avait surpris tous les deux ensemble.

— Je vous jure que c'était la première fois et que cela n'est pas allé plus loin que quelques baisers.

Catlyn la crut. C'était désormais clair pour elle, aussi clair que ses propres sentiments à l'égard d'Eoin. Elle ne l'avait pas vraiment aimé, elle le savait à présent. Si elle avait accepté de l'épouser, c'était par devoir, pour complaire à son père.

— Merci de votre franchise, murmura-t-elle. Maintenant, dites-moi qui vous a jeté ces pierres.

Dora haussa les épaules.

— Je l'ignore. Quelqu'un qui voulait me punir, sans doute.

— Je vais vous donner un garde et demander à Adair de veiller sur vous.

Dora lui saisit la main.

— Non, ne faites pas cela ! S'ils savent que je me suis plainte à vous, ce sera encore pire.

— Très bien, je n'en dirai rien.

Du moins directement, rectifia Catlyn à part elle. Car elle avait bien l'intention de faire savoir qu'elle ne tolérerait pas une telle attitude sous son toit.

— Je suis désolée d'avoir ruiné ainsi vos fiançailles.

Catlyn sourit, le cœur plus léger qu'elle ne l'avait eu depuis bien des semaines.

— Dora, je commence à croire que vous m'avez fait un cadeau au contraire. Eoin était le fils adoptif de mon père et il y a plus de dix ans qu'il habite ici. Pourtant, j'ai compris que je ne le connaissais pas vraiment. En agissant comme il l'a fait, il m'a révélé sa vraie nature. Si nous nous étions mariés, il m'aurait certainement été infidèle, parce que c'est dans son caractère. Et j'aurais été obligée de lui percer le cœur avec ma dague, conclut-elle avec un petit rire.

Dora esquissa un sourire mouillé de larmes.

— Merci de ne pas m'avoir jetée dehors en tout cas. Vous êtes la plus généreuse des femmes.

Elle porta les mains de Catlyn à ses lèvres et y déposa un baiser.

Embarrassée, Catlyn se dégagea et lui tapota maladroitement l'épaule.

— Vous avez amplement remboursé votre dette en prenant soin de maman.

Elle jeta un coup d'œil vers sa mère, qui fixait le foyer d'un regard vide.

— Elle se remettra, vous verrez.

— Dieu vous entende ! murmura Catlyn.

Le cœur serré, elle prit congé des deux femmes et se dirigea vers la porte. Un instant, elle demeura immobile dans le corridor, trop secouée pour faire un pas de plus. Puis elle trouva enfin la force de regagner sa chambre.

Pourquoi ? Pourquoi avait-il fallu que toutes ces épreuves

s'abattent sur son clan ? Le père Griogair prétendait que c'était un juste châtiment pour les fautes qu'ils avaient pu commettre dans leur vie. En ce cas, elle avait payé bien cher pour avoir autrefois taquiné son frère et tourmenté leur précepteur avec ses incessantes questions ! Et bien sûr, pour la froideur et l'inflexibilité de son caractère, s'il fallait en croire Eoin, qui lui reprochait de ne pas comprendre les besoins d'un homme.

Ross Sutherland avait-il lui aussi une maîtresse ? Sans aucun doute. C'était le genre d'homme à s'imaginer avoir toutes les femmes à ses pieds. Ce serait folie de le garder longtemps ici, au risque de le voir lutiner les servantes dans tous les recoins sombres du château. Catlyn avait apprécié elle-même les talents du guerrier pour la séduction, songea-t-elle avec un frémissement.

Il lui suffisait de se rappeler ce qu'elle avait ressenti lorsqu'il l'avait transpercée de son regard si bleu et si pénétrant. Même une petite souris comme elle avait eu l'impression d'être la créature la plus précieuse du monde ! C'était un leurre, bien entendu. Et elle n'avait pas la moindre envie de le voir rester ici à jouer le bourreau des cœurs.

Entre les fentes des volets, Ross regarda Catlyn sortir de la chambre de sa mère. Sa démarche accablée lui serra le cœur. Comme elle semblait triste et seule ! Puis son attention se reporta sur lady Jeannie. Visiblement, la mort de sir Thomas lui avait troublé l'esprit. Une vague de compassion l'envahit à cette pensée, qu'il tenta de repousser de toutes ses forces.

Il ne pouvait pas se permettre de s'attendrir sur le sort de ces gens qu'il était venu voler, au nom du ciel ! Mais comment rester insensible face à ce spectacle ? Sa propre mère lui était infiniment chère, bien qu'elle ne sût sans doute pas à quel point il l'aimait. Il avait déçu ses parents en refusant de demeurer sur les terres dont il hériterait un jour.

Les terres qu'il avait perdues lors de cette stupide partie de cartes…

Dieu fasse qu'il puisse récupérer cette maudite reconnaissance de dette ! pria-t-il. Ensuite, il passerait le restant de sa vie à prouver à ses parents qu'il était digne de leur amour.

— Venez vous coucher, milady, murmura la dame de compagnie.

Une belle fille s'il en était ! Pas étonnant qu'Eoin ait été tenté de la séduire. Elle était sans doute plus accueillante que Catlyn avec sa froide hauteur. Pourtant, Ross devait admettre que la dame de Kennecraig avait manifesté une indéniable compassion envers cette Dora. Décidément, la jeune femme restait pour lui une énigme — une énigme qu'il lui fallait absolument résoudre s'il voulait regagner son bien.

Il se détourna et longea la fenêtre d'un pas précautionneux en suivant l'étroit rebord qui encerclait la tour. La pierre mouillée était glissante sous ses semelles, rendant l'aventure un peu plus risquée qu'il ne l'avait escompté. Mais le jeu en valait la chandelle. Non seulement il avait repéré la distillerie, mais la scène entre lady Catlyn et Dora lui avait fourni d'importantes informations.

Il approchait de la dernière fenêtre, quand les volets s'ouvrirent brusquement. Il s'arrêta en étouffant un juron et s'aplatit contre le mur. Deux mains se posèrent sur l'appui de granit et quelqu'un exhala un long soupir.

— L'air sent si bon après la pluie…

Catlyn Boyd ! Ross se plaqua encore un peu plus contre le mur, en priant pour qu'elle n'ait pas l'idée de se pencher à l'extérieur.

— Il fait humide. Vous allez attraper la mort ! gronda une rude voix féminine.

— Oh ! j'ai l'habitude, Ulma. De toute façon, il faut que je sorte demain à cheval pour aller voir si la tempête n'a pas couché l'orge.

— Au nom du ciel, c'est le travail d'Eoin !

— Peut-être. Mais papa vérifiait tout cela lui-même. Il faut aussi que je voie où en est la moisson, afin de le noter dans le registre.

Le registre ? Ross dressa l'oreille. Etait-ce là qu'était consignée la recette que cherchait Hakon ?

Ulma renifla.

— Vous en faites trop, ma fille.

— Pas plus qu'il n'est nécessaire ! Seulement, cela me prend du temps, parce que je suis encore novice pour certaines choses.

— Si Eoin ne vous avait pas aussi vilement trompée, vous auriez un époux pour partager le fardeau avec vous. Vous auriez dû jeter cet individu dehors le soir où vous l'avez surpris avec…

— Oh ! c'est ce que j'ai d'abord voulu faire.

La voix de la jeune fille s'adoucit tandis qu'elle ajoutait :

— Mais le premier choc passé, j'ai compris que le clan avait besoin d'Eoin et que je ne pouvais pas écouter seulement mon amour-propre.

— Vous pensez trop aux autres et pas assez à vous ! commenta aigrement Ulma.

Ross ne pouvait qu'être d'accord avec elle. Combien de femmes auraient fait passer l'intérêt de leur clan avant leur fierté ? Ou leur désir de vengeance ?

— C'est le devoir d'un laird, Ulma.

— En attendant, vous ne serez bonne à rien si vous ne vous reposez pas davantage. Allons, au lit !

Sur ces mots, elle tira lady Catlyn à l'intérieur et les volets se refermèrent. L'espace d'un instant, Ross fut tenté d'épier entre les lattes, pour voir si le corps de lady Catlyn, une fois dévêtu, était aussi attirant qu'il le soupçonnait, mais il y renonça finalement. Cette simple pensée était indigne d'un chevalier !

Il contourna prudemment le coin de la tour et s'avança jusqu'à la fenêtre du solarium. Elle était encore ouverte, mais aucune lumière ne filtrait de l'intérieur.

— Mathew ?

— Ah, enfin !

Son cousin apparut dans l'embrasure et lui tendit la main pour l'aider à escalader l'appui.

— Je croyais que vous étiez tombé ou que vous vous étiez fait prendre.

— Ni l'un ni l'autre, Dieu merci. Mais le rebord était plus glissant que je ne m'y attendais.

— Vous me ferez mourir avec vos imprudences ! gronda Mathew en allumant une chandelle.

— Bah, vous étiez en sécurité, non ?

— Peut-être, mais j'étais mort d'inquiétude pour vous !

Il tendit une coupe que Ross renifla avec méfiance. De l'ale et non du whiskey, Dieu merci. Il avala une longue gorgée et jeta un coup d'œil vers le seuil.

— Et nos gardiens ?

— L'un est assis le dos contre la porte et l'autre allongé en travers du couloir. Avez-vous trouvé la distillerie ?

— Je pense.

A voix basse, il informa son cousin de tout ce qu'il avait pu observer.

— Lady Catlyn était là-bas toute seule ?

Ross hocha la tête. Cela n'avait pas manqué de l'inquiéter, lui aussi. Et si Seamus décidait de l'épier, lui aussi ? Inconsciente du danger, la jeune fille prenait son travail au sérieux. Encore un trait à mettre à son actif !

— Qu'est-ce qui ne va pas ? s'enquit Mathew, à qui il n'avait jamais rien pu cacher.

— Rien…

Son cousin le foudroya d'un regard inquisiteur.

— D'accord !

Un peu réticent, il rapporta à son cousin la conversation qu'il avait surprise.

— Personnellement, je doute qu'Eoin ait la moindre chance de reconquérir lady Catlyn, conclut-il finalement.

Il hésita avant d'ajouter :

— J'ai été surpris d'apprendre qu'elle n'avait pas congédié cette Dora après cela. Elle est plus généreuse et compatissante que je ne le pensais.

— Bref, vous l'admirez !

— Mais non, se défendit Ross avec un brin de mauvaise

foi. Je réfléchissais juste à la façon dont je pouvais utiliser ces informations pour parvenir à mes fins.

— Allons donc ! Je connais cette lueur dans vos yeux.

— Ce n'est pas ce que vous pensez ! Hakon assure qu'elle est la seule à posséder le secret de la fabrication du whiskey. Aussi dois-je gagner sa confiance pour obtenir ce secret. Jusque-là, je n'ai pas utilisé la bonne stratégie. Elle a repoussé mes tentatives, parce qu'elle a des raisons de se méfier de ce genre de flatterie de la part d'un homme.

— Et en quoi tout cela nous aide-t-il ?

— Demain, c'est un autre Ross Sutherland que lady Catlyn aura devant elle. Non plus un tourneur de belles phrases, mais...

Il s'interrompit, perplexe.

— Que vais-je bien pouvoir lui dire pour surmonter ses réticences ?

— Là-dessus, je vous fais confiance. C'est vous l'expert, pas moi. A vue de nez, je dirais que lady Catlyn ne ressemble à aucune des femmes que vous avez courtisées jusqu'ici.

— Je ne la courtise pas. Je suis là pour... pour...

— Pour la trahir ?

Ross se renfrogna. Oui, bien que cela ne lui plût pas, c'était bien l'objectif de sa mission...

Chapitre 4

Catlyn s'éveilla aux premières lueurs de l'aube, qui se glissaient par l'étroite fenêtre de sa chambre. Elle accueillit le jour avec soulagement et se leva sans attendre.

Le sommeil avait mis longtemps à venir et avait été ensuite peuplé de rêves hantés par un homme aux cheveux noirs et au regard bleu envoûtant.

Ross Lion Sutherland.

Avec un petit gémissement, elle se lava le visage dans une cuvette d'eau fraîche, natta ses cheveux et enfila une tunique d'un brun passé. Elle essayait de se concentrer sur les tâches qui l'attendaient, mais elle avait beau faire, son esprit ne cessait de revenir aux songes étranges qui avaient agité son sommeil — Ross Sutherland et elle marchant ensemble dans un champ d'orge doré par l'été. Il riait à côté d'elle et Catlyn se sentait le cœur léger, plus léger qu'il ne l'avait été depuis des mois et des mois.

Puis il lui avait tendu la main et elle ne demandait qu'à la prendre pour le suivre où il voudrait. Même si c'était loin de Kennecraig…

Elle frissonna en se frottant les bras. C'était un rêve, au nom du ciel, rien de plus ! Jamais elle ne quitterait Kennecraig. Elle l'avait juré sur la mémoire de son père.

Jetant une cape légère sur ses épaules, car les celliers étaient frais même en été, elle enfila le corridor encore obscur. Par habitude, elle ralentit devant la porte de sa mère et pria en silence pour que lady Jeannie aille un peu mieux aujourd'hui. Puis elle se hâta vers la grande salle.

— Lady Catlyn !

La voix profonde de celui qu'elle avait espéré éviter résonna dans le couloir derrière elle. Son instinct lui conseillait de fuir, mais la fierté ralentit ses pas et elle jeta un coup d'œil par-dessus son épaule.

S'avançant vers elle dans la pénombre, Ross Sutherland lui dédia un sourire éblouissant.

— Vous me guettiez ? s'enquit-elle sèchement.

Comme Eoin… Lui aussi avait pris cette habitude, depuis qu'Adair avait menacé de le jeter dehors.

— Pas le moins du monde.

Il s'arrêta tout près d'elle.

— Je pensais que vous étiez… euh…

— Consigné dans votre solarium ?

Il sourit de nouveau.

— Adair nous a donné la permission de circuler à l'intérieur du donjon.

— Oh… Et pourquoi êtes-vous debout de si bon matin ?

— C'est mon habitude. Encore plus aujourd'hui, car j'étais impatient de prendre des nouvelles de mes blessés.

— Comment vont-ils ?

— Plutôt bien. L'un de mes hommes d'armes a reçu une flèche dans le bras, mais il est déjà sur pied. Quant à mon page…

Il émit un soupir.

— Le garçon va plus mal ?

— Il a un peu de fièvre et s'agite. Je crains qu'il n'ait déchiré les points que votre Freda lui a faits à l'épaule. Aussi suis-je venu chercher cela.

Il agita un livre sous ses yeux.

— J'aurais dû vous demander l'autorisation avant de l'emprunter, mais je ne me doutais pas que vous étiez déjà levée.

— Un livre ?

— Il vous appartient, je suppose. Je l'ai trouvé dans le solarium. *Le Chevalier vert.* J'ai pensé que ce conte distrairait un peu Callum.

— Mais il est écrit en français.

— Vous avez déjà remarqué que je le parlais.
— Le lisez-vous aussi ?
— Pas aussi bien que mon précepteur l'aurait voulu.
Une lueur malicieuse pétilla dans ses yeux.
— Enfant, j'étais plutôt intéressé par les jeux guerriers, mais mes parents ont insisté pour que j'étudie.
— Mon frère était exactement comme vous.
— Vous avez donc un frère ?
Catlyn cilla. L'image de Tom lui revint à l'esprit, tel qu'elle l'avait vu pour la dernière fois — inerte et couvert de sang… Elle secoua la tête pour chasser ce souvenir.
— Il est mort à quinze ans.
— Je suis vraiment désolé.
Il semblait sincère et elle crut voir sa propre peine se refléter dans le regard bleu qui cherchait le sien.
— Merci, murmura-t-elle, la gorge serrée.
— J'ai moi-même deux jeunes frères et une sœur, reprit-il après un silence. Ils ont été des enfants insupportables. Et pourtant, je les chéris tous les trois.
— Vous avez de la chance d'avoir une grande famille.
— J'en suis conscient.
Elle crut voir passer une subtile altération dans le regard de Ross. L'ombre d'un remords, ou un simple jeu de lumière ?
— C'est seulement aujourd'hui que j'apprécie cette chance à sa juste valeur, ajouta-t-il d'une voix sourde.
Le cœur de Catlyn se serra.
— Moi non plus, je ne me rendais pas compte à quel point les miens m'étaient chers. Il a fallu qu'ils s'en aillent…
— Ou qu'ils se retrouvent menacés, compléta Ross. Quand nos proches sont en danger, nous ferions n'importe quoi pour les protéger.
Catlyn hocha la tête. Elle comprenait ce qu'il voulait dire, bien sûr.
— Mon père est mort il y a un mois, en convoyant à Doune un chargement de whiskey. Je suis sûre que Hakon y est pour quelque chose, bien que je ne puisse pas le prouver. J'ai juré

sur la tombe de mon père qu'il ne s'emparerait jamais de Kennecraig.

— Une tâche difficile…

— Vous voulez dire, pour une femme ?

— Pour n'importe qui. D'après ce que j'ai pu voir, l'homme est fort et impitoyable.

— Oh ! nous nous en tirerons !

Une expression nouvelle brilla un instant dans les prunelles bleues de Ross. Du respect, semblait-il. Et aussi quelque chose d'autre, qu'elle ne parvenait pas exactement à cerner. Son pouls s'accéléra. Elle aurait voulu s'éloigner de lui et elle en était incapable, littéralement prisonnière de ce regard rivé au sien.

Elle inspira à fond, cherchant son souffle, et l'odeur grisante de Ross emplit soudain ses narines. Jamais elle ne s'était sentie aussi petite devant un homme. Et aussi féminine…

— Catlyn, chuchota-t-il.

Son prénom lui paraissait soudain plus beau, plus harmonieux, plus sensuel… Une chaleur langoureuse lui envahit le corps.

— Oui ?

Il esquissa un geste vers elle, lui effleurant la joue du revers de ses doigts.

— Je suis désolé, vraiment… Je…

Il tressaillit et laissa retomber sa main, brisant le sortilège de l'instant.

— Oui, que vouliez-vous dire ?

— Je suis désolé, répéta-t-il simplement.

La flamme s'était éteinte dans ses yeux.

Elle ne comprenait pas. Désolé de quoi ? De l'avoir touchée ? Perplexe, elle voulut se retourner et trébucha sur l'ourlet de sa robe. Elle serait tombée si Ross ne l'avait saisie par le coude. Ce simple contact propagea une onde brûlante dans tout son corps. Eperdue, elle leva les yeux vers lui et lut dans ses yeux le reflet de son propre émoi. Etait-il aussi troublé qu'elle ?

— Je… je crains de n'avoir pas bien saisi.

L'espace d'un instant, il ne répondit pas et se contenta de la dévisager comme s'il la voyait pour la première fois. Lorsqu'il parla enfin, ce fut d'une voix basse et rauque.

— Vous êtes une femme étrange.

Elle tâcha de ne pas se sentir blessée.

— Merci, murmura-t-elle en lui retirant son bras. Si vous voulez bien m'excuser à présent. J'ai une journée chargée devant moi.

Elle n'avait déjà que trop perdu de temps en sa compagnie. Et le pire, c'était qu'elle y avait pris plaisir ! Tournant les talons, elle se dirigea vers la grande salle. Mais Ross lui emboîta le pas.

— Puis-je me permettre de vous demander une faveur ?

— Une faveur ? Hum… Je doute que vous ayez jamais *demandé* quoi que ce soit à une femme !

Il éclata d'un rire sonore et communicatif. Comment un homme aussi imposant pouvait-il prendre ainsi l'air d'un gamin surpris à mentir ? Catlyn ne put s'empêcher de sourire.

— Qu'attendez-vous de moi ?

Il arqua un sourcil.

— Voilà une question qu'il ne faut jamais poser à un homme, la taquina-t-il. Cela risque de lui donner des idées.

— Je ne suis pas le genre de femme qui donne des idées aux hommes, messire.

— C'est que vous n'avez pas rencontré le genre d'homme qu'il faut.

— Mmm…

— Quant à ma requête, reprit-il comme ils arrivaient au pied de l'escalier, la voici. Accepteriez-vous de faire la lecture à Callum ? Je parle à peu près bien le français, mais je le lis avec tant de lenteur que l'histoire en souffrirait.

— Moi ? Je suis beaucoup trop occupée.

— C'est vrai ?

Catlyn s'arrêta et exhala un soupir. A cause des instants de familiarité charmante qu'ils venaient de partager, elle sentit qu'elle lui devait la vérité.

— Je… je ne m'approche jamais des blessés.

Elle baissa les yeux sur ses mains qu'elle s'était mise à nouer nerveusement.

— Je ne supporte pas la vue du sang.

— Mais pourquoi ? Qu'est-il arrivé ?

— Je ne peux pas en parler, marmonna-t-elle en essayant de chasser la vision de son frère, tel qu'elle l'avait trouvé en ce terrible jour.

— La blessure de Callum est bandée, vous ne verrez rien.

— Peut-être, mais je… je le saurais.

Un frisson la secoua.

— Pardonnez-moi, murmura-t-il. Je ne voulais pas vous bouleverser.

— C'est moi qui m'excuse de ne pouvoir faire ce que vous demandez. De toute façon, ce livre n'est pas à moi mais à ma mère. Je n'ai pas le temps de lire des romances.

— Vous devriez le trouver.

Elle haussa les épaules. Le sujet la gênait.

— Vous devez beaucoup apprécier votre page pour vous inquiéter ainsi à son sujet ?

— Ce qui lui est arrivé est ma faute. S'il ne s'était pas interposé entre la hache d'un Fergusson et moi, il n'aurait pas été blessé.

Elle réprima un cri.

— Vous voulez dire que… vous avez failli être tué ?

— Mon armure aurait amorti le plus gros du coup, je suppose. En tout cas, Callum l'a pris à ma place.

— Je vois…

Dieu savait pourquoi, elle était bouleversée d'apprendre que Ross Sutherland aurait pu succomber dans cette escarmouche. Hier soir encore, cela lui aurait été presque indifférent. Mais depuis qu'ils avaient eu cette conversation ensemble, elle ne le regardait plus du même œil. Elle ne voyait plus seulement en lui un séducteur sans scrupules, mais un homme qui aimait sa famille, ses gens, et semblait compatir aux souffrances des autres.

Elle jura intérieurement en prenant conscience de sa bêtise.

Elle devait impérativement se reprendre ! Elle ne pouvait pas se laisser séduire aussi facilement par cet homme !

— Je prierai pour le prompt rétablissement de Callum, assura-t-elle, désireuse de se débarrasser de Ross au plus vite.

Rassemblant ses jupes, elle descendit en hâte les degrés de pierre. Un instant, elle crut qu'il allait lui emboîter de nouveau le pas et un frémissement d'anticipation la parcourut à cette perspective. Mais elle se reprit aussitôt, irritée par sa propre réaction. Décidément, il fallait que les Sutherland s'en aillent. Très vite… Elle allait rendre visite à la vieille Freda et lui demander quand les blessés seraient en état de se remettre à cheval.

Ross regarda lady Catlyn disparaître au tournant de l'escalier. Bien qu'il fût tenté de la suivre, il se força à ne pas le faire. Il ne voulait pas prendre le risque de gâcher le léger succès qu'il venait d'obtenir.

En tout cas, le résultat valait bien la peine qu'il s'était donnée en rôdant une bonne heure à proximité de la porte de la jeune femme dans l'espoir de la rencontrer. Et le prétexte du livre avait été aussi efficace qu'il l'avait escompté. Il avait éveillé un intérêt commun, une base pour forcer les défenses de Catlyn. Oh ! elles ne s'étaient pas effondrées complètement, bien entendu. Mais il avait réussi à ouvrir quelques brèches…

Pourtant, cette victoire lui laissait un goût amer.

« Vous ne pouvez pas vous permettre de l'admirer ! » l'avait prévenu Mathew hier soir.

Que dirait-il s'il apprenait que Ross non seulement respectait profondément la dame de céans, mais qu'il éprouvait en plus un violent désir pour elle ?

Car il n'y avait pas d'autre mot pour désigner cet éclair brûlant qui avait fusé entre eux tandis que leurs regards restaient plongés l'un dans l'autre. Cette sensation inattendue l'avait pris de court. Pour lui, c'était le comble de la perversité de désirer la femme qu'il était venu trahir !

L'espace d'un instant, il fut tenté de courir après elle, de lui avouer pourquoi il était ici et…

Et quoi ? D'implorer son assistance ? Elle n'avait pas la moindre raison de l'aider, surtout si c'était contre les intérêts de son clan.

Ravalant un juron, il frappa le mur du plat de la main. Il devait continuer, il n'avait pas le choix.

Les pensées en déroute, il descendit à l'infirmerie du donjon, une pièce sans le moindre ornement, mais propre et confortable. Il était touché que les Boyd aient fourni à son page ce petit espace d'intimité et de paix.

— Désolé d'avoir été si long, mon garçon, mais je t'apporte le livre dont je t'avais parlé.

Callum eut un faible sourire. Son visage était plus pâle que de coutume sous sa tignasse rousse.

— Je croyais que c'était seulement un prétexte pour parler à la dame.

— C'en était un… en partie.

Callum se souleva sur ses oreillers en grimaçant de douleur.

— Cela a-t-il marché ? Avez-vous obtenu ce que nous sommes venus chercher ?

— Pas encore. Mais je crois qu'elle me fait un peu plus confiance. Quant à notre escarmouche avec les Fergusson…

— Freda a dit que je garderai une cicatrice, interrompit Callum, rayonnant. Pas une grande comme vous avez à la jambe, bien sûr. Mais tout de même, ce sera la preuve que j'ai livré bataille !

Ross s'approcha du lit.

— Je sais que tu as réagi par instinct. Mais la prochaine fois que tu verras quelqu'un me menacer sur mes arrières, pousse un cri pour me prévenir au lieu de prendre le coup. D'accord ?

Ross en frissonnait encore. Dire qu'il avait été si près de perdre le jeune garçon !

— Mathew dit que le premier devoir d'un page est de défendre son seigneur, répliqua Callum d'une voix boudeuse.

— Mais pas au péril de ta propre vie !

Ross posa une main sur l'épaule valide du jeune page.

— J'aimerais te voir adouber chevalier.

— Moi aussi, milord. C'est mon rêve le plus cher !

— Alors tâche de vivre pour le réaliser.

— D'accord.

Callum baissa les yeux, mais sa contrition ne dura qu'un instant. Il releva bientôt la tête, le regard brillant.

— Une fille m'a apporté du bouillon pendant que vous étiez parti. Je lui ai posé des questions…

— Oh ! Callum !

— Non, non, j'y suis allé prudemment, je vous assure.

— Je n'en doute pas, mais…

— Elle s'appelle Brita et c'est la fille de Roland, le distillateur. Elle l'aide à broyer l'orge. Elle m'a dit que lady Catlyn consigne tout ce qu'ils font dans un registre.

— Callum…

— Mais c'est peut-être ce que vous cherchez !

Ross exhala un soupir et s'assit sur le tabouret près du lit.

— C'est possible, mais je ne veux pas que tu te mettes en danger en fourrant ton nez là-dedans.

— Je voulais vous aider, se justifia Callum. Dallas est venu voir comment j'allais. Lui aussi cherche à se renseigner, ainsi que tous les autres. Je voulais aider, répéta-t-il d'un ton plaintif.

— Tu m'aideras en te rétablissant. Mais pas trop vite.

Le gamin arrondit les yeux, stupéfait.

— Que voulez-vous dire ?

Ross lui ébouriffa les cheveux.

— Les Boyd sont des gens méfiants. S'ils nous ont permis de rester céans, c'est uniquement parce que Ned et toi étiez blessés. Ned a reçu une flèche dans le bras, mais il est déjà sur pied. Quand tu seras assez bien pour monter à cheval, ils vont nous renvoyer sans aucun doute.

— Même si nous n'avons pas trouvé la recette ?

— Je ne peux pas leur dire cela, n'est-ce pas ? Mais si tu pouvais jouer encore un peu les malades…

— Ils nous laisseraient rester !

— Ce ne sera pas facile, attention. Tu dois faire semblant de beaucoup dormir et ne plus poser de questions. Un blessé n'a pas de forces pour cela.

— Non… enfin je suppose.

— Pendant ce temps, je tâcherai de découvrir ce registre dont tu viens de parler.

Callum sourit, tout fier.

— Vous pouvez compter sur moi, milord.

Une voix sévère les interrompit soudain.

— Alors, on fatigue le blessé, sir Ross ?

Freda se tenait immobile dans la pénombre du seuil. Vieille et cassée, elle s'appuyait lourdement sur une canne et les enveloppait tous deux d'un regard suspicieux.

Qu'avait-elle entendu exactement ?

— Je suis content que vous soyez venue, Freda, chuchota Callum d'une voix faible. Mon épaule me fait très mal.

Il s'était laissé retomber sur les oreillers, son teint toujours très blanc ajoutant à l'image de malade qu'il voulait donner.

— Oh ! mon Dieu !

L'apothicaire se précipita dans la chambre en heurtant le sol de sa canne. Grommelant entre ses dents, elle vérifia le bandage, puis posa une main sur le front du blessé.

— Pourtant, vous n'avez pas la peau chaude.

— C'est à l'intérieur que ça me brûle, assura Callum d'une voix gémissante.

Ross se renfrogna. Il en était donc à encourager l'honnête jeunesse à mentir ? D'accord, la sécurité de leur clan était en jeu, mais tout de même !

— Hmm… grogna Frieda. Je vais essayer mon petit tonique sur vous. Cela ne peut pas vous faire de mal.

Elle se redressa et se tourna vers Ross.

— Notre demoiselle vient de me demander des nouvelles du petit. Je lui ai dit qu'il se rétablissait très bien et serait sans doute prêt à se remettre en selle dans un jour ou deux. Mais s'il a la fièvre…

Ross hocha la tête en remerciant le ciel que tout cela ne soit que pure comédie.

— Catlyn m'a dit que vous aviez beaucoup d'affection pour ce galapiat, poursuivit la vieille femme, bougonne.

Elle sourit à Callum, puis alla fouiller dans la commode placée dans un coin de la pièce.

— Où ai-je fourré cette potion ?

Callum en profita pour adresser un clin d'œil complice à Ross, qui le sermonna à voix basse.

— Prends garde de ne pas en faire trop !

Et d'ajouter tout haut :

— Je le laisse entre vos mains capables, maîtresse Freda.

— C'est cela, répliqua-t-elle en le congédiant d'un geste. Et tenez-vous tranquille, hein ? J'ai déjà assez de blessés sur les bras.

Ross émit un grognement pour toute réponse.

— Je reviendrai te voir plus tard, Callum. Obéis à dame Freda !

Une silhouette surgit de l'ombre au moment où il s'engageait dans le corridor. Ross porta aussitôt la main à la garde de son épée.

— Du calme, ce n'est que moi ! s'écria une voix familière.

Dallas Mac Lellan, l'autre cousin de Ross, s'avança dans le cercle de lumière que dispensait la torche fixée au mur. Dallas faisait un excellent espion, car ses yeux bruns et ses traits quelconques n'attiraient l'attention de personne. Peu de gens savaient quel esprit acéré se dissimulait sous cette apparence passe-partout.

— Je suis passé devant les portes qui donnent accès, d'après vous, à la distillerie. Mais deux hommes y montaient la garde.

Ross jura entre ses dents tout en entraînant son cousin dans le couloir.

— Pas moyen de se glisser à l'intérieur ?

— Aucun. J'ai vu de loin la dame et sir Adair y pénétrer. Des servantes et des ouvriers sont entrés et sortis à plusieurs reprises. A moins de me déguiser…

— Non, c'est trop risqué. Ils voient trop peu d'étrangers ici et se connaissent bien les uns les autres. Il ne nous reste plus qu'à attendre la nuit.

— Et s'ils nous bouclent dans nos quartiers ?

— C'est moi qui irai, par le même chemin qu'hier soir. Sachant que nous sommes enfermés, ils ne verront peut-être pas la nécessité de laisser des gardes devant les portes la nuit. Quoi d'autre ?

— Le château est vieux et les remparts auraient grand besoin de réparations. Quelques catapultes au bon endroit et ils tomberont en miettes.

Ross secoua la tête.

— Ils savent que Fergusson en veut seulement à leur whiskey. C'est pourquoi ils ne font pas grand-chose pour se protéger.

— D'après ce que j'ai pu entendre à table hier soir, c'est la première fois que quelqu'un s'en prend à eux. Ils vivent entre eux depuis des générations, absorbés par la fabrication de leur whiskey. C'est le père de lady Catlyn qui a éveillé l'intérêt des taverniers d'Edimbourg pour le *finglas*. Ils espèrent gagner ainsi de quoi subsister et assurer l'avenir de leurs enfants.

Ross se passa la main dans les cheveux.

— C'est terrible, ce que nous sommes en train de faire… Si seulement je pouvais m'en tirer sans leur dérober leur secret…

— Il n'y faut pas songer, murmura Dallas.

Il hésita, puis un léger sourire étira ses lèvres.

— Mais je suis sûr que vous trouverez un moyen de ne pas trop léser les Boyd.

Un moyen ? S'il en existait un, Ross ne le discernait pas pour l'instant.

— Que voulez-vous que je fasse à présent ? s'enquit Dallas.

— Tous nos gars sont-ils à leur poste ?

— Oh ! oui. Johnnie et six autres sont dans la cour et surveillent ce qui s'y passe. Le groupe de Gordie en fait autant dans la grande salle. Lang Gil est aux écuries, afin de s'assurer que nos chevaux n'ont pas trop souffert de l'escarmouche. Quant à Mathew…

Il poussa un bref soupir.

— Eh bien ?

— La dernière fois que je l'ai vu, il bavardait avec une fille superbe. Une vraie beauté ! s'exclama Dallas avec un sourire amusé.

— Dora, sans doute. Mat travaille aussi à sa façon, ne vous y méprenez pas. Cette jolie poupée est la dame de compagnie de lady Jeannie.

— Ah, la veuve de sir Thomas... Attention, voilà quelqu'un ! s'interrompit brusquement Dallas.

Ils venaient de tourner le coin d'un corridor quand Seamus surgit soudain devant eux.

— Il faut que je vous parle, sir Ross.

— Je vous écoute.

— Seul à seul.

Ross fronça les sourcils, contrarié. Puis il fit signe à Dallas de continuer son chemin. Seamus jeta un coup d'œil suspicieux autour de lui avant de se pencher vers Ross. Il dégageait une désagréable odeur de sueur et son haleine n'était pas nette.

— J'ai localisé la distillerie, chuchota-t-il.

— Moi aussi.

— Ah bon ? Vous êtes plus astucieux que ne le prétendait Hakon.

Ross haussa les épaules.

— Si je l'étais, je ne serais pas ici, mon vieux !

— Exact.

Seamus sourit, révélant trois dents cariées.

— Nous nous introduirons ce soir dans la fameuse tour et dessinerons les lieux.

— Impossible, il y a des gardes à la porte.

Seamus porta la main à la dague suspendue à sa ceinture.

— Je me charge d'eux.

— Pas question ! Je ne veux pas qu'on verse une seule goutte de sang. Il y en a déjà eu assez comme cela.

— On en versera d'autre s'il n'y a pas d'autre moyen, rétorqua Seamus d'un ton froid.

Ross plongea son regard dans celui de son interlocuteur — sombre et impitoyable. Une terrible pensée commençait à s'infiltrer dans son esprit.

— Vous ne me demandez pas si j'ai découvert la recette de lady Catlyn ?

— Si vous l'aviez, vous l'auriez dit, non ?

— Etes-vous sûr que cette recette existe, au moins ?

— Bien entendu ! Tout le monde sait que c'est cela qui fait de leur *finglas* le meilleur whiskey du pays.

— Et Hakon veut la recette, ainsi qu'un plan de la distillerie ?

— Ouais.

Ross n'était toujours pas rassuré. Et si Seamus s'était introduit céans pour enlever les barils de poudre ? Cette menace disparue, Hakon pourrait assiéger Kennecraig et, vu l'état des défenses, il ne lui faudrait pas longtemps pour s'emparer du château. Ensuite, il contraindrait Catlyn à lui livrer la recette ainsi que la distillerie, et il obligerait à travailler pour lui ceux des Boyd qui n'auraient pas été tués pendant le siège.

Ross serra les poings. Hakon lui avait menti, il s'en rendait compte à présent. Peut-être avait-il craint qu'il ne refuse de coopérer, même pour récupérer cette maudite reconnaissance. En réalité, Hakon ne voulait pas monter sa propre distillerie. Il voulait s'emparer de celle des Boyd. Sans doute l'aurait-il fait depuis des mois sans les explosifs dont il redoutait la présence.

Ross sentit son sang se figer dans ses veines.

— A votre place, je me remuerais un peu, grogna Seamus. Hakon vous a donné une semaine pour accomplir votre mission. Passé ce délai, il prendra possession de *votre* château.

Ross se raidit, horrifié à la pensée de Hakon et de sa sinistre bande semant la désolation à Edin Valley.

— J'ai une semaine, rétorqua-t-il d'un ton sec. J'utiliserai ce délai comme je le jugerai bon. Mais je me suis engagé à obtenir la recette, rien de plus. Si vous essayez de vous en prendre à la dame de céans, ou d'ouvrir le château aux hommes de Hakon, je révélerai aux Boyd qui vous êtes.

Le sourire de Seamus s'élargit.

— Vraiment ? Et comment expliquerez-vous votre présence ici, hein, milord tout-puissant ?

— Je leur dirai la vérité.

— Au risque de perdre vos terres ?

— J'aime encore mieux cela que de me faire complice d'un crime.

Seamus cracha sur le sol.

— J'avais bien dit à Hakon que c'était une erreur de jeter son dévolu sur vous.

— Pourquoi moi ?

— Oh ! parce que je vous avais reconnu. Je vous ai vu à Keastwicke, le jour où je suis allé chercher le corps d'Aedh Fergusson.

Ross sentit son estomac se nouer à ces mots. Fergusson était un nom répandu dans les Borders et il n'avait pas fait le rapprochement.

— Aedh était le père de Hakon ?

— Exact. Hakon pensait que vous lui deviez bien votre aide, puisque vous êtes apparenté à celui qui a causé la mort de son paternel.

Ross tourna les talons, résistant à l'envie de secouer cet horrible Seamus jusqu'à ce que mort s'ensuive. Seigneur, comment avait-il pu être aussi naïf, aussi stupide ?

Le rire de Seamus le poursuivit tandis qu'il s'éloignait dans le corridor. Furieux, il se dirigea vers la grande salle, dont il ouvrit la porte à la volée, faisant claquer le panneau de chêne contre le mur. Un silence soudain s'abattit sur l'assemblée à cette entrée fracassante. Même ses hommes le dévisagèrent, bouche bée.

Ross se reprit tant bien que mal et parcourut la pièce des yeux. Mathew était là-bas, assis entre deux femmes. Il mit le cap sur lui à grandes enjambées.

— Mathew, il faut que je vous parle !

— Bien sûr.

Le jeune homme se leva promptement. Bien qu'il gardât un visage impassible, l'inquiétude se lisait dans ses yeux. Ross inclina sèchement la tête. Vue de près, Dora lui parut d'une beauté vraiment saisissante, mais ses traits manquaient un peu de vie à son goût. Lady Jeannie était assise à côté d'elle.

— Oh ! messire, vous n'auriez pas vu le plaid de lord Thomas, par hasard ? s'enquit-elle.

Ses yeux étaient de la même nuance émeraude que ceux de sa fille, mais ternes et vides.

— Non, milady, répondit-il avec douceur. Mais on m'a parlé de vos talents de couturière et je me demandais si vous auriez le temps et l'obligeance de raccommoder ma meilleure tunique. Elle est en velours, et c'est ma mère qui l'a confectionnée pour moi. Aussi ne puis-je la confier à n'importe qui, vous comprenez...

Le regard de lady Jeannie s'éclaira furtivement.

— Je serais ravie d'y jeter un coup d'œil, afin de voir ce que je peux y faire.

— Parfait.

Ross fit signe à Dallas de les rejoindre.

— Lady Jeannie a accepté de recoudre ma tunique déchirée. Voulez-vous monter avec elle et la lui montrer ?

— Bien sûr.

Dallas s'inclina sans manifester la moindre surprise et offrit le bras à lady Jeannie, qu'il escorta vers l'escalier. Dora gratifia Ross d'un regard sévère avant d'emboîter le pas à sa dame.

— Cette fille n'est pas du genre à s'en laisser conter, marmonna-t-il en s'installant sur le banc près de Mathew.

— Oh ! non ! Elle fait mentir le dicton qui assure que la beauté ne rime pas avec l'intelligence. Mais elle a beaucoup souffert...

Comme si elle avait deviné qu'il parlait d'elle, Dora s'arrêta un instant sur le seuil et coula une œillade à Mathew. Un léger sourire retroussa ses lèvres avant qu'elle ne se hâte de sortir.

— On dirait que vous lui avez fait une certaine impression, commenta Ross.

— A quoi cela m'avance-t-il ? Si au moins nous n'étions pas venus là pour les trahir...

Ross serra les poings.

— Je suis comme vous, mon vieux, je n'aime pas ce que nous faisons. Et les choses sont encore pires que nous le pensions.

— Comment cela ?

— J'ai été aveugle. J'aurais dû deviner depuis le début que Hakon voulait bien plus que la recette. En réalité, il veut tout — le château, la distillerie et le secret de fabrication du whiskey.

— Bon sang ! Mais comment…

— Seamus. Toute cette histoire n'était qu'un prétexte pour l'introduire à Kennecraig. Cette canaille vient de tout m'avouer.

— Il veut enlever les barils de poudre de la distillerie, c'est cela ?

— Je pense. Mais ce serait une tâche trop ardue pour un homme seul, qui risquerait en outre de se faire surprendre. Je pense que Seamus va tenter d'ouvrir les portes à Hakon.

Mathew déglutit.

— Que pouvons-nous faire ?

— S'assurer qu'il n'y parviendra pas.

— Mais la reconnaissance de dette que détient Hakon ? Vous courez le risque de perdre Stratheas…

Ross abattit son point fermé dans sa paume.

— Je sais. D'une façon ou d'une autre, je dois parvenir à déjouer les plans de cette vermine !

Chapitre 5

Il était presque midi lorsque Catlyn quitta la distillerie, éreintée mais satisfaite de sa matinée de travail. Ils avaient fini de tester le whiskey d'un an, dans un climat de relative entente avec Roland. Ses hommes et lui étaient à présent en train de transvaser les vingt grands barils d'alcool dans des tonnelets, qu'on allait ensuite hisser du sous-sol à l'entrepôt du rez-de-chaussée au moyen d'un treuil et d'un monte-charge.

Une bonne chose de faite ! Mais ils avaient encore du pain sur la planche — le whiskey de deux et trois ans devait être vérifié de nouveau afin de s'assurer qu'il vieillissait de façon satisfaisante. Il fallait aussi examiner les tonneaux, pour colmater d'éventuelles fuites. Et surtout, préparer le *finglas* de quatre ans pour le marché.

— Inutile d'aller inspecter vous-même les champs d'orge, la gronda Adair, comme ils montaient l'escalier.

— Mais papa le faisait toujours lui-même.

Elle en avait décidément assez d'être traitée en poupée sous prétexte qu'elle était une femme !

— Il pouvait se le permettre parce que vous étiez là pour le seconder et le décharger d'une partie du travail. Vous allez vous épuiser à tout faire ainsi toute seule. Laissez-moi au moins partager le fardeau avec vous !

C'était tentant. Elle avait le dos douloureux d'avoir passé tant d'heures debout et ses yeux la brûlaient à cause du manque de sommeil. Mais cette année, il fallait que tout soit parfait, en hommage à son père.

— Une chevauchée au grand air me fera le plus grand bien.

— Tête de mule, marmonna Adair.

— Je ne m'obstine que lorsque j'ai raison ! argua-t-elle en ouvrant la porte de l'entrepôt. Je voudrais réaliser le projet de papa et amener à Doune un tonnelet de dix ans.

Adair se gratta l'oreille.

— Ah oui, la foire ! Je pensais justement que nous ferions mieux de nous en abstenir cette année.

— Mais les Boyd y ont toujours participé, c'est la tradition. Papa disait que c'était une excellente occasion de comparer les divers crus de la région.

— Et si vous tombez sur Hakon ?

— Bah, c'est un jour de trêve, il n'osera pas la rompre. Et nous avons besoin de l'argent de la vente. Cela nous permettra de tenir jusqu'à ce que nous apportions le reste au marché d'Edimbourg.

— C'est vrai, admit Adair. Le cuisinier va avoir besoin de sel pour conserver la viande de porc.

— Et il faut aussi du bois pour confectionner de nouveaux tonneaux.

— Tout de même, je me sentirais plus en sécurité si nous avions des renforts.

Catlyn se raidit aussitôt.

— Vous pensez aux Sutherland, je suppose ?

— Pourquoi pas ? Ce sont des guerriers expérimentés. Nous ne pourrions guère espérer trouver mieux ailleurs. Et nous les connaissons un peu à présent.

Elle se renfrogna.

— Je ne veux pas d'eux ici.

— Parce que sir Ross vous a tapé dans l'œil et que vous n'aimez pas cela ?

— Aucun homme ne m'a *tapé dans l'œil*, comme vous dites. Surtout quand il n'apprécie pas notre whiskey !

Adair secoua la tête.

— Et vous prétendez que vous n'êtes pas une mule ?

Il lui releva le menton d'un geste taquin, comme il le faisait quand elle était petite.

— Très bien, n'en parlons plus ! Mais prenez une escorte avec vous quand vous irez voir les récoltes.

— D'accord, Adair.

Catlyn se haussa sur la pointe des pieds pour embrasser la joue tannée de son conseiller. Puis elle s'enfuit avant qu'il ne trouve d'autres objections. Longeant la grande salle, elle jeta sa cape sur ses épaules et se dirigea vers l'entrée aux murs tapissés de vieux boucliers.

Parvenue sur le seuil, elle mit sa main en visière pour se protéger du soleil et s'arrêta un instant. Eoin et une douzaine d'hommes du clan bien armés l'attendaient à la porte des écuries. Plus loin, un groupe de Sutherland s'exerçait à l'épée et au tir à l'arc. Ils s'escrimaient avec force jurons et cliquetis, leurs poitrines musclées luisant de sueur. Intéressée malgré elle par leurs prouesses, Catlyn s'arrêta un instant pour les observer avant de rejoindre le petit détachement des Boyd. Eoin se précipita vers elle pour lui offrir le bras.

— Bonjour, Catlyn. Comment allez-vous aujourd'hui ?

Elle dégagea sa main sans répondre et se hâta vers sa jument, Eoin sur les talons.

— J'ai demandé au cuisinier de nous empaqueter un en-cas, poursuivit-il. Nous pourrons le partager dans ce petit vallon que vous aimez tant…

— Nous n'aurons pas le temps ! coupa-t-elle d'un ton brusque. Nous mangerons à cheval.

Refusant l'aide du jeune homme, elle se hissa en selle d'un mouvement preste. Eoin l'imita, une moue boudeuse aux lèvres.

— Catlyn, je crois que…

Il n'eut pas le temps d'achever sa phrase. Ross Sutherland venait de jaillir du donjon et se ruait vers eux, ses cheveux d'ébène flottant au vent.

— Hé là, où croyez-vous donc aller ? s'écria-t-il en empoignant les rênes de Catlyn.

— Voir les champs d'orge…

— Pas question ! C'est trop dangereux.

Outré, Eoin sauta à bas de son cheval.

— Dites donc, vous n'allez tout de même pas…

— Ne vous en mêlez pas, je vous prie ! ordonna Ross, visiblement hors de lui.

Il continua, son regard flamboyant plongé dans celui de Catlyn :

— Avez-vous déjà oublié ce qui s'est passé avant-hier ? Hakon est dans les parages, bon sang !

Catlyn le toisa à son tour, furieuse.

— Il ne détruira pas les champs d'orge, si c'est ce que vous craignez. Il tient à ce que nous fassions la récolte et transformions les grains en whiskey. Et il n'osera pas non plus attaquer Kennecraig.

— Il n'en aura pas besoin s'il vous prend en otage ! Vos hommes auront alors tôt fait de lui ouvrir les portes.

— Moi, en otage ?

La peur s'empara d'elle, faisant refluer la colère.

— Oui, vous ! En cet instant même, il est peut-être en train de nous observer depuis les montagnes et d'attendre le moment où vous sortirez avec votre ridicule escorte pour vous tendre une embuscade et vous capturer.

— Je protégerai lady Catlyn au péril de ma vie ! intervint Eoin.

Ross ricana pour toute réponse, le regard toujours fixé sur Catlyn.

— Il ne leur faudra pas dix secondes pour vous jeter à bas de ce cheval ! prédit-il. Voulez-vous une démonstration ?

Joignant le geste à la parole, il la saisit à bras-le-corps avant même qu'elle n'ait eu le temps de deviner ses intentions et l'arracha de sa selle.

— Posez-moi par terre ! Je vais où j'ai décidé d'aller, ce n'est pas vous qui…

— Vous allez rentrer, voilà ce que vous allez faire.

La calant sous son bras comme un vulgaire sac d'orge, il se dirigea vers l'escalier à grands pas.

Un Adair impassible observait la scène, debout au pied des degrés.

— Adair, faites quelque chose ! supplia-t-elle.

— Est-elle toujours aussi têtue ? grommela Ross.

— Hmm… Rentrez, ma fille, il a raison. Eoin peut aller voir les champs à votre place, je vous l'ai déjà dit.

Comprenant qu'elle n'obtiendrait aucune aide de ce côté, Catlyn se démancha le cou pour regarder Ross Sutherland.

— Pourquoi faites-vous cela, au nom du ciel ?

— Parce que je ne veux pas qu'il vous arrive malheur. Hakon ne s'en prendra peut-être pas à vos moissons, mais il n'hésitera pas à s'emparer de vous si vous lui en donnez l'occasion.

Il avait raison, elle dut en convenir.

— Très bien. Si vous voulez bien avoir l'amabilité de me lâcher, je vais rentrer au donjon.

Il obtempéra sur-le-champ et elle gravit les marches la tête haute, en carrant les épaules. Dieu savait pourtant qu'elle était tout sauf calme en cet instant.

Il l'avait touchée, tenue contre lui. Rien ne serait plus jamais pareil. Elle le comprenait d'une façon primitive et profonde qui l'effrayait presque autant que les menaces de Hakon. Ce qu'elle ne savait pas, c'était ce qu'elle devait faire de cette révélation.

Et de Ross Sutherland par la même occasion.

Depuis la crête de la montagne, Hakon surveillait la petite cavalcade qui s'éloignait de Kennecraig.

— Toi qui as de bons yeux, fiston, vois-tu Catlyn Boyd parmi eux ?

Guthrie Fergusson, alias le Diable, mit sa main en visière et scruta le chemin en contrebas.

— Non, pour autant que je puisse voir à cette distance.

— Pas de Seamus non plus ?

— Comment pourrais-je distinguer cet abject ver de terre parmi les autres ? Attaquons-les, on saura bien qui est avec eux ou non.

— Je veux la fille vivante.

— Oh ! d'accord !

Guthrie porta la main à la hache suspendue à sa ceinture.

— Alors épargnons-la et tuons tous les autres.

Hakon soupira. Guthrie ressemblait tellement à son grand-père ! Quelque chose en lui semblait se nourrir de bataille et de carnage. Même enfant, il avait déjà ce penchant pour la violence, qui s'était révélé plutôt utile par la suite. La terreur qu'inspirait Guthrie, avec sa réputation sanguinaire, incitait les voyageurs surpris par eux à dénouer promptement les cordons de leur bourse. Mais le garçon avait un côté un peu trop impulsif.

— Non, on les laisse passer !

— Nous n'avons même pas eu un combat digne de ce nom depuis que nous avons quitté les Borders, se plaignit Guthrie, maussade. Cela me manque.

— C'est pourtant toi qui as expédié Thomas Boyd de vie à trépas, le diable t'emporte. Si tu n'avais pas commis cette bourde, nous nous serions servis de lui pour nous faire ouvrir les portes de Kennecraig.

Guthrie renifla.

— Je ne voulais pas le tuer, seulement lui faire demander merci. J'y suis allé un peu fort, voilà tout.

— Je sais, fiston. Loin de moi l'idée de te priver de tes petits plaisirs. Mais cette fois, il y a plus important. Songe un peu, quand nous nous serons emparés de Kennecraig, nous pourrons vivre comme des rois. Nous aurons une grande forteresse, de l'argent, de la nourriture, des vêtements. Et plus de whiskey que nous n'en pourrons boire !

— Et des femmes, compléta Guthrie avec un sourire concupiscent. Vous m'avez bien dit que je pourrais avoir les femmes, hein ?

— Oui. Mais d'abord, il faut prendre le château.

Guthrie se frotta les mains.

— Il me tarde de voir la tête du grand Ross Lion Sutherland, quand il s'apercevra que nous lui avons joué un tour. On ne pourrait pas le prendre en otage et demander une rançon ?

— Excellente idée, fiston. Je n'y avais pas pensé.

Ce qui était faux. Mais Hakon aimait à encourager les progrès de sa progéniture.

— Allons, suis-les ! Et ne les perds pas de vue, hein ?

Catlyn se sentait trop bouleversée et gênée pour descendre souper. Au lieu de cela, elle fit monter un plateau pour sa mère et pour elle. Dans la chambre seigneuriale, elle trouva lady Jeannie occupée à ravauder, son aiguille à la main.

— Disposez la nourriture sur la table, Dora, intima-t-elle.

Puis elle s'approcha de sa mère.

— A quoi travaillez-vous maman ?

— Je répare la tunique de sir Ross.

Catlyn sursauta et jeta un regard réprobateur au vêtement de velours noir étalé sur les genoux de sa mère.

— Vous n'avez pas à travailler pour lui, au nom du ciel ! Pourquoi faites-vous cela ?

— Parce qu'il me l'a demandé, répliqua tranquillement Jeannie.

Elle s'appliquait, cousant avec de minuscules points presque invisibles.

— C'est sa mère qui l'a faite pour lui. Alors il ne veut pas la confier à n'importe qui, c'est bien normal.

Catlyn lança un coup d'œil à Dora.

— C'est lui qui lui a demandé, milady, confirma la jeune fille.

Milady !

— Je croyais que nous étions convenues d'oublier le passé, Dora.

— Mais je...

Catlyn l'arrêta d'un geste.

— Nous sommes amies depuis l'enfance. Et il se trouve que j'ai besoin de mes amis en ce moment... tous mes amis !

Les yeux de Dora s'emplirent de larmes.

— Catlyn... Vous êtes si généreuse, si bonne...

— Ce n'est pas l'avis de sir Ross, ironisa Catlyn.

— Pensez-vous que votre père nous ait envoyé sir Ross pour nous protéger contre les Fergusson ? intervint inopinément lady Jeannie.

Catlyn échangea un regard stupéfait avec Dora. Sa mère était-elle plus consciente de la situation qu'elle ne l'avait pensé ?

— Maman, je…

Lady Jeannie la regarda dans les yeux, pour la première fois depuis des mois.

— Moi, je l'aime beaucoup, déclara-t-elle. Il a de la gentillesse dans les yeux et de très larges épaules. Une fille doit se sentir en sécurité avec lui.

Elle examina de nouveau son ouvrage.

— Mais il devrait être plus soigneux avec ses habits. Regardez-moi cette déchirure ! On dirait qu'il a été attaqué par un ours.

— Un… ours ? répéta Catlyn, abasourdie.

Dora se pencha à son oreille.

— Je crois qu'il a tailladé cette tunique exprès. Votre maman était tout agitée de ne pas retrouver le plaid du laird. Sir Ross lui a alors raconté cette histoire de tunique et elle a accepté tout de suite de la réparer. Mais j'ai trouvé que l'ami de sir Ross mettait bien longtemps à apporter le vêtement.

— Sir Ross aurait manigancé tout cela ? Quelle outrecuidance ! Mais de quoi se mêle-t-il, bonté divine ?

— Je crois qu'il est simplement compatissant, murmura Dora. Et intuitif.

Catlyn émit un reniflement et se détourna, gênée par le regard inquisiteur de son amie.

— Mangeons, cela vaudra mieux.

A force de persuasion, elles réussirent à arracher lady Jeannie à son raccommodage et toutes trois dînèrent en silence de mouton bouilli et de galettes à l'avoine. Entre Dora et Catlyn, les choses n'étaient pas redevenues comme avant, certes, mais la tension n'était plus aussi vive.

— Il me tarde que la moisson arrive, déclara enfin Catlyn,

après s'être forcée à avaler un dernier morceau de viande fibreuse.

— C'est exactement ce que disait sir Mathew à midi, remarqua Dora.

— Vous avez parlé avec l'un de ces Sutherland ?

Dora s'empourpra et baissa la tête vers son tranchoir.

— Il s'est montré très aimable, murmura-t-elle.

Catlyn n'en doutait pas. Encore un libertin qui avait trouvé Dora à son goût ! Etant donné les commérages qui couraient sur la jeune femme, il avait dû penser qu'elle serait une proie facile.

— Dora, les hommes sont parfois…

— Je sais qu'ils peuvent être trompeurs, mais sir Mathew est différent. Il n'a pas cherché à me flatter. Il m'a parlé de sa maison, des récoltes, et d'autres sujets de ce genre.

— Oh, marmonna Catlyn, méfiante.

— Ils ont été élevés dans un endroit paisible et ravissant nommé Edin Valley.

— *Ils* ?

— Presque tous les hommes de leur petite troupe y sont nés, y compris sir Ross. C'est le cousin de Mathew et il est le seigneur de Stratheas, un grand château qu'il a hérité de sa mère.

Refusant de parler plus longtemps de sir Ross, Catlyn se leva brusquement.

— Excusez-moi, mais je n'ai pas le temps de bavarder. Je suis ravie d'avoir passé ce petit moment avec vous, mais maintenant, il faut que j'aille mettre les registres à jour.

Dora la suivit jusqu'à la porte.

— Je n'aime pas vous savoir seule dans les celliers.

— Allons, voilà Petite Soucieuse qui reparaît !

Ce surnom, qui datait d'une époque plus heureuse, arracha à Dora un faible sourire.

— Cette fois pourtant, Adair est du même avis que vous. Aussi n'avez-vous pas à vous inquiéter. Il a posté un garde à la porte de la distillerie et un autre devant le bureau quand j'y travaille.

— Me voilà rassurée. Oh ! Catlyn, comme je suis heureuse que nous soyons de nouveau amies ! Vous m'avez tant manqué...

Catlyn déglutit.

— Vous aussi, Dora, vous m'avez manqué.

— Je n'aime pas votre idée, grommela Mathew. Et si vous vous faites surprendre pendant que vous tentez de vous introduire dans la distillerie ?

— Il n'y a pas de risque, assura Ross.

En fait, il avait l'intention de traverser le toit, puis de se glisser par la fenêtre du second étage de la distillerie, que Dora avait désignée à Mathew cet après-midi-là, tandis qu'ils se promenaient ensemble dans la cour.

— Grâce à votre Dora !

Et comme Mathew esquissait une grimace :

— Je n'aime pas cela non plus, mon vieux. Mais je n'ai pas le choix. Il faut que je sache s'il y a vraiment de la poudre entreposée là-bas. Et si c'est le cas, faire ce qu'il faut pour que Seamus ne puisse pas l'enlever.

Il avait également chargé Dallas de surveiller Seamus, afin de s'assurer que l'homme ne se glisserait pas hors du dortoir à la faveur de la nuit. Pendant le jour, trop de gens vaquaient dans le château pour qu'il tente quoi que ce soit.

— Ce Seamus est le genre d'individu à se faufiler par les moindres fentes, grogna Mathew. Et s'il échappait à notre surveillance ?

— Vous vous inquiétez trop, gronda Ross. Allons, à plus tard !

Enjambant l'appui de la fenêtre, il disparut dans la nuit.

Alertée par un léger bruit, Catlyn releva la tête de ses comptes. La nuque douloureuse, elle se massa le cou d'une main tout en scrutant la pièce. Le son retentit de nouveau, mais il semblait provenir du cellier voisin. Un rat avait-il échappé à l'armée de chats qui tenaient les rongeurs à distance de la provision d'orge ?

Les sourcils froncés, elle se leva et se dirigea vers la porte ouverte. Un frisson la parcourut, tandis qu'elle traversait la salle à peine éclairée par le rond de lumière de la lanterne sourde, posée sur la table de dégustation.

Où était le gardien, au nom du ciel ?

— Harry ? appela-t-elle doucement.

Le silence seul lui répondit.

— Harry ? répéta-t-elle d'une voix plus forte.

— Par ici !

La voix provenait de l'antichambre. Là aussi, une unique bougie brûlait sur une table, répandant un petit cercle de lumière dorée. Catlyn se dirigea vers cette lueur.

— Y aurait-il encore des rats, Harry ? J'ai cru en entendre trotter un dans le cellier. Il va nous falloir amener d'autres chats, sans quoi le problème va s'aggraver lorsque nous aurons rentré la récolte.

Elle franchit le seuil, scrutant la pénombre.

— Harry ?

— Par ici, répéta la voix derrière un alignement d'étagères.

Il faisait trop sombre pour qu'elle pût distinguer le garde. Elle hasarda deux pas vers lui, trébucha sur un obstacle invisible et s'affala à genoux sur le sol.

— Ouh ! s'écria-t-elle, le souffle coupé.

A quatre pattes, elle tourna la tête pour voir ce qui l'avait déséquilibrée et son regard tomba sur le visage du garde.

— Harry ? répéta-t-elle, horrifiée.

Il gisait sur le dos, immobile, un filet de sang au coin des lèvres.

— Harry !

Ignorant la douleur dans ses genoux, elle rampa vers lui.

— Harry, qu'est-il arrivé ? Vous êtes tombé ?

Elle voulut lui secouer le bras, mais celui-ci retomba, aussi lourd que du plomb.

Un spasme de peur lui tordit le ventre.

— Har…

— Il ne peut pas vous entendre, fit soudain une voix rude.

Catlyn se retourna. Une silhouette menaçante se tenait au-dessus d'elle, nimbée par la lueur de la lanterne.

— Sir Ross ?

Ce fut sa première pensée — une pensée teintée d'amertume. Une fois de plus, un homme par qui elle se sentait attirée l'avait trahie !

L'individu égrena un rire sardonique.

— Non, je ne suis pas sir Ross. Mais je lui dirai que vous l'avez demandé. Il vous plaît, hein ?

— Qui êtes-vous ?

Elle voulut se lever, mais il l'empoigna par les épaules pour la maintenir sur le sol.

— Restez ainsi ! J'aime avoir les femmes à mes pieds.

Elle sentit les doigts de l'inconnu s'enfoncer dans sa chair et réprima un cri.

— Que… voulez-vous ? balbutia-t-elle d'une voix à peine audible.

Son esprit travaillait à toute allure. Ce devait être l'un des hommes de Ross. Etait-il venu ici pour dérober du whiskey ? Sans doute. Surpris par Harry, il l'avait alors attaqué… Oui, c'était probablement ce qui s'était passé. Et à présent qu'elle l'avait vu, elle aussi… Elle n'alla pas plus loin dans son raisonnement, la gorge nouée.

— Est-ce… est-ce du whiskey que vous voulez ?

— Oui. Plus exactement, je veux savoir comment on le fait.

— Comment on fait quoi ? Je… je ne comprends pas.

— Le whiskey, bon sang !

Elle cilla.

— En quoi cela peut-il vous intéresser ?

— Oh ! moi, cela m'est bien égal !

Il la releva en la tirant par les bras et se déplaça légèrement. La lumière joua sur ses traits, aussi aigus que ceux d'un renard.

— C'est pour Hakon.

Elle ouvrit la bouche, sidérée.

— Hakon ? Vous… vous êtes…

Il eut un large sourire qui dévoila ses dents cariées.

— Seamus Fergusson, belle dame. Pour vous servir…

— Comment êtes-vous entré ici ?

— Par la ruse, répondit-il fièrement. A présent…

Il resserra brutalement son étreinte et Catlyn ne put retenir un cri de douleur. Elle avait l'impression d'avoir l'épaule broyée dans un étau.

— Vous sentez ? Eh bien, ce n'est rien en comparaison de ce que vous allez éprouver si vous ne faites pas ce que je vous dis !

— Que… que voulez-vous ?

Seamus la secoua si fort que sa tête brinquebala d'avant en arrière.

— Je vous l'ai dit, bon sang, je veux le secret !

Il approcha sa tête de la sienne, lui soufflant son haleine rance au visage.

— Vous allez me donner le livre où tout est consigné.

— Ce… ce n'est pas dans un livre.

Pas dans un seul en tout cas. Elle faillit éclater d'un rire hystérique à la pensée de Seamus essayant de s'enfuir, chargé des énormes grimoires vieux de plusieurs siècles !

— Vous mentez ! Nous savons que c'est écrit quelque part. Et il n'y a que vous qui sachiez où.

— Je ne s…

La gifle claqua avant qu'elle n'ait eu le temps d'achever sa phrase. Une douleur fulgurante irradia jusque dans son oreille. Un instant, les larmes lui brouillèrent la vue et le visage de Seamus disparut derrière un voile. Les intentions de l'homme étaient claires. Il entendait la frapper jusqu'à ce qu'elle parle. Combien de temps pourrait-elle résister ? Oh ! Seigneur, pourvu qu'elle ait la force de tenir. Elle ne pouvait pas le laisser gagner ! D'une façon ou d'une autre, il fallait qu'elle se sorte de ce guêpier.

— T… très bien. Je vais vous montrer où il est.

Seamus grogna et son étreinte se relâcha légèrement.

— Attention, hein ? Si vous me jouez un tour, je vous marquerai si bien le visage que même votre mère ne vous reconnaîtra pas !

Catlyn se contenta de hocher la tête et s'efforça de ne pas résister, tandis qu'il la poussait vers la porte. Il n'avait plus qu'une main posée sur son épaule. Du coin de l'œil, elle vit les doigts sales crispés sur l'étoffe de sa tunique brune. Elle n'avait qu'à tourner la tête… et mordre !

— Aaaah ! hurla Seamus.

La bouche pleine de sang, elle se mit à courir, poursuivie par une volée de jurons.

Un hurlement résonna soudain, figeant Ross sur place au beau milieu du cellier. Il crut d'abord qu'il était découvert et tira sa dague, prêt à se défendre.

Mais rien ne bougea autour de lui. Des pas pressés résonnèrent alors dans la pièce voisine, bientôt suivis d'un chapelet d'invectives proférées par une brutale voix masculine.

Au nom du ciel, que se passait-il ? Ross hésita, partagé. Devait-il aller voir ou continuer ses recherches ?

Un second hurlement, celui d'une femme cette fois, résolut le dilemme. Sans hésiter une seconde de plus, il se précipita. La faible lumière qui émanait du centre de la pièce guida ses pas à travers le dédale des casiers et des étagères. Comme il approchait de la table, une femme jaillit d'une porte à l'autre extrémité de la pièce. Elle traversa la salle en courant, sa longue natte blonde volant derrière elle, et se fondit dans l'ombre. A peine avait-elle disparu qu'un homme se rua sur ses traces. L'espace d'un instant, il s'arrêta pour regarder autour de lui.

— Où êtes-vous, espèce de sorcière ? Vous croyez peut-être m'échapper ?

Stupéfait, Ross recula dans l'ombre. Que diable se passait-il ? Une querelle d'amants ? Ou quelque chose d'autre, bien plus sinistre ? Devait-il dévoiler sa présence ou se retirer ?

Par-dessus le son étouffé de sa propre respiration, il perçut tout à coup un léger froissement à sa droite

L'homme dut entendre aussi, car il chargea dans l'obscurité.

— Je vous tiens, diablesse !

Cette fois, Ross reconnut la voix. Seamus.

La femme hurla de nouveau, au moment même où Ross sortait de sa cachette.

— Bon sang !

Il s'arrêta net, figé par le spectacle qui s'offrait à sa vue. Seamus avait plaqué lady Catlyn contre le mur et la maintenait d'une main, en lui pressant de l'autre la pointe de sa dague sur la gorge. Même dans la pénombre, Ross pouvait lire la terreur sur les traits décomposés de la jeune fille et le désespoir dans ses yeux.

— S'il vous plaît, je...

Un poing agrippé dans ses cheveux, Seamus lui tira la tête en arrière, exposant son cou mince à la menace de sa lame.

— Vous allez me dire tout ce que vous savez à présent. Puis nous irons ouvrir les portes à Hakon.

Catlyn émit un petit cri d'animal pris au piège. C'en était trop pour Ross ! Incapable d'en supporter davantage, il sortit de l'ombre, prêt à ordonner à Seamus de la lâcher. Tant pis pour le pacte qui le liait lui-même à Hakon ! Mais au moment où il allait s'avancer, Seamus leva la pointe de son poignard et la posa sur la joue de la jeune fille, qui se débattit et cria.

— Je vous avais avertie que je vous défigurerais si vous osiez me défier !

Ross comprit en un clin d'œil. Cet ignoble individu avait l'intention de la torturer jusqu'à ce qu'elle lui révèle ses secrets, puis il la tuerait. Aucune supplication ne le détournerait de ce projet. Une seule chose pouvait l'arrêter.

Brandissant sa propre dague, Ross la lança en direction du misérable.

Seamus sursauta lorsque la lame pénétra dans son dos et se retourna à demi, les paupières écarquillées. Puis il ouvrit la bouche, mais le seul son qui en sortit fut un gémissement à peine audible. Ensuite, ses genoux fléchirent et il glissa sur le sol, aux pieds de Catlyn.

— Oh ! mon Dieu ! chuchota-t-elle.

Ross bondit à temps pour la rattraper avant qu'elle ne rejoigne son agresseur sur le sol. Puis il la souleva dans ses bras et la serra étroitement contre lui.

— Tout va bien à présent.

— Il… il…

— Chut ! C'est fini. Il ne peut plus vous faire de mal à présent.

— Catlyn ! s'écria tout à coup la voix alarmée d'Adair.

Le capitaine s'élança dans la pièce, un groupe d'hommes sur les talons.

— Lâchez-la tout de suite ! hurla-t-il en menaçant Ross de son épée.

Catlyn posa la main sur la lame.

— Attendez, Adair, ce n'est pas ce que vous pensez. Sir Ross vient de me sauver la vie. S'il n'était pas arrivé à temps…

Elle n'acheva pas, secouée d'un violent frisson.

Adair les dévisagea tour à tour avant de baisser les yeux vers le corps de Seamus.

— Qui est cet homme ?

D'un geste instinctif, Ross resserra son étreinte autour de Catlyn, qu'il sentait au bord de l'évanouissement.

— Nous parlerons plus tard. Permettez-moi de vous ramener auprès de vos femmes de chambre, suggéra-t-il avec douceur.

Elle semblait si pâle entre ses bras, si vulnérable… Et si terriblement confiante ! Il ne méritait pas la gratitude qu'il lisait dans ses yeux.

— Vous avez une petite entaille dans le cou. Elle n'a pas l'air très profonde, mais il faut la soigner.

— Merci. Si vous n'étiez pas arrivé…

— N'y pensez plus, lui enjoignit-il en se dirigeant vers la porte. Vous êtes saine et sauve, c'est tout ce qui compte.

— Je vous dois la vie.

Ross déglutit. Jamais il ne s'était senti aussi honteux, aussi accablé.

— Je suis heureux d'avoir pu vous aider, marmonna-t-il, la gorge nouée. Inutile de me remercier.

Catlyn demeura silencieuse pendant tout le trajet jusqu'à sa chambre, excepté pour lui murmurer quelques directives.

— A droite. Le corridor en face…

Mais pour Ross, ce voyage dans l'obscurité jusqu'au second étage du donjon lui semblait le plus long qu'il ait jamais accompli de sa vie.

Chapitre 6

Ross s'écarta du mur en voyant Adair quitter la chambre de Catlyn.

— Comment va-t-elle ?

— Elle a eu très peur, mais sa blessure n'a rien de grave. Une simple égratignure.

— Elle s'est évanouie.

— La vue du sang, sans doute. Elle ne la supporte plus depuis le jour où elle a découvert Tommy au pied de la tour.

Il referma soigneusement la porte avant d'ajouter :

— Si vous avez le temps, j'ai quelques questions à vous poser.

— Bien sûr.

Ross s'y attendait. Mais il fut surpris de voir Adair prendre le chemin des remparts en l'invitant à le suivre. Là-haut, une brise tiède soufflait et le firmament scintillait, illuminé d'étoiles. Ross essaya de se concentrer sur ce qu'il allait dire. La vérité… autant qu'il lui serait possible. Mieux valait ne pas mentir ! Il savait d'expérience que les mensonges avaient souvent des conséquences dévastatrices.

Adair se dirigea vers le parapet et s'appuya contre un merlon, le regard fixé sur le paysage enténébré.

— L'homme que vous avez tué, le connaissiez-vous ?

— C'était Donald Dunbar, l'un des guides que j'ai engagés à Stirling pour nous mener jusqu'à Inverness.

Dieu savait que Hakon avait insisté pour que Ross accepte ! Il comprenait pourquoi à présent. Quel imbécile il avait été !

— Est-ce lui qui vous a suggéré de vous arrêter à Kennecraig ?

Ross fit mine de réfléchir.

— Quand l'orage a éclaté, il nous a effectivement conseillé de demander refuge ici.

— S'il n'y avait pas eu la tempête, il aurait sans doute trouvé un autre prétexte. Un cheval boiteux ou Dieu sait quoi…

— Vous pensez que ce Donald avait tout planifié ? questionna Ross à son tour. Mais pourquoi ?

— Parce qu'il s'appelle en réalité Seamus Fergusson. Il l'a dit à lady Catlyn.

— Fergusson. C'est le même nom que l'auteur de l'embuscade, si je ne me trompe ? Votre ennemi…

— Oui. Celui qui veut s'emparer de notre distillerie, le diable l'emporte ! Ce Seamus n'était pas avec Hakon les rares fois où nos chemins se sont croisés, pour notre malheur. C'est sans doute pourquoi Hakon l'a choisi pour ce travail. Sa mission consistait à capturer Catlyn pour nous obliger à nous rendre.

— Je l'ai entendu, murmura Ross, qui frissonna au souvenir de Catlyn dans les griffes de Seamus. Il a menacé de lui taillader le visage si elle refusait de coopérer.

Adair serra les poings à s'en blanchir les articulations.

— L'immonde personnage ! Heureusement que vous étiez là.

— C'est grâce à vous, car vous m'avez fait confiance. S'il y avait eu des gardes à ma porte cette nuit, je ne serais pas sorti pour chercher les latrines.

Ross ne quittait pas son interlocuteur des yeux tout en parlant. Les gardes n'étaient pas à leur poste ce soir, c'était un fait. Mais il était tout de même passé par le toit, craignant un piège.

— Je me suis aperçu que je m'étais égaré et je revenais sur mes pas, quand j'ai entendu crier une femme. J'ai vu passer une forme féminine poursuivie par un homme. Au début, j'ai cru qu'il s'agissait d'un rendez-vous galant et j'allais les laisser à leur batifolage, quand la femme a hurlé de nouveau. Elle ne semblait pas consentante, pour le moins, et j'ai décidé d'intervenir. Ensuite, j'ai reconnu les voix et j'ai cru que ce Donald voulait abuser de la dame.

Adair hocha la tête.

— Il vous tournait le dos. Pourquoi ne vous êtes-vous pas contenté de l'empoigner par surprise et de le désarmer ?

— Sa lame était pointée sur la gorge de lady Catlyn. S'il s'était aperçu de ma présence, il se serait servi de votre demoiselle pour m'obliger à jeter mes armes. Comme j'hésitais, le maudit a recommencé à la menacer en évoquant un secret qu'il voulait lui arracher. J'ai compris alors qu'il prendrait plaisir à la torturer avant de l'achever. Je n'avais plus le choix.

— Vous avez eu raison, approuva Adair d'une voix blanche. Il venait déjà de tuer le jeune garde que j'avais laissé avec Catlyn.

— Si seulement j'étais arrivé un peu plus tôt !

— Vous ne pouviez pas savoir. Je vous suis déjà reconnaissant d'avoir sauvé notre Catlyn.

Ross déglutit. La blessure de lady Catlyn et la mort du garde pesaient lourdement sur sa conscience. Il maudissait Hakon Fergusson et se maudissait lui-même.

Adair exhala un soupir.

— Kennecraig est notre demeure depuis des siècles et elle semblait inattaquable. Du diable si je me doutais qu'un jour les Boyd ne seraient plus en sécurité sous leur propre toit !

— C'est le défaut commun aux gens pacifiques. Edin Valley, le pays du clan de ma mère, est gardé par de hautes montagnes. Les Mac Lellan s'y sentaient en sécurité, jusqu'à ce que des bandits réussissent à s'y introduire.

— Comment les gens du lieu s'en sont-ils débarrassés ?

— Mon grand-père a eu la sagesse de louer les services d'un mercenaire avant qu'il ne soit trop tard. Un guerrier rusé, qui a non seulement vaincu l'ennemi mais épousé la petite-fille de Duncan Mac Lellan. C'est lui le chef du clan à présent.

— Votre père ?

— Oui, Kieran Sutherland, aujourd'hui laird d'Edin Valley, mais autrefois guerrier sans égal. Fort, courageux…

— Et honorable, je le devine. Car il a su élever un fils digne de lui.

Le regard d'Adair exprimait à son endroit un respect qu'il ne méritait pas, songea Ross avec gêne.

— Je suis loin d'être ce que je devrais, marmonna-t-il.

— Allons donc, vous êtes trop modeste ! Je vous ai vu agir, et surtout j'ai observé vos hommes. Mon père disait toujours que c'était à cela que l'on reconnaissait un bon chef. En dépit de leur rudesse apparente, ils sont sobres, travailleurs et respectueux.

— Oh ! ce sont de braves gars !

— C'est précisément pour cela que je voudrais vous employer, eux et vous.

— Quoi ?

— Il est évident que nous ne faisons pas le poids face à Hakon. Quand je vous ai vus combattre contre les Fergusson, l'idée de louer vos services m'est venue tout de suite. Mais Catlyn y était… euh…

— Opposée ? acheva Ross sèchement.

— Elle se méfie des étrangers, après ce qui est arrivé à son père.

— Une femme prudente…

En fait, il la soupçonnait de se méfier surtout de l'attraction irraisonnée qui avait flambé entre eux au premier regard !

— Mais les derniers rebondissements nous forcent littéralement la main, reprit Adair. Hakon est plus déterminé que je ne l'avais cru. S'il n'a pas attaqué Kennecraig jusqu'ici, c'est parce que lord Thomas lui a dit que nous avions des explosifs entreposés dans la distillerie et que nous ferions tout sauter s'il osait s'approcher de nos portes.

— Drastique, mais efficace ! Est-ce vrai ?

— Oui. C'est l'une des dernières mesures qu'ait prises lord Thomas avant sa mort. Il croyait décourager ainsi Hakon. Une semaine plus tard, nous avons retrouvé les corps du laird et de son garde au fond d'un vallon. Il s'était rendu à Doune pour vendre du whiskey et a dû tomber dans le précipice au cours d'une tempête.

Lord Thomas n'était jamais arrivé à Doune, Ross avait de bonnes raisons de le savoir. Hakon avait dû l'intercepter et lui voler son whiskey.

— Lorsqu'il a appris le décès du laird, Hakon est venu demander la main de Catlyn pour son fils Guthrie.

Adair fit la grimace.

— Entre autres méfaits, le jeune homme passe pour avoir pillé et brûlé un couvent. De la mauvaise graine, ces Fergusson ! Catlyn a refusé, bien entendu. Mais Hakon n'a pas renoncé, à ce qu'il semble.

Ses épaules s'affaissèrent et une expression de détresse assombrit son regard.

— Bref, nous avons besoin d'aide.

— C'est l'évidence même. Mais je ne suis pas…

— Oh ! je ne doute pas qu'une mission importante ne vous attende à Inverness ! interrompit Adair. Et bien entendu, vous n'êtes pas obligé d'accepter sous prétexte que nous vous avons ouvert nos portes après l'embuscade. Mais j'ai cru deviner que vous ne portiez pas les Fergusson dans votre cœur, vous non plus. Est-ce que je me trompe ?

Ross ne put retenir un petit rire.

— Vous devriez vous faire juge, mon ami. Quelle éloquence et quelle perspicacité !

— Juge ? J'ai déjà bien assez à faire ici ! Alors, quelle est votre réponse ?

— Je ne vois pas ce que je pourrais faire.

— Assurer notre protection jusqu'à ce que nous ayons convoyé notre plus gros chargement de whiskey à Edimbourg. Alors nous aurons de l'argent pour engager d'autres soldats. Ou pour vous garder, si cela vous dit.

C'était le prétexte rêvé pour pouvoir demeurer à Kennecraig. Mais Ross hésitait. Il haïssait tellement ce qu'il allait devoir faire !

— Très bien, agréa-t-il enfin, la mort dans l'âme.

Adair lui frappa sur l'épaule.

— Parfait ! Demain, vous pourrez inspecter la forteresse et nous dire ce que vous envisagez pour renforcer nos défenses.

— D'abord, vos hommes ont besoin d'un bon entraînement.

Adair semblait radieux.

— Assurément. Nous ferons tout ce que vous jugerez bon.

Il se tourna vers l'escalier, le bras toujours passé autour des épaules de Ross.

— Ah, je vais mieux dormir ce soir !

Pour sa part, Ross doutait de pouvoir trouver le sommeil. Il regagna le solarium, où il ne fut pas surpris de voir Mathew debout, guettant son retour. Toute la maisonnée avait dû être réveillée par le vacarme qui avait suivi l'agression de Catlyn et du garde. Adair avait aboyé des ordres, envoyant ses hommes s'assurer que d'autres intrus ne s'étaient pas introduits au château.

— Comment va-t-elle ? s'informa Mathew.

— Elle a été secouée. Mais sa blessure n'a rien de grave.

Ross marcha jusqu'à la table, remplit une coupe et avala une longue gorgée. Ce n'était pas de l'ale mais du whiskey et le liquide lui incendia la gorge. Il dut s'arrêter pour reprendre sa respiration. Mais apparemment, son estomac était remis de son précédent excès car il accepta le liquide sans se soulever.

— Ils vous ont posé des questions ? reprit Mathew, inquiet.

Ross hocha la tête, reprit une gorgée avec plus de prudence et jeta un regard à son cousin par-dessus le bord de sa coupe.

— Eh bien ? insista Mathew.

— Ils ont loué nos services pour que nous les protégions de Hakon.

— Et vous avez accepté ?

Une bordée de jurons, peu amènes pour Ross et sa légèreté, ponctua la question.

— C'est impossible, voyons ! Comment allons-nous pouvoir faire cela et récupérer en même temps la reconnaissance de dette ?

— Je n'en sais rien encore mais je trouverai un moyen. Maintenant que je sais qui est Hakon et quel est son véritable objectif, vous ne pensez tout de même pas que je vais laisser ces gens à sa merci ?

Mathew secoua la tête, maussade.

— Ce que je sens, c'est que les ennuis sont en route !

*
* *

Après une nuit peuplée de cauchemars où Seamus Fergusson ne cessait de la poursuivre, Catlyn s'éveilla aux premières lueurs de l'aube.

Pendant quelques instants, elle demeura immobile, les yeux fixés sur le ciel de lit. C'était sa mère qui avait dessiné les motifs de la tapisserie et l'avait brodée cinq ans plus tôt. La scène représentait la vallée de Finglas au cœur de l'été, avec ses arbres ployant sous les fruits et ses champs d'orge scintillant au loin tel un océan doré. Une paix et une beauté bien menacées désormais.

Par Hakon.

Catlyn s'assit et rejeta les couvertures en frissonnant. Ses muscles meurtris protestèrent lorsqu'elle se leva, vestige de cette nuit d'épouvante. Et de la dette qui la liait désormais à Ross Sutherland. S'il n'était pas arrivé à temps, elle serait peut-être morte à cette heure. Ou pis encore, l'otage de Hakon, ainsi que tous les membres du clan.

Tout en procédant à ses ablutions, elle ne put s'empêcher de songer à Ross, son sauveur. Etait-il déjà debout ou encore endormi dans le solarium ? Il fallait qu'elle le voie, pour le remercier comme il convenait. Mais que lui dire ? Devant lui, sa langue avait une fâcheuse propension à la trahir et ses idées mêmes s'embrouillaient.

Catlyn chercha désespérément une formule, puis y renonça. Peut-être ferait-elle mieux de lui adresser un message écrit, puis d'aller se cacher dans son bureau jusqu'à ce que les Sutherland s'en aillent !

D'une main tremblante, elle peigna ses cheveux et les tressa en une seule natte, dont elle attacha le bout avec une lanière de cuir. Puis elle sortit de la chambre, pressée de déjeuner pour pouvoir retourner à ses comptes au plus vite.

Malgré l'heure matinale, la grande salle était déjà remplie de convives qui se restauraient avec des galettes d'avoine arrosées d'ale. A peine la jeune fille eut-elle fait deux pas dans la pièce qu'on remarqua sa présence.

— Eh, c'est notre Catlyn ! s'écria quelqu'un.

Les autres membres du clan reprirent l'exclamation en chœur et se précipitèrent vers elle en louant le ciel de la retrouver saine et sauve. Catlyn cilla, émue aux larmes. Dieu, que ces manifestations d'affection lui réchauffaient le cœur !

— Je vais très bien, je vous assure, répéta-t-elle en vacillant légèrement sur ses jambes.

— Imbéciles, vous ne voyez pas qu'elle est épuisée ? s'écria tout à coup la voix d'Eoin.

Ecartant la foule, il se fraya un chemin vers elle et la souleva dans ses bras.

— Je vais vous ramener dans votre chambre.

Catlyn se débattit. Hier soir, elle avait trouvé tant de réconfort dans l'étreinte de Ross ! Etre tenue ainsi par un autre homme lui procurait une sensation étrange et peu agréable.

— Reposez-moi par terre ! intima-t-elle, comme il se dirigeait vers la porte.

— Vous avez besoin de repos, Catlyn.

— Mais je viens juste de me réveiller ! Et je n'ai rien de cassé, je peux parfaitement marcher, ajouta-t-elle en posant la main sur sa poitrine pour le repousser. Lâchez-moi !

— Oh ! très bien !

D'un air maussade, il la reposa sur le sol et lui passa un bras autour de la taille pour la conduire à sa table habituelle. Catlyn s'assit, contrariée de voir qu'il s'installait à côté d'elle.

— J'étais fou d'inquiétude à votre sujet, reprit-il. J'ai essayé de vous voir hier soir, mais Freda m'a assuré que vous dormiez et m'a congédié sans autre forme de procès.

— Elle m'avait fait boire une de ses potions. Merci de votre sollicitude, marmonna-t-elle à contrecœur.

Elle baissa les yeux vers le pâté en croûte fumant qu'une servante déposait devant elle avec une timbale de bière.

— Qu'est-ce que cela ?

— Le cuisinier a veillé toute la nuit pour vous mitonner

ce pâté. Il a dit que vous en auriez besoin pour reconstituer votre sang.

Son sang… Catlyn déglutit, le cœur au bord des lèvres.

— Vous… vous le remercierez pour moi. Je vais emporter cela pour le manger plus tard.

Si du moins elle parvenait à avaler. Nauséeuse, elle voulut se lever, mais Eoin la retint en la tirant par sa tunique.

— Restez un instant, il faut que je vous parle.

— Au sujet de l'orge ?

— Oh ! non !

— Mais vous avez dû inspecter les champs, hier ?

— Oui, et sans le moindre incident, souligna Eoin avec un ricanement. Bien entendu, il n'y avait aucun risque. Ce Ross Sutherland voulait seulement vous ridiculiser devant vos proches.

— Je l'ai grandement aidé, il faut l'avouer.

— Il n'avait pas le droit de vous parler sur ce ton.

— C'est ce que j'ai pensé d'abord, mais après ce qui s'est passé cette nuit…

— Hum. Tout cela n'est pas si clair ! Pourquoi se trouvait-il dans la distillerie ?

— Pour me sauver, répliqua sèchement Catlyn.

— Il prétend qu'il ignorait qui était Seamus Fergusson. Mais si vous voulez mon avis, il ment.

— Dans quel but, grand Dieu ?

Eoin écarta les mains.

— Comment le saurais-je ? En tout cas, je ne me sentirai pas à l'aise tant que ces Sutherland seront là.

Elle non plus, songea Catlyn. Mais ce n'était certainement pas pour les mêmes raisons !

— Catlyn…

Eoin tendit la main pour s'emparer de la sienne.

— Je ne peux pas endurer plus longtemps cette tension entre nous. Comment vous convaincre que je regrette sincèrement ce qui s'est passé avec Dora ?

Elle se dégagea de son étreinte.

— Je vous crois. Mais c'est du passé à présent. Nous ferions mieux d'oublier tout cela.

— Je ne peux pas. Je vous aime encore.

En frère, peut-être. En prétendant qui convoite une héritière, sans nul doute. Mais en amant ? Catlyn en doutait. Leur relation avait toujours été tiède — quelques chastes baisers qui l'avaient laissée désappointée, au point qu'elle s'était demandé pourquoi les gens faisaient tant d'histoires autour de l'amour.

— S'il vous plaît, Eoin, n'en parlons plus.

— Ross ! Ross Sutherland ! crièrent soudain les convives avec force applaudissements.

Catlyn se retourna prestement. Il était là, l'homme dont elle redoutait la présence. Debout sur le seuil, il emplissait l'embrasure de la porte de sa large carrure. Les pommettes légèrement empourprées, il accueillit les vivats d'un simple sourire.

Catlyn s'était anxieusement demandé ce qu'elle éprouverait en le revoyant. Mais rien ne l'avait préparée à la violente émotion qui s'empara d'elle lorsqu'il l'eut repérée dans la foule et que leurs regards se croisèrent. Son cœur manqua un battement puis se remit à cogner de plus belle tandis que Ross s'approchait d'elle. Lentement, inexorablement.

— Milady…

Il s'inclina devant elle et ses yeux se posèrent sur sa gorge.

— Comment vous sentez-vous ?

— Vivante. Et heureuse de l'être !

Il sourit.

— Puis-je me joindre à vous ?

Eoin s'interposa, les sourcils froncés.

— Vous ne voyez pas que nous sommes en conversation ?

Catlyn les dévisagea tour à tour.

— Je voudrais m'entretenir un instant avec sir Ross, Eoin. Seule à seul.

— Mais…

— S'il vous plaît ! C'est déjà assez difficile pour moi de m'excuser pour mon attitude d'hier. Aussi préférerais-je que ce ne soit pas en présence d'un tiers.

Eoin foudroya Ross du regard.

— Je garde l'œil sur vous, le prévint-il, avant d'aller s'installer à une table voisine.

— Il semblerait qu'il ne m'aime pas beaucoup, constata Ross d'un ton neutre.

— Hem… Nous avons été fiancés, lui et moi.

— Ah bon ?

— Vous vous demandez peut-être pourquoi ce mariage ne s'est pas fait ? En fait, je ne peux rien dire. C'est une histoire privée, ajouta-t-elle en rougissant.

— Je suis sûr que vous aviez de bonnes raisons pour ne pas l'épouser.

— Qu'est-ce qui vous fait penser que la décision venait de moi ?

— Il essaie de vous reconquérir, c'est évident.

Catlyn exhala un soupir.

— Il refuse de comprendre que c'est fini. Il m'a trahie, voyez-vous. Je ne pourrai plus jamais lui faire confiance.

— La confiance est primordiale, commenta Ross.

Une ombre de tristesse voila son regard. Avait-il lui-même été trahi un jour ?

— Puis-je m'asseoir ? reprit-il.

— Oui, bien sûr.

Il enjamba le banc pour s'installer en face d'elle. Les conversations avaient repris autour d'eux. Une domestique s'empressa autour de Ross pour lui servir de l'ale. Catlyn attendit qu'elle se soit éclipsée, puis se lança dans le petit discours qu'elle avait préparé.

— Je vous remercie de ce que vous avez fait hier soir, sir Ross. Si vous n'étiez pas arrivé à temps…

Elle frissonna violemment.

— Je suis heureux d'avoir pu vous être utile, milady. Mais en même temps, je me reproche d'avoir introduit ce drôle ici.

Il répéta à Catlyn ce qu'il avait déjà confié à Adair la veille, sur les remparts. Elle l'écouta attentivement, puis hocha la tête.

— Je vous pardonne volontiers, et j'espère que vous accepterez mes excuses pour hier après-midi. J'ai agi si…

— C'est moi qui vous dois au moins des explications, interrompit-il. Mes hommes vous diront que je ne suis pas toujours très mesuré lorsque la sécurité de ceux qui me sont chers est en jeu. J'étais inquiet, ce qui m'a rendu brusque et discourtois.

Il n'en fallait pas plus pour faire rougir Catlyn.

— Je ne suis pas moi-même très *modérée* et tout le monde sait que j'aime n'en faire qu'à ma tête, avoua-t-elle.

Ross sourit.

— A en croire Adair, vous êtes une vraie tête de mule.

Le sourire de Catlyn s'effaça aussitôt.

— Je préfère penser que je suis tout simplement déterminée à faire ce qui me semble bon pour mon clan.

— Le problème, c'est de savoir ce qui est *bon* ou pas, n'est-ce pas ?

— Je me fie à l'expérience de mes ancêtres.

— Mais les temps changent, demoiselle. Un chef avisé doit le reconnaître et en tenir compte.

— Insinuez-vous que je ne suis pas un chef avisé ? s'emporta-t-elle.

— Pas du tout. Seulement…

— Seulement je suis une femme, n'est-ce pas ? Et vous croyez qu'à cause de cela, je ne suis pas capable de diriger un château.

— C'est vous qui me prêtez ces pensées. Ce que je voulais dire, c'est que vous n'avez aucune expérience en matière de stratégie militaire. Et les hommes de votre clan sont aussi ignorants que vous sur le sujet, y compris Adair.

Elle eut un sourire sarcastique.

— Vous êtes beau parleur, sire chevalier.

— Et bon guerrier. C'est bien pour cela qu'Adair a loué mes services pour protéger Kennecraig de…

— Quoi ?

Elle s'était exclamée si fort que toutes les têtes se tournèrent vers elle. Eoin se levait déjà de son siège, mais elle le fit rasseoir d'un signe et dévisagea Ross avec stupéfaction.

— C'est impossible. Il n'aurait pas fait cela sans mon aval !

— Il était très inquiet après les événements de la nuit, cela se comprend.

Oh ! elle ne comprenait que trop ! Mais le cœur et la raison se livraient en elle un combat sans merci. Au fond d'elle-même, elle savait fort bien qu'ils avaient besoin d'un défenseur. Mais un instinct secret l'avertissait que cet homme-là représentait un danger.

Un danger pour elle.

Ce n'était pas seulement son aspect physique qui la séduisait, mais sa force, l'aura de puissance indomptable qui émanait de lui. Elle ne pouvait se trouver près de lui sans sentir déferler en elle cette enivrante sensation qui la poussait vers lui en dépit de sa volonté, tel un métal attiré par un aimant.

Les poings serrés, elle se raidit pour combattre l'insidieuse langueur qui menaçait de la submerger. Une aventure avec un séduisant étranger était un plaisir qu'elle ne pouvait pas se permettre, au nom du ciel ! Son devoir était de se marier pour engendrer un héritier.

— Tout de même, Adair aurait dû me consulter.

— Peut-être. Mais ce n'est pas une raison pour avoir peur de moi.

— Peur de vous ?

Elle éclata d'un rire discordant.

Le regard de Ross Sutherland changea soudain d'expression.

— Oui. Je pense que nous avons un peu peur tous les deux de cette attraction que nous ressentons l'un pour l'autre.

— Je ne vois pas ce que vous voulez dire.

Elle aurait aimé détourner les yeux, mais la sensuelle

promesse qu'elle lisait dans les siens la retenait littéralement captive.

A cet instant, Adair surgit à côté d'elle, rompant le sortilège. Elle fut presque heureuse d'avoir quelqu'un sur qui passer sa colère… et son désarroi.

— Ah, vous voilà ! Est-il vrai que vous avez loué les services de sir Ross ?

— C'est exact. J'aurais sans doute dû vous en parler d'abord, mais…

— Oui, vous auriez dû, coupa-t-elle d'un ton sec.

Elle se leva, craignant de se ridiculiser si elle restait un seul instant de plus.

— Si vous avez besoin de moi, je serai dans mon bureau.

La tête haute, elle quitta la salle avec toute la dignité dont elle était capable, en espérant que son départ ne ressemblerait pas trop à une fuite.

Eoin bondit sur ses pieds pour la suivre, mais Roland lui empoigna le bras pour l'obliger à se rasseoir.

— Du calme, jeune homme ! Ecoutez le conseil d'un homme qui a été marié trois fois et sait de quoi il parle. Si vous ne lui laissez pas quelques instants pour se calmer, vous allez essuyer le feu de sa colère, je vous le dis !

— Allons donc ! Catlyn ne perd jamais son sang-froid, marmonna Eoin.

Pourtant, il n'avait pas été sans noter la raideur de sa démarche et la façon dont elle carrait les épaules. De toute évidence, cela ne présageait rien de bon.

— Quelque chose a dû la mettre hors d'elle, grogna Roland, en enfournant une dernière bouchée de gâteau à l'avoine. Je me demande bien ce que c'est.

Son fils Wesley les renseigna avec empressement.

— Elle s'est mise en colère quand sir Ross lui a appris qu'Adair l'avait engagé pour nous protéger de Hakon.

— Comment le savez-vous ? s'enquit sèchement Eoin.

Wesley sourit, visiblement satisfait de lui-même.

— Je devine tout ce que disent les gens au mouvement de leurs lèvres.

Roland le foudroya des yeux.

— Je croyais t'avoir déjà dit que c'était impoli !

— Peut-être, mais il faut bien que je m'occupe. Je m'ennuie tellement à nettoyer des fûts toute la journée !

— Tu t'ennuies ! explosa Roland. On te donne une chance de devenir un jour le maître de la distillerie et c'est tout ce que tu ressens !

— C'est tous les jours la même chose. Retourner les tonnelets. Les vérifier…

— C'est grâce à cette routine que notre *finglas* est le meilleur des whiskeys !

— Qu'est-ce qu'ils ont dit d'autre ? questionna Eoin, peu intéressé par cette petite altercation familiale.

Wesley coula un regard oblique à son père.

— Oh ! ils ont parlé de peur…

Eoin haussa les épaules.

— Elle a des raisons d'être effrayée ! Elle a failli être tuée par ce Fergusson.

— Un Fergusson qui s'est introduit à Kennecraig avec les Sutherland, murmura Wesley.

— Lord Thomas n'aurait pas aimé que des étrangers séjournent au château, grogna Roland.

— A présent qu'Adair l'a engagé, Ross ne sera plus un étranger, papa. Il va vivre ici et avoir la haute main sur nous.

— Mais il n'aura pas son mot à dire à la distillerie, grogna Roland. Comme s'il ne nous suffisait pas d'être dirigés par une fille !

Il jeta un coup d'œil à Eoin.

— Nous sommes un certain nombre à penser que vous devriez épouser Catlyn, ainsi que le voulait lord Thomas.

— Elle est furieuse contre moi.

— Bah, les femmes ont toujours quelque chose à reprocher aux hommes ! Mon avis, c'est que vous devriez l'épouser, mon garçon, qu'elle le veuille ou non. Je n'aime pas la façon dont ce chevalier tourne autour d'elle.

Eoin leva les yeux juste au moment où Ross franchissait la porte à son tour. Avait-il l'intention de suivre Catlyn, par hasard ?

— N'ayez crainte. Je ne le laisserai pas faire !

Chapitre 7

Ross rattrapa Catlyn au moment où elle allait pénétrer dans la distillerie.

— Pouvez-vous m'accorder un instant, milady ?

Elle s'arrêta, mais sans se retourner. La lumière de la torche fichée près de la porte éclairait sa chevelure d'or, son port de tête altier.

— Je n'ai aucun désir de vous parler.

— Je comprends que vous soyez en colère contre Adair et moi mais…

— Non, vous ne comprenez pas !

Elle pivota pour lui faire face. La vulnérabilité qu'il lut dans ses yeux lui serra le cœur. Il regretta presque d'avoir affirmé à Adair qu'il se faisait fort d'arranger les choses.

— Vous n'avez jamais été acculé de cette façon.

Elle se trompait, mais Ross n'avait pas le temps de s'appesantir sur ses erreurs passées. S'ils voulaient déjouer les plans de Hakon, ils devaient d'abord surmonter ce désir fou qui les poussait l'un vers l'autre et auquel ils ne pouvaient pas se permettre de céder.

Il se passa la main dans les cheveux, cherchant les mots qui pourraient apaiser la tension entre eux.

— J'ai tendance à agir à tort et à travers dès lors qu'il s'agit de vous, avoua-t-il. Ma seule excuse, c'est que vous me déstabilisez.

Elle le dévisagea, incrédule.

— Moi, je vous déstabilise ?

— Vous me fascinez lady Catlyn, et ce depuis le premier

moment où je vous ai vue sur les remparts, avec votre robe blanche et vos longs cheveux défaits, diriger les archers qui protégeaient notre retraite. Pour dire les choses crûment, je vous désire plus que je n'ai jamais désiré aucune femme.

Elle écarquilla les yeux, partagée entre la stupéfaction et un autre sentiment qu'il ne sut pas définir.

— Vous allez trop loin, messire !

Ross étouffa un soupir. Pas aussi loin qu'il l'aurait voulu !

— Vous méritez la vérité, lady Catlyn.

— Mais ce que vous dites... n'est pas vrai !

— Vous savez bien que si. Nous sommes attirés l'un par l'autre, même si une relation entre nous est absolument impossible.

C'était déjà bien assez de lui dérober son secret, il ne voulait pas en plus la séduire !

— Nous sommes tous deux des personnes sensées qui réfléchissent avant d'agir. Il m'a semblé qu'il valait mieux en parler franchement pour ne plus y penser ensuite. Et unir nos forces. Votre clan a besoin d'aide pour tenir Hakon à distance et convoyer le whiskey au marché. Mes hommes et moi avons les capacités requises pour vous protéger. Mais nous ne pourrons pas travailler ensemble si nous sommes constamment en train de nous chamailler à cause de ce désir que nous ne pouvons pas satisfaire.

Ce discours sans fard la fit ciller, mais il la mit aussi à l'aise, d'une certaine façon. Ross n'avait pas tort sur ce point.

— Tout ce que je peux vous dire, c'est que je ne succomberai pas à la tentation, messire.

— Ni moi. Même si cela me coûte ! Si nous faisions le tour du château à présent ? J'ai besoin d'évaluer l'état exact de vos défenses, afin de savoir où il faut les renforcer.

— Adair peut...

— Non, répliqua Ross avec fermeté. Il y a des gens ici qui contestent votre pouvoir sous prétexte que vous êtes une femme. Vous devez leur montrer que c'est vous la maîtresse.

— Mais mon domaine, c'est la distillerie ! Adair s'est

toujours occupé de la défense, même quand… quand papa était encore parmi nous. Et maman gérait la maisonnée avec l'aide de Dora. Tous trois peuvent vous renseigner.

— Un bon chef ne doit rien ignorer de ce qui se passe sur ses terres !

— Oh ! très bien, céda-t-elle enfin à contrecœur.

En fait, elle aimait autant que Ross ne voie pas Dora. Elle était si belle ! C'était absurde, après le pacte que Ross et elle venaient de conclure, mais elle se sentait affreusement jalouse.

— Dora a été congédiée de sa charge le mois dernier, expliqua-t-elle.

— Pourquoi ? Etait-elle incompétente ?

— Elle a abusé de ses prérogatives. Mais nous sommes parvenues à un accord ces derniers jours.

— Peut-être devriez-vous songer à lui rendre son poste.

Catlyn redressa fièrement la tête.

— Jamais ! Les gens ne voudraient plus lui obéir. Elle a perdu leur respect.

— Le respect est primordial, concéda Ross.

Son expression avait subtilement changé. Une lueur chaude et sensuelle illuminait à présent son regard et Catlyn sentit son cœur s'emballer à cette vue. Ils étaient si près l'un de l'autre, là, dans ce corridor faiblement éclairé — si près qu'elle pouvait distinguer les paillettes d'améthyste dans ses yeux à la couleur inhabituelle et respirer la fraîche odeur de savon qui émanait de sa peau. L'air semblait chargé d'une trépidation nouvelle, dangereuse et terriblement excitante. Un monde inconnu qu'ils n'osaient pas explorer…

— Allons-y alors !

Elle fit demi-tour, les jambes tremblantes. Une petite promenade au grand air lui éclaircirait peut-être les idées ! Lorsqu'ils parvinrent au sommet de l'escalier débouchant sur la cour, elle s'était déjà reprise en mains. Aussi embarrassant qu'ait été leur échange, elle se sentait mieux maintenant que le sujet avait été abordé et mis de côté.

Ils commencèrent la visite par le corps de garde, puis

continuèrent avec la forge et les écuries. Ross l'impressionna par le sérieux de son inspection et les questions précises qu'il posa sur les armes, les montures et le fourrage.

— Nos chevaux vont vite épuiser votre modeste stock de foin, commenta-t-il lorsqu'ils se retrouvèrent dehors, dans la lumière du plein soleil. Il va nous falloir décider s'il faut envoyer les hommes faucher un ou deux prés ou s'il vaut mieux conduire les bêtes au pâturage.

— Mais Hakon ne risque-t-il pas d'attaquer tous ceux qui se risqueront hors des murs ?

— Pas forcément. La menace des explosifs demeure et il attend que Seamus leur fasse signe.

Elle frissonna en dépit de la chaleur.

— Combien de temps croyez-vous qu'il patientera ?

— Quelques jours sans doute, peut-être une semaine. Mais nous ne laisserons sortir personne sans que je me sois d'abord assuré qu'il n'y a pas de danger.

De toute évidence, il était habitué à commander et prenait ses responsabilités au sérieux. Catlyn eut l'impression que le fardeau s'allégeait un peu sur ses épaules. Discuter avec lui de détails pratiques lui faisait presque oublier la constante tension qui régnait entre eux.

Presque.

En se dirigeant avec lui vers les celliers, elle nota que les Sutherland étaient de nouveau occupés à s'entraîner, se livrant entre eux des combats fictifs. Une brochette de gamins les observait en écarquillant les yeux. Catlyn les héla.

— Eh bien, Will et les autres, vous avez donc fini votre travail ?

Will Boyd baissa la tête.

— Nous ne faisions que passer, demoiselle.

Penaud, il entraîna ses petits compagnons vers le donjon. Catlyn fronça les sourcils.

— Il faut que j'en parle à Eoin. C'est lui qui s'en occupe normalement, mais depuis la mort de papa, nous sommes tous un peu débordés.

— Quelle sorte de travail confie-t-on à ces garçons ?

— Astiquer les tonneaux, balayer la cave…

— Leur apprend-on aussi à manier des armes ?

— Jusqu'à présent, ce n'était pas nécessaire.

— Tout homme devrait savoir se défendre et défendre sa terre le cas échéant.

— Nous avons Adair et les soldats pour cela.

— Ils sont votre première ligne de défense. Mais si quelque chose devait leur arriver…

Ross contracta les mâchoires.

— A partir de demain, tous les Boyd s'entraîneront avec mes hommes.

— Les femmes aussi ?

— Oui. Y compris vous.

— Mais voyons, je ne pourrais jamais blesser qui que ce soit ! Le sang… vous savez bien.

— Vous le feriez si votre vie était en jeu ou celle de vos proches.

Elle secoua la tête.

— Comment voulez-vous que je trouve le temps ? D'ailleurs, finissons cette inspection, voulez-vous, afin que jc puisse retourner à mon travail.

— Nous en reparlerons.

Il la gratifia d'un regard sévère, qu'elle soutint avec une dignité glacée.

— C'est inutile. Jamais je ne me servirai d'une arme.

Elle ponctua cette déclaration en ouvrant la porte du grenier à céréales. Une exclamation lui échappa.

— Au nom du ciel, pourquoi n'a-t-on pas nettoyé ici ?

Des brins de paille jonchaient le sol et les couvercles des jarres disposées le long des murs disparaissaient sous une épaisse couche de poussière. Elle poussa un nouveau cri en voyant deux rats filer sur le plancher avant de disparaître dans un trou.

— C'est épouvantable !

— Il y a souvent des rongeurs dans les greniers.

— Pas dans les nôtres ! La propreté est vitale pour nous. Nous n'utilisons que la meilleure orge pour notre whiskey et de l'eau pure tirée du lac que nous faisons bouillir avant de la mélanger aux céréales broyées.

— Vous faites cuire le tout, je suppose.

— Oui. Mais nous ne voulons pas de saletés dedans. Surtout des crottes de souris !

— Je ne me rendais pas compte que le processus exigeait autant de méticulosité.

— Plus que vous ne l'imaginez.

Les mains sur les hanches, elle promena un regard furieux sur le parquet sale et les particules de poussière qui flottaient dans l'air.

— Je vais dire à Dora de…

Elle se reprit et coula à Ross un regard oblique.

— Je vais m'en occuper moi-même.

Il hocha la tête.

— Dans combien de temps pourrez-vous moissonner ?

— Une semaine, deux au maximum.

— C'est toujours un moment critique. Un orage peut survenir au dernier moment et coucher les céréales. Sans compter l'humidité, redoutable pour les grains.

— Vous semblez vous y connaître, observa-t-elle avec surprise.

— Ma famille élève des brebis, mais nous avons des champs d'avoine et même un peu d'orge pour le whiskey.

— Oh ! Les vôtres fabriquent du whiskey ?

— Quelques fûts. Mais rien qui approche de votre *finglas* !

Il sourit, une lueur de malice dans les yeux.

— Je n'ose même pas penser à toutes les *saletés* qui doivent cuire avec la bouillie !

Elle sourit. Ce petit instant de complicité lui avait réchauffé le cœur.

— Je croyais que vous n'aimiez pas le whiskey ? remarqua-t-elle, tandis qu'ils traversaient la cour.

— Ce n'est pas exactement cela. Le dernier soir que j'ai passé à Stirling, j'ai bu plus que je n'aurais dû.

— Oh ! Et vous avez eu une bonne migraine ?

— Et l'estomac en capilotade ! C'était tout ce que méritais, du reste, ajouta-t-il d'un air morose.

— Le whiskey est un breuvage puissant. Ici, on apprend à le déguster avec modération.

— Encore une de ces inflexibles traditions des Boyd ?

— Nous ne sommes pas inflexibles. C'est seulement…

— Je plaisantais, bien sûr !

Il sourit de nouveau.

— Vous autres Boyd êtes des gens sérieux. Vous ne pensez qu'au travail, jamais à l'amusement.

— La vie est une affaire sérieuse.

— Sans doute. Mais on n'est pas obligé de la rendre triste ! A Edin Valley, les filles accomplissent leurs tâches en bavardant et en chantant.

Catlyn renifla de mépris. Mais en pénétrant dans la cuisine avec Ross, elle ne put s'empêcher de noter les visages tendus des serviteurs et le silence qui régnait dans la pièce, rompu seulement par les cliquetis des marmites.

— Robert ?

Occupé à sa table de travail, le cuisinier se retourna, visiblement inquiet.

— Milady… Sir Ross… Quelque chose ne va pas ? J'espère que personne n'est malade. Mon Dieu, je savais que je n'aurais pas dû servir ce mouton, mais…

Ross s'avança vers lui.

— Tout va bien, rassurez-vous. Lady Catlyn a loué mes services pour vous protéger de Hakon et nous inspectons le château pour voir ce qu'il en est.

Le large visage de Robert s'épanouit.

— Le ciel en soit loué ! J'avais des scrupules à vous entretenir de mes problèmes, milady, avec tout ce que vous avez déjà sur les épaules.

Il désigna d'un geste la réserve, à l'arrière de la cuisine.

— Le fait est que nous n'avons pratiquement plus rien, à part un peu de viande séchée et quelques haricots. Les repas sont devenus un casse-tête pour moi.

— Je… je n'avais pas remarqué, balbutia Catlyn.

Robert lui tapota la main.

— Je sais, demoiselle. Vous êtes si occupée avec la distillerie ! Mais tout le monde n'est pas comme vous et j'en connais beaucoup qui grognent.

— Je suis désolée.

— Ce n'est pas votre faute.

Catlyn croisa le regard de Ross, qui ne semblait pas plus surpris que cela.

— Vous étiez au courant ?

— J'avais seulement remarqué que les choses n'allaient pas comme elles auraient dû.

— Pourquoi ne m'avez-vous pas dit que nous étions à court de provisions ?

— Parce qu'il valait mieux que vous vous rendiez compte par vous-même. Cela ne vous aurait pas arrangée que je dise cela devant vos gens, je suppose ?

— Non, bien sûr. Je… je vous remercie.

Il inclina la tête dans un salut courtois, mais la lueur qui brûlait dans ses étranges prunelles bleues n'avait rien à voir avec le respect. Une flamme, sensuelle, tentatrice… Il baissa les yeux vers sa bouche et elle devina d'instinct à quoi il pensait. Sans doute se demandait-il ce que cela ferait de l'embrasser…

Elle écarta les lèvres d'un geste inconscient.

— Lady Catlyn ?

Robert la tirait par la manche. Elle sursauta, les joues en feu.

— Faites une liste de tout ce qui vous manque, intima-t-elle d'un ton brusque. J'achèterai tout ce que je pourrai à la foire de Doune. Avec l'argent du whiskey que nous aurons vendu là-bas.

— Du sel et de la viande, énuméra promptement Robert. Et aussi…

— Ecrivez une liste, interrompit Ross.

Il prit Catlyn par le bras et lui fit traverser la cour pour la ramener dans le grenier à céréales, à l'abri des oreilles indiscrètes.

— Qu'est-ce que c'est que cette histoire ? Vous ne prétendez tout de même pas aller à la foire ?

— Nous nous y rendons tous les ans pour vendre nos premiers tonneaux de whiskey. C'est une tra…

— Au diable la tradition ! Vous n'irez pas cette année, voilà tout.

— Mais nous avons besoin d'argent pour la nourriture ! Et aussi pour vous rémunérer.

— Je peux attendre, ce n'est pas un problème.

— Mais nous ne pouvons pas attendre pour le ravitaillement. Vous avez entendu Robert !

Elle vit le regard de Ross se poser sur sa gorge.

— J'ai aussi entendu les menaces de Seamus, fit-il d'une voix sourde.

— La foire a lieu un jour de trêve. C'est la loi, vous le savez. Hakon n'osera pas la violer.

— Hakon Fergusson a passé toute sa vie à transgresser la loi.

— Mais nous devons y aller ! insista-t-elle.

Désespérant de lui faire comprendre, elle posa une main sur son bras et sentit bouger sous ses doigts des muscles d'acier. Que ressentirait-elle, si ces bras puissants se refermaient sur elle, l'enveloppant de leur chaude étreinte ? Les yeux de Ross s'assombrirent tandis qu'il se penchait vers elle.

— C'est dangereux !

Il la saisit par les épaules et lui imprima une légère secousse.

— Croyez-vous que je pourrais être en paix avec moi-même s'il vous arrivait quoi que ce soit ?

Et tout à coup, sa bouche plongea sur la sienne sans autre forme de procès. Une bouche dure, voluptueuse, exigeante… Catlyn se raidit sous l'assaut, mais son cri de protestation fut étouffé par le baiser. Instinctivement, elle tenta de se dégager.

Ross se rendit compte alors à quel point elle était jeune, inexpérimentée. Sa colère en fut instantanément désarmée et il adoucit aussitôt le baiser, s'excusant à coup de lentes, de langoureuses caresses tout au long de son dos.

Tremblante — de crainte ? de désir ? — elle lui glissa les mains autour de la nuque. Cessant de résister, ses lèvres s'ouvrirent pour lui et elle répondit à son baiser.

Cette douce ingénuité avait quelque chose de si excitant qu'elle monta à la tête de Ross aussi promptement qu'une goulée de whiskey. Dieu, qu'il la désirait ! Ici, tout de suite. Un gémissement s'échappa de sa gorge et il dut faire un effort surhumain pour arracher sa bouche de la sienne.

— Catlyn, chuchota-t-il d'une voix rauque.

Dans les yeux assombris de la jeune fille, il capta le reflet de son propre visage. Si tendu, si torturé de désir…

— Pourquoi… pourquoi avez-vous fait cela ?

Il la sentait trembler contre lui. Le remords le submergea.

— Je n'aurais pas dû. C'était une erreur.

Une grave erreur, en plus de toutes celles qu'il avait déjà sur la conscience ! Il la lâcha à contrecœur et s'éloigna d'un pas.

— Veuillez accepter mes excuses, milady.

Elle porta une main machinale à sa bouche, encore humide et rougie par ses baisers.

— Vous disiez que si nous en parlions, cela nous aiderait à surmonter… cela.

— Je le croyais sincèrement.

Il eut un sourire contrit.

— Apparemment, j'avais sous-estimé le… l'intérêt que je vous porte.

Et sa propre faiblesse.

— Soyez certaine que cela n'arrivera plus. Je vous laisse à présent. Vous avez sûrement besoin de vous remettre.

Il se dirigeait déjà vers la porte, quand il se souvint de la discussion qui les avait conduits à ce regrettable incident. Il se retourna.

— Je pensais vraiment ce que je vous ai dit, vous savez. Il est hors de question que les Boyd se rendent à la foire de Doune cette année.

— En quoi cela vous regarde-t-il ? Vous n'avez pas votre mot à dire !

— Je le dirai quand même. Vous m'avez engagé pour protéger votre clan et je ne vous laisserai pas commettre cette folie. C'est trop dangereux, conclut-il en refermant la porte.

A peine eut-il lâché le loquet qu'il entendit un objet frapper violemment le panneau de l'autre côté. Mathew s'approcha, le visage luisant de sueur après avoir joué de l'épée avec ses compagnons.

— Qu'est-ce donc ?

— La chaussure de milady, je présume.

Haussant les épaules, Ross se dirigea à grands pas vers le donjon. Mais son cousin le rattrapa avant qu'il n'atteigne l'escalier.

— Vous n'avez pas encore réussi à l'amadouer, on dirait.

— Cela dépend de quel point de vue. Il y a beaucoup de choses que la dame et moi ne voyons pas de la même façon. Mais la visite du château s'est bien passée.

Du moins au début… Si cette petite tournée d'inspection avait eu le mérite de détendre Catlyn, la sentir si près avait eu sur lui l'effet exactement inverse. Tout en elle, depuis le balancement de ses hanches sous la robe brune jusqu'à la tendre courbe de sa joue, l'avait mis sens dessus dessous. Quand ils avaient atteint les cuisines, il avait les nerfs aussi tendus que des cordes de luth.

— Malheureusement, je crains d'avoir reperdu le terrain gagné, avoua-t-il. Pour tout vous dire, j'ai perdu mon sang-froid.

— Vous ?

— Cela vous étonne, hein ? Pourtant, c'est bien ce qui s'est passé.

En cédant à l'impulsion du désir, il avait non seulement failli compromettre l'innocence de Catlyn, mais aussi son propre honneur.

— Elle refuse de comprendre qu'il serait périlleux pour les Boyd de se rendre à la foire de Doune.

— Hum… Dora affirme que c'est très important pour eux.

Cette première vente de whiskey leur permet de fixer le prix qu'ils pourront demander ensuite à Edimbourg.

— Eh bien, ils n'auront qu'à trouver un autre…

Une voix claironnante résonna soudain dans leur dos.

— Robert !

Ross se retourna, étonné de voir lady Catlyn se diriger à grands pas vers les cuisines.

— Robert ! appela-t-elle de nouveau, faisant se retourner tout le monde sur son passage.

L'interpellé jaillit du bâtiment.

— Milady ?

Catlyn s'arrêta et jeta un coup d'œil à Ross avant de se tourner de nouveau vers le maîtrequeux.

— Je crains qu'il ne soit impossible de ramener des provisions de Doune, mon pauvre Robert.

Le malheureux cuisinier commença à se tordre les mains.

— Mais nous allons mourir de faim, milady !

— Je n'y suis pour rien, hélas, rétorqua-t-elle d'une voix sonore, qui résonna d'un bout à l'autre de la cour. Sir Ross a décidé qu'il serait trop dangereux pour nous d'assister à la foire.

Des cris de protestation retentirent entre les murailles. Quelques femmes éclatèrent en sanglots, tandis que les hommes jetaient à Ross des regards furieux.

— Qu'est-ce donc ? s'enquit Mathew à voix basse.

— Une bonne petite scène de comédie, marmonna Ross, qui secoua la tête. Ne contrariez jamais une haute et puissante dame, mon ami !

— De quel droit nous donnerait-il des ordres ? vociféra Roland, hors de lui.

Eoin vint se placer à côté de Catlyn.

— Nous n'avons pas besoin des Sutherland et je suggère que nous nous dispensions de leurs services. Nous pouvons très bien nous protéger nous-mêmes.

Catlyn s'écarta de lui, non sans jeter un regard moqueur à Ross. Ses yeux semblaient le narguer, comme si elle voulait lui faire comprendre qu'elle n'entendait pas obéir à ses ordres.

Ross lui jeta en retour une œillade sévère. Pourtant, il avait beau faire, il ne pouvait s'empêcher de l'admirer pour son intelligence et sa pugnacité.

Mathew se pencha vers lui pour se faire entendre par-dessus le tumulte.

— Qu'allons-nous faire ? Quitter Kennecraig ?

Ross secoua la tête.

— Nous ne pouvons pas nous permettre cela.

Un sourire incurva ses lèvres.

— Je crains que nous n'ayons pas le choix. Il va nous falloir assister à cette maudite foire et nous arranger pour que Hakon n'en sache rien.

— C'est impossible ! s'exclama son cousin.

— Non… Difficile seulement !

Le sourire de Ross s'accentua. Au fond, il n'était pas fâché de jouer un bon tour au scélérat qui, non content de le faire chanter, menaçait de s'en prendre à Catlyn.

Chapitre 8

Catlyn traversa la cour, partagée entre des sentiments contradictoires. Si elle était toujours furieuse contre Ross, elle n'en avait pas moins honte de sa propre attitude. A quel stratagème n'avait-elle pas eu recours, grand Dieu !

S'apercevant qu'on la suivait, elle se retourna brusquement.

— Ne pourriez-vous… commença-t-elle avec irritation.

Mais elle s'interrompit net à la vue d'Eoin.

— Oh ! c'est vous !

— Nous voudrions vous parler, commença le jeune homme, la voix vibrante d'indignation.

Roland, Wesley et cinq ou six ouvriers de la distillerie se pressaient derrière lui.

— Nous voulons nous débarrasser de ces chevaliers !

— Rien ne me plairait davantage, assura-t-elle.

Surtout après ce désastreux baiser…

— … mais Adair pense que nous avons besoin d'eux pour…

— Au diable ce que pense Adair, grommela Eoin.

— Ce qu'il faut, c'est apporter le *finglas* à Doune, intervint Roland. La foire commence après-demain et les Boyd ont toujours été sur place dès la veille.

Catlyn hocha la tête.

— Nous allons sélectionner quelques fûts du whiskey de quatre ans et les préparer pour le transport.

Roland se hérissa aussitôt.

— C'est déjà fait, que croyez-vous ? Depuis quarante ans que j'accomplis ce travail, je n'ai pas besoin qu'on me dise ce que j'ai à faire !

— Je n'en doute pas, répliqua-t-elle, conciliante. Et le dix ans d'âge ?

Roland renifla avec dédain.

— Il n'est pas encore prêt.

— Papa pensait que si.

— Mais moi, je ne suis pas d'accord ! Une autre année en fût le rendra encore meilleur.

Catlyn releva le menton. Décidément, c'était la journée des mâles arrogants !

— A moins qu'il ne devienne trop fort. C'est déjà arrivé, vous le savez. Je veux emporter un tonnelet à Doune pour le faire goûter à David Erskine, à la taverne du Chardon d'Or.

Roland esquissa une moue de mépris.

— Vous pensez savoir mieux que moi, peut-être ?

De toute évidence, il cherchait surtout à la contredire, car dans les notes laissées par son père, elle avait lu que Roland était tombé d'accord avec lord Thomas sur ce point : le whiskey de dix ans était prêt pour la consommation.

— Non, mais David était un ami de papa. Il attend sans doute de le goûter, si papa le lui a promis.

Roland émit un nouveau reniflement et quitta la pièce, ouvrant la porte de la distillerie avec tant de brutalité qu'elle claqua contre le mur. Puis il s'engouffra par l'ouverture, suivi de son fils et de ses ouvriers effrayés.

— Vous n'auriez pas dû le mettre dans tous ses états, la réprimanda Eoin.

Elle haussa les épaules.

— Tout ce que je dis lui déplaît, de toute façon.

Parce qu'elle était une femme !

D'une démarche accablée, elle pénétra dans le cellier et se dirigea vers son bureau. Dieu, que c'était difficile de continuer la tâche sans son père bien-aimé ! Elle n'avait vraiment pas besoin en plus des menaces de Hakon, ni de devoir affronter des dissensions avec ses propres gens.

— Je ne veux que votre bien, insista Eoin, qui lui avait emboîté le pas.

Alors pourquoi lui mettait-il des bâtons dans les roues au lieu de l'aider ? Elle secoua la tête. Peut-être les hommes et les femmes n'étaient-ils pas faits pour travailler ensemble. Pourtant, la visite de Kennecraig avec Ross s'était révélée constructive, au moins sur ce plan. Il s'était arrangé pour qu'elle découvre les problèmes elle-même au lieu de les lui jeter à la face. Ou pire, d'aller claironner partout qu'elle était trop occupée avec le whiskey pour remarquer que ses proches mouraient quasiment de faim !

La délicatesse de Ross la surprenait. Se pouvait-il qu'il ait un motif caché ? Peut-être voulait-il lui aussi prendre le contrôle de la distillerie ? Plus futé qu'Eoin, il pensait peut-être qu'il obtiendrait gain de cause en la séduisant.

Eoin lui passa un bras autour des épaules.

— Catlyn, laissez-moi vous aider !

Si elle avait eu encore le moindre désir de l'épouser, cette velléité se serait évanouie sur-le-champ — le contact d'Eoin la répugnait !

Elle se dégagea avec un frisson et déverrouilla la porte de son bureau.

— Merci. Pouvez-vous faire préparer le chariot et une petite troupe pour m'escorter jusqu'à Doune ?

— Je me mettrai moi-même à leur tête. Quand partons-nous ?

— Demain, ainsi qu'il était prévu.

Eoin se redressa de toute sa taille.

— Je veillerai sur vous au péril de ma vie. Quand nous reviendrons, vous aurez peut-être enfin la mansuétude de me pardonner.

— Eoin…

— Donnez-moi une seconde chance, Catlyn, c'est tout ce que je vous demande ! Je n'avais pas saisi l'importance que vous accordiez à la fidélité. Mais j'ai compris la leçon, ma chérie, je vous assure.

Peut-être. Mais elle, elle avait appris quelque chose de plus important encore. Elle avait goûté à la passion et ses idées sur le mariage s'en étaient trouvées changées du tout au tout. Avant cela, elle était prête à accepter une union sans amour, simplement pour mettre des enfants au monde afin que la distillerie ait un héritier. Mais maintenant qu'elle avait découvert cette flamme en elle, comment pourrait-elle coucher avec un homme pour qui elle ne ressentait rien ?

— Occupez-vous des chariots, voulez-vous ?

Il ne put retenir une grimace mais n'insista pas davantage.

Enfin seule, Catlyn se laissa tomber dans le fauteuil, derrière la lourde table de chêne où les Boyd s'installaient pour travailler depuis plusieurs générations. La chronique familiale assurait même que c'était sur cette table que ses arrière-grands-parents, Erik et Adel, fort amoureux l'un de l'autre, avaient conçu leur premier enfant. Ou plutôt les deux premiers, puisqu'il s'agissait de jumeaux !

Ce souvenir lui fit monter le rouge aux joues et elle se releva d'un mouvement brusque.

Elle devait cesser de penser à Ross Sutherland ! Mais elle avait beau faire, le baiser qu'ils avaient échangé lui brûlait encore les lèvres. Ross y avait mis tant d'ardeur qu'elle avait eu l'impression d'être la femme la plus désirable du monde !

Oh ! Seigneur, pourquoi fallait-il qu'elle se soit éprise de cet homme-là entre tous ? Elle aurait pu jeter son dévolu sur quelqu'un de son clan, qui l'aurait aidée à faire marcher la distillerie. Mais non ! Il avait fallu qu'elle s'entiche d'un chevalier mercenaire beaucoup trop beau et séduisant pour inspirer la confiance. Pis encore, un homme qui se moquait ouvertement de leurs traditions…

Quel avenir pouvait-elle avoir avec quelqu'un comme Ross Sutherland ? Il était beaucoup trop arrogant, pour commencer !

— Catlyn ! s'écria Eoin en se précipitant dans la pièce. Vous ne devinerez jamais ! Sutherland a quitté le château avec quelques-uns de ses hommes.

Elle sentit son cœur se contracter et se laissa retomber dans son fauteuil.

— Parti ?

— Oui. Ils cherchent le camp de Hakon.

— Mais pourquoi ? Pourquoi se met-il ainsi en danger ?

— Oh ! une idée stupide ! Il veut localiser l'ennemi, dit-il. Mais nous allons leur jouer un tour à tous les deux, Hakon et Ross Sutherland. Nous allons partir tout de suite pour Doune.

— Maintenant ?

— Oui. Roland et ses hommes sont en train de sortir les tonneaux dans la cour.

— Et le whiskey de dix ans ? En a-t-il pris un tonnelet comme je le lui ai demandé ?

— Je ne sais pas et nous n'avons pas le temps de vérifier. Allez vite vous changer si vous voulez venir avec nous.

— Bien sûr que je viens !

Le chef du clan n'avait jamais manqué la foire de Doune !

Dickie Fergusson somnolait à son poste, vaincu par la chaleur de midi, quand un craquement résonna dans le vallon, le tirant soudain de sa léthargie. Il se frotta les paupières et tourna les yeux vers Kennecraig. La herse du château se levait lentement et une troupe d'hommes franchit bientôt les portes, suivie par un chariot brinquebalant.

— Ah, enfin ! Ce n'est pas trop tôt.

Dickie dégringola de son perchoir rocheux et dévala le sentier qui menait au camp des Fergusson, à l'abri du bois de pins. La plupart des hommes laissés là par Hakon somnolaient encore autour des braises d'un feu de camp et le sol était jonché de tonnelets de bière vides et d'os de lapin. Etalé sur le dos parmi les détritus, Guthrie ronflait bruyamment.

— Guthrie ?

— Va-t'en ! grogna le dormeur d'une voix empâtée.

— Il se passe du nouveau, Guthrie !

L'interpellé ouvrit un œil injecté de sang, puis le referma après avoir cillé un instant.

— J'espère que c'est important, sinon j'aurai ta peau !

— Oh ! ça l'est ! J'ai vu des cavaliers sortir de Kennecraig.

— Combien ?

— Moins que sur les doigts des deux mains, précisa tant bien que mal Dickie.

Il était tombé sur la tête quand il était bébé et n'avait jamais pu apprendre à compter.

Guthrie s'obligea à entrouvrir les paupières et se souleva sur un coude.

— Des chevaliers de Ross Sutherland ?

— Je ne pense pas. Ils portaient de vieilles nippes.

— Seamus était parmi eux ?

— J'étais trop loin pour distinguer les visages.

— Mais tu as vu les silhouettes, idiot ! L'un d'eux était-il assez petit pour être Seamus ?

— Non, c'était tous de grands gars. Et ils avaient un chariot derrière eux.

— Sans doute des manants partis couper du foin ou ramasser du bois. Et tu me réveilles pour ça, imbécile ? s'écria Guthrie.

Le son de sa propre voix résonnait affreusement dans sa tête. Il n'aurait pas dû boire autant, c'était un fait. Mais qu'y avait-il à faire d'autre dans ce trou ? Le diable emporte son père ! Pourquoi Hakon l'avait-il laissé ici pour surveiller un château où il ne se passait jamais rien ?

— On pourrait les tuer, marmonna-t-il.

— Mais Hakon nous a recommandé de ne pas révéler notre présence.

— Bah, quelques esclaves de plus ou de moins, qui s'en soucie ? marmonna Guthrie.

Au diable ! Réfléchir aggravait sa migraine. Il se laissa retomber sur le sol et posa le bras sur ses yeux pour se protéger de la lumière.

— Donne-moi un peu d'ale !

— Je vais voir si j'en trouve. Voulez-vous que je reprenne mon poste là-haut ?

— Fais ce que tu veux mais tais-toi, c'est tout ce que je te demande ! gémit Guthrie.

Il écouta s'éloigner les pas de Dickie et geignit tout haut. Pourquoi ne retournaient-ils pas à Dun-Dubh, au nom du ciel ? Selon son père, le manoir dont ils avaient hérité n'était rien d'autre qu'un « vieux tas de pierres ». Mais au moins, on y trouvait de l'ale !

Nus jusqu'à la taille, Ross et huit des neuf hommes qu'il avait emmenés s'activaient à couper l'herbe avec leurs faux d'emprunt avant de l'entasser dans le chariot. N'importe quel passant les aurait pris pour d'inoffensifs travailleurs. Mais chacun d'eux avait un long couteau dans sa ceinture et une claymore à ses pieds.

— J'avais bien compris que nous devions nous déguiser en coupeurs de foin, mais pas que nous aurions à travailler pour de bon ! grogna Dallas.

Ross essuya la sueur qui lui coulait dans les yeux et sourit.

— Si les hommes de Hakon nous surveillent, c'est encore le meilleur moyen de les berner. Et de toute façon, nous avons besoin de foin pour les chevaux.

— C'est vrai, admit Dallas. Mais où en est notre plan ? Nous en sommes toujours à essayer de leur voler la recette ?

— C'est bien là le problème. Il faut que je jette un os à Hakon si je veux récupérer Stratheas.

— Mais il vous a menti. Ce qu'il veut en échange de la reconnaissance de dette, c'est bien plus que ce qu'il affirmait.

— Je sais, mais il a tout de même ce satané document entre les mains. Et je n'ai pas la moindre envie de le voir débarquer à Edin Valley !

— Nous pouvons prétendre qu'il a imité votre signature.

— Mon père ne manquera pas de reconnaître mon écriture.

Ross secoua la tête et passa sa colère sur une grosse touffe d'herbe, qu'il coucha sous sa lame.

— Si je pensais qu'il se contenterait du secret et du plan de la distillerie, je m'arrangerais pour les obtenir. Mais je crains qu'il ne soit déterminé à s'emparer de Kennecraig. Et à réduire les Boyd en esclavage s'il le peut.

Dallas émit un juron et se remit à faucher avec une vigueur accrue.

— Il faut faire quelque chose. Ces Boyd sont d'honnêtes gens.

— Je suis bien de cet avis, renchérit Ross. Nous devrions…

Il s'arrêta net en voyant Harry Carmichael sortir des bois qui bordaient la prairie. Plus âgé que Ross de six ans, le grand Harry était un grimpeur intrépide qui n'avait peur de rien. C'était lui qui avait initié Ross à l'escalade.

— Je les ai repérés, annonça-t-il. Juste sur la crête où nous pensions qu'ils étaient.

Ross hocha la tête. La veille et ce matin de nouveau, les sentinelles avaient vu briller là-haut un éclair de lumière. Sans doute le reflet du soleil sur un objet en métal.

— Combien sont-ils ?

— Une douzaine. A part un, ils sont visiblement à moitié soûls. Leur camp est un vrai capharnaüm.

— Vous êtes sûr qu'ils n'ont pas une patrouille aux environs ?

— Je n'ai compté que douze montures.

— Parfait. Hakon était-il là ?

— Non, mais Guthrie y était, vautré sur le sol. Si nous les attaquons maintenant, ils ne seront pas en état de se défendre.

Un murmure d'approbation courut parmi les hommes de Ross.

— C'est tentant. Si Hakon était là, je serais de votre avis. Mais capturer Guthrie ne nous avancera à rien. Hakon n'est pas particulièrement connu pour sa loyauté. Je doute qu'il accepte de nous rendre la reconnaissance de dette et de laisser les Boyd tranquilles en échange de son fils.

— Il ne tiendrait pas sa promesse, opina Dallas.

— C'est bien mon avis. Et Hakon a toute une bande d'alliés dans les régions frontalières. S'il est en difficulté, il risque de les appeler à l'aide.

— Pourquoi ne l'a-t-il pas déjà fait ?

— Par cupidité, je suppose. Il ne veut pas partager ce riche butin avec sa parentèle. Mais cela pourrait changer s'il entre en conflit avec les Boyd.

— Hum... Cette petite sortie ne nous a pas avancés à grand-chose.

— Oh que si ! Nous connaissons la position de l'ennemi et son penchant pour la boisson. Et nous avons fauché de quoi nourrir nos chevaux.

— Et la foire ? s'enquit Harry, tandis que les hommes chargeaient le chariot. A moins d'être ivres morts, les Fergusson nous verront sortir avec les tonneaux et se lanceront à nos trousses.

— Il y a peut-être un moyen de quitter le château sans que Guthrie nous voie.

— Quelque chose de dangereux, si j'en crois votre expression !

Ross sourit.

— Dangereux ? Non, un peu risqué seulement. Je me disais que si Guthrie et ses compagnons tombaient *par hasard* sur un ou deux tonnelets de whiskey, ils ne seraient pas en état d'attaquer qui que ce soit avant un certain temps.

Dallas s'esclaffa.

— Ce n'est pas une mauvaise idée.

Le cheval attelé au chariot poussa tout à coup un hennissement et tourna la tête vers la route. D'un geste prompt, Ross et ses hommes portèrent la main à leurs dagues.

— Guthrie ? chuchota Ross.

Le grand Harry secoua la tête.

— Je ne crois pas. S'il m'avait suivi, il arriverait par le bois.

Ross acquiesça. La route n'était guère plus qu'une piste serpentant de Kennecraig jusqu'à cette prairie avant de remonter vers le versant opposé. Et c'était par là que regardait le cheval.

— Si quelqu'un vient, ce ne peut pas être un habitant de Kennecraig, murmura Dallas.

— Nous ferions mieux de rentrer. Rassemblez les outils et les armes. Vous, Lang Gil, vous conduirez le chariot pendant que nous couvrirons vos arrières.

Aussitôt dit, aussitôt fait ! Les hommes jetèrent leurs faux dans la charrette et se hissèrent en selle. Ross mit Dallas à la tête du cortège et se plaça derrière avec le grand Harry. Ils avaient juste atteint le sommet de la côte, quand Ross, en se retournant, aperçut un groupe de cavaliers dévalant la montagne dans leur direction. Un homme aux cheveux blonds, de stature imposante, semblait mener la troupe. Hakon Fergusson ?

— Sus aux Sutherland ! hurla une voix.

— Harry, passez devant et dites aux hommes de piquer des deux, cria Ross, par-dessus le vacarme. Si vous voyez que Gil ne peut pas suivre, prenez-le en croupe et abandonnez le chariot.

Une course folle s'engagea. Les hommes de Ross bénéficiaient d'un net avantage, car leurs montures s'étaient reposées et la rude montée vers Kennecraig ne manquerait pas de ralentir leurs poursuivants. Ross galopait, le regard fixé sur le château. Ils n'étaient plus très loin à présent. Il se retourna de nouveau pour voir Hakon éperonner sa monture. L'homme et l'animal semblaient à bout de souffle et le cheval avait l'écume à la bouche. Mais Hakon semblait déterminé à continuer la poursuite.

Ross enfonça les talons dans les flancs de sa monture, prit le tournant au grand galop… et faillit se heurter au reste du cortège, qui bloquait la route au lieu d'avancer.

— Que se passe-t-il ? hurla-t-il en tirant sur les rênes.

Puis il comprit soudain et son cœur s'arrêta de battre. Catlyn ! Elle était là, perchée sur le siège d'un petit chariot, les mains crispées sur les rênes d'un cheval de trait qui semblait aussi effrayé qu'elle. Eoin et une douzaine de Boyd l'entouraient. Quant à la raison de leur escapade, il suffisait de jeter un coup d'œil sur leur chargement pour la deviner. Encore ce maudit whiskey !

Le sang de Ross ne fit qu'un tour.

— Dallas, Gil ! Faites-les rentrer au château. Tous !

Il tendit les bras vers Catlyn pour la soulever du chariot, mais elle le repoussa.

— Je ne peux pas abandonner le *finglas* ! s'écria-t-elle en se cramponnant aux rênes.

Déjà les Sutherland organisaient la retraite, poussant les Boyd vers le château. Mais le chariot lourdement chargé ne pourrait jamais remonter la pente escarpée, Ross le comprit aussitôt. Empoignant le cheval par la bride, il tira l'attelage hors de la route, parmi les énormes rochers qui parsemaient le versant du ravin. En longeant l'éboulis sur le chemin de l'aller, il avait songé qu'on aurait pu cacher là toute une armée. Il ne lui restait plus qu'à espérer que ce soit vrai !

Le chemin qu'il suivait était à peine plus large qu'une sente cavalière et le cheval renâclait à le suivre. Ross avait le bras douloureux à force de tirer sur la bride. Ignorant les élancements de ses muscles, il se concentra sur la piste. La nuit tombait vite à présent, enveloppant le sentier de pénombre. Ross espérait qu'il allait déboucher à un moment sur un espace ouvert mais il n'en fut rien. Ils se retrouvèrent brusquement devant une paroi rocheuse.

— Il semblerait que nous soyons arrivés ! ironisa-t-il.

D'un mouvement preste, il mit pied à terre et attacha ses rênes au chariot avant de se tourner vers Catlyn.

— Descendez !

— P... pourquoi ? Où sommes-nous ?

— Chut !

Ross la tira de son siège et lui plaqua une main sur la bouche.

— Nous allons devoir laisser les chevaux ici. Ils pourraient bouger et nous trahir. Vous comprenez ?

Il sentit trembler les lèvres de la jeune fille sous ses doigts. Mais elle n'en hocha pas moins la tête.

Ross tira son épée.

— Restez derrière moi, intima-t-il en tendant la main gauche à Catlyn. Et tâchez de vous déplacer sans faire de bruit. D'accord ?

— Qui... qui est à nos trousses ?

— Hakon Fergusson.

Elle écarquilla les yeux.

— Oh ! Seigneur ! Et s'il nous trouve ?

— Bah, il y a de quoi se cacher ici. Venez !

Ross la tira par la main et elle le suivit sans résister, Dieu merci. L'oreille tendue, il la guida entre les rochers, en prenant garde à rester invisible depuis la route.

— Pourquoi revenons-nous sur nos pas ? s'enquit-elle dans un chuchotement.

— Parce qu'ainsi, nous pourrons voir si la voie est libre.

Ils approchaient de la route, quand le son que Ross redoutait résonna soudain un peu plus haut. Le martèlement des sabots des chevaux !

Catlyn poussa un léger cri et l'interrogea du regard. Instinctivement, Ross lui passa un bras autour de la taille.

— Restez tranquille. Ils ne peuvent pas nous voir.

Une voix rude s'éleva non loin d'eux :

— Par l'enfer, qui était-ce ?

— Pas les hommes de Sutherland, pour sûr, grogna Hakon. Ils ont tourné les talons et battu en retraite comme des lapins effrayés !

Le bruit des sabots s'intensifia tandis que la cavalcade approchait.

— Sans doute des Boyd, reprit la voix de Hakon. Sinon les portes du château ne se seraient pas ouvertes si vite pour les laisser entrer, le diable les emporte !

Ross réprima un soupir de soulagement. Leurs gens étaient donc en sécurité, grâce au ciel. Il tourna la tête vers Catlyn, qui réussit à lui retourner son sourire.

— Où est Guthrie ? interrogea l'un des cavaliers. Pourquoi n'a-t-il pas donné la chasse à ces gens dès qu'il les a vus sortir de Kennecraig ?

— Nous le saurons dès que nous aurons regagné le camp. En avant !

Ross laissa échapper un soupir de soulagement. Hakon allait se mettre à la recherche de Guthrie et ils allaient pouvoir sortir de leur cachette.

Les Fergusson s'éloignaient, quand l'une de leurs montures émit un hennissement, auquel un second fit écho du côté du ravin. Le cheval du chariot !

— Il y a quelqu'un derrière les rochers ! cria un Fergusson.

— Déployez-vous et fouillez le terrain, ordonna aussitôt Hakon.

Il dut quitter la route, car le bruit des sabots de sa monture résonna bientôt sur la roche.

De plus en plus près.

Un cri monta à la gorge de Catlyn, mais Ross lui couvrit la bouche de sa main et attira son visage contre son épaule.

— Chut, ma douce ! Restez tranquille, ils ne peuvent pas nous voir.

Tremblante, elle se blottit plus étroitement contre lui. Il émanait de lui un relent de cuir, d'herbe fraîchement coupée, et une autre senteur encore qui n'appartenait qu'à lui. L'odeur de Ross… La sensation de son corps puissant tout contre elle apaisa instantanément ses nerfs. Il lui avait déjà sauvé la vie une fois. Il recommencerait, elle n'en doutait pas. Par-dessus le battement sonore de son cœur, elle entendit les sabots des montures des Fergusson qui passaient tout près d'eux.

— Ils sont partis.

Le soulagement de Catlyn fut si intense qu'elle se sentit faiblir dans ses bras.

Ross lui frotta doucement le dos.

— N'allez pas vous évanouir maintenant, ma mie. Nous ne pouvons pas rester ici. Quand ils verront nos chevaux…

— Mais où aller ? s'affola-t-elle. Le château est si loin…

Ross remit son épée au fourreau et aida Catlyn à se redresser.

— Nous allons grimper dans un arbre.

— Quoi ?

— Allons, venez, il n'y a pas de temps à perdre !

Un bras passé autour de sa taille, il l'aida à remonter la sente en la portant à demi. Un bosquet de résineux et de chênes géants bordait la crête. Ross s'y enfonça sans hésiter et s'arrêta devant un pin dont les branches les plus basses n'étaient guère à plus d'un mètre du sol.

— Allez-y ! intima-t-il.

— Mais je… je ne suis jamais montée dans un arbre !

— Une fille courageuse comme vous ne va pas se laisser

arrêter pour si peu. Et je serai derrière vous. Je ne vous laisserai pas tomber, promit-il fermement.

Il y avait du défi dans son sourire. Et Catlyn, de toute façon, n'avait pas le choix. Le bruit des sabots se rapprochait de nouveau, de plus en plus près. Poussée par l'urgence de la situation, elle posa un pied sur la plus basse branche, étouffant une exclamation quand elle sentit deux larges mains lui soulever le postérieur pour la hisser. Des aiguilles se prirent dans ses cheveux et dans ses vêtements, tandis qu'elle poursuivait son ascension de branche en branche. Elle venait d'atteindre la quatrième lorsqu'elle entendit Ross, perché juste au-dessous, lui intimer dans un chuchotement :

— Restez ici et ne bougez plus !

Catlyn s'installa tant bien que mal, les doigts enfoncés dans l'écorce. Jetant un regard à travers l'épaisse frondaison, elle vit des silhouettes sombres se déplacer le long du sentier rocheux.

— Ils ont dû abandonner le chariot et se sauver, supputa quelqu'un.

— Ouais. Apparemment, les oiseaux se sont envolés ! Nous devrions emporter ce whiskey avant qu'ils ne reviennent avec des renforts.

Catlyn se mordit la lèvre lorsqu'elle vit apparaître le véhicule brinquebalant qui transportait son whiskey. Elle retint son souffle jusqu'à ce que le convoi ait disparu sur le chemin.

— Vous pouvez descendre maintenant, chuchota Ross. Ils sont partis.

Catlyn se reprit et descendit lentement. Mais à la dernière branche, ses doigts engourdis lâchèrent prise. Ross n'eut que le temps de la rattraper avant qu'elle n'atteigne le sol. Encore sous le choc, elle demeura un instant immobile dans ses bras, puis leva les yeux vers lui. Il semblait si pâle, si étrangement grave dans la lueur incertaine du crépuscule.

— Qu'y a-t-il, Ross ?

Il la serra plus fort pour toute réponse, pressant sa joue râpeuse contre la sienne.

— Quand je pense comme ils ont été près de vous capturer…

— Mais ils n'y sont pas parvenus. Vous m'avez sauvé la vie.

Une tempête d'émotions mêlées déferla en elle — crainte, soulagement, gratitude. Et quelque chose d'autre aussi, de très puissant, très exigeant.

— Ross…

Elle tourna la tête, sa bouche cherchant aveuglément la sienne.

Il murmura son nom, tandis que leurs lèvres s'unissaient. Leur premier baiser avait été tout de douceur, de séduction. Celui-ci ne fut qu'ardeur et brûlure. Elle l'accueillit avec ferveur, ouvrant ses profondeurs secrètes à cette langue agile qui cherchait la sienne.

Oui, c'était cela qu'elle désirait. Cette célébration passionnée de la vie, pour chasser la peur. Les mains enfouies dans la chevelure de Ross, elle se laissa conduire. Des ondes de chaleur déferlaient en elle, allumant des braises à la pointe de ses seins, à la jonction de ses cuisses.

— Catlyn…

Il releva la tête, la respiration aussi haletante que la sienne, son regard brûlant rivé au sien.

— Ross, je… je…

Elle s'interrompit, incapable de trouver les mots pour exprimer ce qu'il lui avait fait ressentir — cet incroyable désir qui flambait jusqu'au tréfonds de son corps.

— Oui, murmura-t-il. Mais nous ne pouvons pas.

Il ferma les yeux et elle sentit trembler son corps puissant.

— Nous devons être forts.

— Je sais, murmura-t-elle.

Rouvrant les paupières, il désigna d'un geste le chemin.

— Nous avons une longue marche devant nous. Etes-vous prête ?

Dans le cas contraire, il la porterait, elle en était sûre. Et l'espace d'un instant, elle fut tentée de le laisser faire. Mais sa fierté fut la plus forte.

— Je vais y arriver, affirma-t-elle.

— Oh ! je n'ai pas le moindre doute à ce sujet !

Il lui lança un bref regard, dont l'expression oscillait entre le regret et un indéniable respect.

Chapitre 9

— Qu'allez-vous faire maintenant ? s'enquit Mathew.

Ross reposa la serviette humide et enfila une tunique propre. Cela faisait une demi-heure à peine qu'il avait franchi les portes de Kennecraig avec Catlyn dans les bras. Les femmes avaient aussitôt emmené la jeune femme pour prendre soin de ses égratignures et bander sa cheville, qu'elle s'était foulée pendant leur fuite.

Ses hommes à lui, bien entendu, l'avaient accueilli en héros. Mais la réception des Boyd avait été plus mitigée.

— Je ne sais pas encore vraiment.

— Dites cela à quelqu'un d'autre ! Je vous connais trop bien. Depuis que vous avez ramené lady Catlyn, je vois bien que vous mijotez quelque chose.

— Eh bien, j'ai trouvé un moyen d'amener leur whiskey jusqu'à Doune.

Mathew le dévisagea comme s'il avait perdu l'esprit.

— L'avertissement d'aujourd'hui ne vous a donc pas suffi ? Vous pensez peut-être que Hakon et ses sbires vont vous laisser faire ? Ils vont se poster sur la route et intercepter le convoi.

— J'y ai pensé pendant tout le trajet de retour. Hakon n'aura rien de plus pressé que d'aller vendre le whiskey dont il s'est emparé aujourd'hui. Il va laisser Guthrie nous surveiller. Et on connaît Guthrie… Il ne va pas manquer de détourner un tonnelet ou deux à son usage et sera trop soûl pour nous voir passer.

Mathew se détendit un peu.

— Vous avez un plan, je suppose ?

— Le début d'un.

Ross rejeta ses cheveux en arrière et boucla son baudrier.

— Je vous le dirai après avoir parlé aux Boyd.

Il se dirigea vers la porte, sachant qu'Adair et les autres l'attendaient dans la grande salle pour le questionner.

— Tout à l'heure, j'ai eu le plus grand mal à les empêcher de ressortir, reprit Mathew. Ils voulaient absolument livrer bataille.

— C'est bien ce que je craignais de la part d'Adair.

— Et d'Eoin ! Il était bourrelé de remords. Dora aussi m'a supplié d'aller chercher Catlyn.

Le visage du jeune homme s'adoucit en prononçant ces derniers mots. Se pouvait-il que son cousin soit attiré par la jolie Dora ?

— Mais d'autres étaient davantage préoccupés par le whiskey que par le sort de leur dame !

— Roland, je parie.

— Exact. Il exigeait que nous lui rapportions son précieux *finglas*.

— Il n'aurait plus manqué que cela !

Mathew referma la porte, l'air préoccupé.

— J'ai failli contrevenir à vos ordres et aller vous chercher. Les gars et moi étions en train d'endosser nos cottes de mailles quand vous êtes apparu sur la route avec la demoiselle dans vos bras.

— Elle s'était fait une entorse, répliqua Ross, aussitôt sur la défensive.

Dieu savait qu'il ne l'aurait pas touchée sans cela. Même maintenant, après plus d'une heure, il se rappelait encore l'ineffable volupté qu'il avait ressentie à la tenir pressée contre son torse. Et l'effet encore plus désastreux de ses grands yeux levés vers lui. Elle était si douce. Si confiante. Comment pourrait-il jamais la trahir ?

Et comment ne pas la trahir ? Car il lui restait encore à récupérer cette maudite reconnaissance de dette…

— Hum… fit Mathew. Ce n'était pas une trop rude corvée, à ce qu'il semble.

Oh si ! Car il n'avait pas le droit de la désirer ainsi.

Dans le corridor, Ross ralentit devant la porte de Catlyn, tenté de frapper pour s'informer de sa santé… et l'entrevoir, ne fût-ce qu'un instant. Pourquoi fallait-il qu'il se consume ainsi de désir pour la seule femme qu'il ne pouvait avoir ? Irrité contre lui-même, il enfila le couloir et dévala l'escalier abrupt avant de se rendre compte qu'il fuyait quelque chose qu'il ne pourrait jamais distancer — sa propre conscience.

Le grand Harry l'attendait en bas.

— Dallas m'a dit que vous vouliez me parler ?

— Oui, Harry. J'ai besoin de savoir ce qui se passe au camp de Guthrie.

— Dois-je sortir par la porte ou par-dessus le rempart ?

— Escalader le mur ? Est-ce possible ?

Harry s'esclaffa.

— Bien sûr. D'habitude, c'est dans l'autre sens que l'opération se pratique — on essaie de s'introduire quelque part sans être vu. Mais pourquoi le contraire ne marcherait-il pas ?

— Pouvez-vous atteindre le camp de Guthrie à pied ?

— C'est l'affaire d'une heure, affirma Harry, qui gagnait toujours les épreuves de course à l'assemblée annuelle du clan Sutherland.

Ross s'assura que personne n'écoutait.

— Prenez Lang Gil avec vous, chuchota-t-il. Et un tonnelet du fameux whiskey des Boyd.

— Au cas où nous aurions soif ?

— Non, pour le laisser à un endroit où nous serons sûrs que Guthrie et ses joyeux drilles le découvriront. Monter la garde est une tâche fastidieuse…

— … qui incite un homme à boire pour se distraire, compléta Harry avec un clin d'œil. Et le whiskey volé par Hakon ? Vous ne pensez pas qu'ils vont le boire ?

Ross secoua la tête.

— Hakon va chercher à le vendre comme il l'a déjà fait pour le chargement précédent.

Le whiskey pour lequel le scélérat avait tué Thomas Boyd. Et qui lui avait servi à prendre Ross au piège.

— Essayez de savoir ce que fait Hakon et où il va, intima-t-il. Mais ne tentez pas de lui reprendre le whiskey. Nous ne pouvons pas nous permettre de l'affronter ouvertement.

— Et vous, qu'allez-vous faire ?

Ross haussa les épaules. Pour l'instant, mieux valait qu'il garde son début de plan pour lui afin de ne pas effrayer Mathew, déjà suffisamment à cran.

— Trouver un moyen d'aider les Boyd à porter leur whiskey au marché.

La grande salle était déjà bondée et un silence soudain s'abattit sur l'assemblée lorsque Ross fit son entrée. Roland se leva d'un bond de la table où il voisinait avec son fils Wesley, Eoin et quelques-uns de ses ouvriers.

— Pourquoi n'allez-vous pas récupérer notre whiskey ?

Ross croisa les bras sur sa poitrine et toisa le petit homme furibond.

— Vous pouvez aller le chercher vous-même, si vous voulez. Je vous fournirai les indications nécessaires pour trouver leur camp.

— Où ils doivent se délecter de notre bon whiskey, les maudits !

— A qui la faute ? Je vous avais prévenus de ne pas conduire de chargement à Doune.

Eoin se leva à son tour.

— Vous étiez supposé protéger notre *finglas*, accusa-t-il.

Adair vint se placer à côté de Ross, prenant visiblement son parti.

— Comment l'aurait-il pu, quand vous avez profité de son

absence pour sortir en douce du château pendant que j'étais occupé au cellier ?

Eoin rougit et parut examiner ses bottes.

— Catlyn voulait porter le whiskey à la foire et…

— Et vous vous êtes comporté de manière inconsciente, gronda Adair en lui pointant l'index sur la poitrine. Vous avez failli vous faire tous tuer. Y compris Catlyn. Sans la présence d'esprit de sir Ross…

— Pourquoi n'a-t-il pas ramené le chariot au château ? intervint Roland, toujours aussi furibond. Il avait le temps !

— Non, il ne l'avait pas.

Catlyn fit son entrée dans la salle, flanquée de Dora et de la vieille Freda.

Ross se retourna et toute pensée le déserta à l'instant même où ses yeux se rencontrèrent ceux de Catlyn. Dieu, qu'elle semblait petite et vulnérable ! Si pâle, avec ce regard hanté…

— Vous devriez être au lit, grogna Adair.

Catlyn pointa fièrement le menton.

— Mais je vais très bien, assura-t-elle.

Et se tournant vers Roland :

— Je suis aussi éprouvée que vous par la perte de notre chariot, croyez-le.

— Lord Thomas ne l'aurait pas perdu, lui !

— Je n'en doute pas.

Elle releva un peu plus la tête, mais Ross vit trembler ses mains dans les plis de sa jupe.

— Tout comme je suis sûre que mon père n'aurait pas voulu que l'on verse du sang pour une simple histoire de *finglas*, ajouta-t-elle.

Autour d'elle, les gens approuvèrent d'un hochement de tête. Tous sauf Roland, Wesley, et les ouvriers rassemblés autour d'eux.

— Tout cela est bel et bon, mais comment allons-nous apporter le whiskey à Doune, hein ?

— Nous ne l'apporterons pas, chuchota-t-elle. C'est trop dangereux.

Un silence pesant suivit cette déclaration, rompu enfin par la voix de Ross.

— Je pense qu'il existe peut-être un moyen.

— Lequel ? s'écrièrent une douzaine de voix.

— Il reste de nombreux détails à mettre au point. Je sais combien vous avez besoin de l'argent que pourrait rapporter le whiskey. Aussi mes hommes et moi ferons-nous l'impossible pour réussir.

Catlyn lui dédia un sourire à damner les anges.

— Oh ! Ross, ce n'est pas trop périlleux au moins ? Vous pensez vraiment pouvoir passer sans attirer l'attention de Hakon ?

— Je ne vois pas comment c'est possible à moins d'avoir des ailes, observa aigrement Eoin, d'une voix forte qui domina le tumulte.

Une centaine de regards anxieux se tournèrent vers Ross, qui ne quittait pas Catlyn des yeux.

— Mes hommes et moi pouvons parfaitement le faire.

— C'est un piège ! cria Eoin. Un stratagème pour livrer notre whiskey à Hakon Fergusson !

Ross frissonna. Eoin ne se doutait pas à quel point il était près de la vérité.

— C'est ridicule ! intervint Catlyn.

— Vous croyez ?

Eoin toisa son rival.

— Comment les Sutherland se sont-ils introduits à Kennecraig ? A la faveur d'une prétendue attaque de Hakon ! Puis leur guide s'est avéré être un espion des Fergusson et a tenté d'enlever la poudre de la distillerie.

— Mais c'est Ross qui a tué ce Seamus, lui rappela Catlyn.

Eoin étrécit les paupières.

— Et si c'était une ruse pour gagner notre confiance ?

— Je ne connaissais pas le plan de Hakon ni le rôle que Seamus devait y jouer, se défendit Ross en toute franchise.

— Je vous crois.

La prompte réponse de Catlyn fut aussitôt reprise en écho par une bonne moitié de l'assistance.

— Il vous a séduite avec sa belle figure et ses discours enjôleurs ! riposta Eoin, furieux.

Catlyn jeta un regard glacé à son ex-fiancé.

— Sir Ross nous a tous impressionnés par son habileté de guerrier. Une qualité qui nous manque, hélas.

— Alors pourquoi ne nous a-t-il pas rapporté notre whiskey ?

— C'est ma faute, assura-t-elle d'une voix haute et claire qui résonna dans toute la salle. Si j'avais écouté sir Ross, qui me recommandait de ne pas quitter Kennecraig, nous aurions encore nos tonneaux. Je me réjouis que ma stupidité ne nous ait pas coûté plus que ça.

— Bravo, milady ! murmura Ross, sincèrement admiratif.

Il savait quel effort elle avait dû consentir pour surmonter son amour-propre et reconnaître ainsi ses torts.

— Je sais à quel point il est important que votre *finglas* arrive à Doune, enchaîna-t-il. Nous ferons tout ce qui est en notre pouvoir pour le convoyer là-bas et rapporter les provisions dont vous avez tant besoin.

Une salve d'applaudissements retentit dans la salle. Tout le monde entoura Ross pour lui serrer la main et quelques femmes le gratifièrent d'un baiser sur la joue. Il voulut reculer, conscient d'être indigne de leur gratitude. Mais Adair lui assena une tape amicale dans le dos et le poussa vers la foule, tandis qu'une Catlyn rayonnante se suspendait à son bras.

Après quelques instants de liesse, elle leva la main pour obtenir le silence.

— Encore une chose que je voudrais faire avant que nous ne retournions tous à nos tâches. J'aimerais rendre à Dora sa charge de gouvernante.

Elle se retourna pour faire signe à la jeune fille d'approcher. Dora tenta de se cacher derrière le grand corps de Mathew.

— Non, non, je ne suis plus digne…

— Bien sûr que si. Mathew, je vous en prie.

Comprenant l'injonction, Mathew passa un bras autour

de la taille de Dora et la poussa en avant. Honteuse, la jeune femme s'avança en baissant la tête.

Catlyn la considéra un instant d'un regard embué.

— Nous avons besoin de vous, Dora.

— Je le confirme, intervint Ross d'une voix joviale. Lady Catlyn a hérité des aptitudes de son père à diriger une distillerie. Mais si quelqu'un d'autre ne prend pas la maisonnée en charge, nous allons tous mourir de faim !

Un silence gêné s'abattit sur la salle, bientôt rompu par le rire cristallin de Catlyn.

— J'admets volontiers que je ne suis pas douée pour ces tâches-là, reconnut-elle en désignant d'un geste la jonchée fanée sur le sol et la maigre chère disposée sur les tables.

Adair pouffa.

— On ne saurait vous contredire, ma fille. Et bon courage à vous, ajouta-t-il en tapotant l'épaule de Dora.

Freda, Ulma et quelques autres femmes s'avancèrent vers Dora pour la féliciter. Mais le reste des assistants, surtout les hommes, restèrent à l'écart. Leurs regards dubitatifs voyageaient de Dora à Eoin.

— Cela ne va pas être facile pour elle, chuchota Catlyn. Je n'aurais peut-être pas dû la forcer.

— Elle a ici quelques amis, la rassura Ross. Et mon cousin veillera à ce qu'aucun des garçons ne lui manque de respect.

De fait, Mathew soutenait toujours Dora de son bras robuste et la jeune fille semblait s'appuyer contre lui, tout en discutant avec Freda.

Catlyn fronça les sourcils.

— Pourriez-vous faire quelques pas avec moi, sir Ross ?

— Bien sûr.

Ross la suivit dans le corridor, soulagé de la voir reprendre ses distances. De toute évidence, elle regrettait comme lui l'épisode de leur baiser dans le bois.

— Quelles sont les intentions de votre cousin à l'égard de Dora ? interrogea-t-elle, tandis qu'ils s'avançaient dans le couloir à demi éclairé.

— Mat ? C'est un homme honorable.

— Je n'en doute pas, s'il est de votre famille. Mais Dora n'a déjà que trop souffert, voyez-vous. D'abord, la mort de son mari, puis la concupiscence égoïste d'Eoin et ma fureur jalouse…

— Votre capacité à accorder votre pardon me stupéfie, murmura Ross.

Quand elle saurait tout, aurait-elle la mansuétude de lui pardonner, à lui aussi ?

— Il n'y a pas autant à pardonner que je l'avais cru d'abord, avoua-t-elle en lui coulant un regard entre ses cils. Ce n'est que tout récemment que j'ai compris à quel point Eoin et moi étions mal assortis. Il est arrivé ici à l'âge de dix ans pour faire son éducation auprès de papa, peu de temps après la… la mort de mon frère.

De toute évidence, cette perte lui était encore très douloureuse.

— Papa a tout de suite pensé qu'Eoin m'épouserait et que nous gérerions la distillerie ensemble. Et moi j'ai accepté parce que… parce que c'était mon devoir.

Elle émit un long soupir.

— Hélas, il n'y avait pas la moindre passion entre nous.

La pénombre du couloir ne dissimulait pas tout à fait la rougeur de ses joues.

— Il en est souvent ainsi dans les mariages arrangés, commenta Ross.

Il n'aimait guère la direction qu'était en train de prendre leur échange. Entre elle et lui, la passion avait bel et bien flambé !

— Oui, et je m'étais fait une raison, murmura-t-elle.

Elle s'interrompit pour le regarder. L'expression de son petit visage était à fendre le cœur.

— Parce que je ne savais pas comment cela pouvait être entre un homme et une femme !

— Catlyn…

— J'essaie seulement de vous expliquer pourquoi il m'a été si facile de pardonner à Dora. Et aussi à Eoin. Leur trahison a blessé ma fierté, mais pas mon cœur. Lui et moi aurions été malheureux ensemble. Voyez-vous, il est comme un frère pour moi… pas un amoureux.

Elle le dévisagea et il lut un lancinant appel dans ses yeux.

Ross étouffa un gémissement. Dieu qu'il lui était difficile de rassembler ses idées quand elle était si près de lui ! Le simple parfum de ses cheveux jouait sur ses sens, lui embrumant l'esprit.

— Vous trouverez certainement un homme qui… hem… qui vous attirera davantage.

— Oh ! j'en suis certaine !

Le sourire qu'elle lui dédia étincelait de malice. Ross s'éclaircit la gorge et s'efforça d'oublier le souvenir de ces lèvres roses s'écartant sous les siennes. Si douces, si tentantes…

— Vous m'avez engagé pour vous protéger, vous et les vôtres, reprit-il avec raideur. Je ferais mieux de me mettre tout de suite au travail. Et d'abord, j'ai besoin de visiter la distillerie.

Dieu lui pardonne pour ce qu'il s'apprêtait à faire !

Le sourire de Catlyn vacilla un instant.

— Ce n'est guère dans nos habitudes, mais si c'est nécessaire pour notre défense…

Elle se mit en route, retroussant ses jupes d'une main. Ross la suivit, plus mal à l'aise que jamais.

— Mathew a raconté à Dora que vous possédiez un beau château dans le sud, avec de vastes terres. Il semblerait que vous ne soyez pas seulement un mercenaire !

Au diable Mathew ! Ne pouvait-il pas tenir sa langue ?

— Oh ! mon domaine est hypothéqué. A… à des prêteurs.

Elle ralentit pour se mettre à sa hauteur.

— Il n'est pas déshonorant d'être dans la gêne, vous savez.

— Peut-être. Mais j'ai commis dans ma vie des… actions qu'on peut difficilement qualifier d'honorables. Combien de tonneaux voulez-vous apporter à la foire ? ajouta-t-il, coupant court à la conversation.

Elle exhala un soupir.

— Une vingtaine. Pensez-vous que nous pourrons les convoyer jusqu'à Doune ?

— Avec un peu de ruse…

Et beaucoup de chance !

— Il va me falloir des vêtements tout simples pour mes hommes et moi. Et des cordes.

— Pour quoi faire ?

Ross hésita, puis secoua la tête. Moins il en dirait, mieux cela vaudrait.

— Avec votre permission, mes hommes vont réunir tout ce dont nous avons besoin et commencer les opérations.

— Vous craignez que Hakon n'ait introduit un autre espion céans ?

— Je pense surtout que plusieurs personnes à Kennecraig se réjouiraient de me voir échouer.

— Roland et Eoin ! Mais ils ne s'en prendront jamais à la distillerie ni au whiskey.

Ross n'en était pas si sûr.

— Vous seriez surprise de voir ce que la soif de pouvoir peut faire faire aux hommes.

Elle réfléchit un instant, puis hocha la tête.

— Très bien. Je vais donner l'ordre de vous laisser libre accès à toutes les parties du château et de vous fournir tout ce dont vous aurez besoin.

Ross serra les poings. Il avait obtenu ce qu'il voulait. Alors pourquoi fallait-il qu'il ait le cœur aussi affreusement lourd ? Un froid de glace lui étreignait la poitrine, tandis qu'il pénétrait dans le saint des saints avec Catlyn.

La lune se levait juste au-dessus des montagnes lorsque Hakon donna le signal du départ à ses troupes.

— Tâche d'ouvrir l'œil, Guthrie. Il n'est pas impossible que les Boyd essaient de faire sortir un nouveau chargement de whiskey.

Guthrie lança un coup d'œil vers le chariot rempli de tonnelets qui se mettait en branle.

— Je ne comprends pas pourquoi je ne peux pas venir à Doune avec vous, fit-il d'un ton maussade.

Là-bas, au moins, il y aurait de la boisson et des femmes. Sans compter le jeu…

— Parce que j'ai besoin de toi ici.

— Vous me punissez à cause de ce maudit chariot. Mais ce n'est pas ma faute ! Dickie m'avait assuré qu'il transportait du foin.

— Et c'était vrai, confirma Dickie en hochant sa tête difforme.

— Oui, c'était bien un chariot de foin que nous avons surpris sur la grand-route. Les Boyd avaient sans doute pensé faire ainsi diversion pendant qu'ils tentaient une sortie avec le whiskey. Mais nous avons déjoué leur stratagème, conclut Hakon avec un sourire de prédateur. Et je vais tirer un bon prix de leur whiskey à la foire de Doune !

De gros rires ponctuèrent cette déclaration. Mais Guthrie était trop furieux pour se joindre à l'hilarité générale.

— Laissez-moi venir avec vous ! Les Boyd ne risqueront pas un autre chargement. Les gars et moi allons perdre notre temps ici.

Mais Hakon ne se laissa pas fléchir.

— Non. J'ai besoin que tu restes ici. Nous te rapporterons de l'ale et des pâtés en croûte, promit-il avant de se mettre en selle.

— Je ne suis pas un gamin qu'on calme avec des friandises, grogna Guthrie avant de cracher dans la poussière soulevée par les sabots des chevaux. Au diable ! J'aurais dû subtiliser un ou deux tonnelets comme j'en avais l'intention.

Dickie sortit tout à coup de l'ombre.

— J'ai trouvé quelque chose, là-bas.

— Ce n'est pas le moment, espèce de…

— Cela fait flic-floc quand on le remue, mais ça n'a pas l'odeur de l'ale.

— De l'ale ? répéta Guthrie, dont le visage s'illumina. Nous avons peut-être perdu un tonnelet hier soir. Montre-moi où c'est.

Dickie le conduisit hors du périmètre du camp, vers les broussailles où les hommes avaient coutume d'aller se soulager.

Guthrie se pencha vers le petit baril en équilibre contre un rocher et renifla le bouchon de chêne avec méfiance.

— C'est du whiskey ! cria-t-il. Il a dû tomber du chariot, le diable m'emporte ! A moins que papa ne l'ait laissé là exprès. Un petit cadeau pour son fiston chéri…

— C'est moi qui l'ai trouvé, déclara fièrement Dickie.

— Brave garçon ! fit Guthrie en lui tapant sur l'épaule. Porte-le jusqu'au camp. Tu pourras en prendre une coupe avec toi quand tu monteras la garde.

— Encore ? geignit Dickie.

— Oui. Si papa a raison et que les Boyd tentent de sortir un autre chargement, nous les attaquerons et alors, à nous le bon whiskey !

Chapitre 10

D'une main tremblante, Catlyn retira une clé du trousseau suspendu à sa taille et l'inséra dans la serrure.

— Vous n'êtes pas obligée de le faire, si cela vous bouleverse à ce point, murmura Ross.

Elle lui jeta un regard par-dessus l'épaule. Il se tenait derrière elle, si grand, si droit… La lumière de la torche qu'il tenait à la main éclairait son visage, accentuant ses hautes pommettes et sa mâchoire bien dessinée. Dans ses prunelles bleues brûlait une flamme si intense qu'une femme aurait pu s'y perdre. Mais Catlyn savait à présent quel mélange d'intelligence et de compassion se dissimulait sous cette apparence.

— Oh ! ce n'est pas la réticence qui me rend maladroite. Je suis impatiente de vous montrer notre distillerie.

— Et moi de la découvrir.

— Venez, alors.

Elle tourna la clé et ouvrit la porte, qui tourna sur ses gonds sans émettre son craquement habituel. Catlyn voulut y voir un bon présage. Malgré la désapprobation ouverte de Roland, elle était certaine que son père l'aurait approuvée de faire visiter la distillerie à Ross. Quel dommage que papa et lui ne se soient jamais rencontrés ! Elle aurait aimé demander à son père si c'était mal de désirer un homme pour qui la distillation du whiskey ne signifiait pas grand-chose.

Rassemblant ses jupes d'une main, elle franchit le seuil d'une large entrée. L'escalier était situé à l'extrémité opposée, sa cage sombre surmontée par deux énormes treuils.

— Ingénieux, commenta Ross.

— C'était l'idée de l'un de mes aïeux. La distillation se fait mieux dans la fraîcheur des caves, mais il fallait trouver un moyen de remonter ensuite les tonneaux.

Ross se pencha pour examiner les treuils.

— C'est exactement ce qu'il me faut. Je vais devoir en déplacer un.

— Pour l'installer où ?

— Au sommet du rempart ouest.

Catlyn le dévisagea, bouche bée.

— Je ne comprends pas…

— C'est pourtant bien simple. Avec ce système, nous pourrons faire passer le whiskey par-dessus le mur et le sortir ainsi, au cas où les hommes de Hakon surveilleraient la porte d'entrée.

Elle parut impressionnée.

— Ingénieux !

— Les chevaux suivront le même chemin.

Face au regard stupéfait de Catherine, il ajouta :

— Nous n'allons pas porter le whiskey à dos d'homme jusqu'à Doune, vous vous en doutez bien !

— Vous pourriez prendre un chariot.

— Il serait un peu risqué de le soulever par-dessus le rempart, vous ne croyez pas ?

Une lueur de gaieté dansait dans ses yeux et elle ne put s'empêcher de rire avec lui, en dépit de la gravité de la situation.

— Mieux vaut procéder ainsi, reprit Ross. Chacun de nos hommes portera un tonnelet attaché au dos de son cheval et recouvert d'un plaid roulé. Quiconque nous croisera sur la route nous prendra pour de simples gens d'armes.

— Et si vous rencontrez Hakon, il est peu probable qu'il vous reconnaisse sous ce déguisement.

— Dès que j'aurai terminé la visite, j'enverrai mes hommes démonter l'un des treuils. J'espère que ce ne sera pas trop compliqué.

— Roland connaît le mécanisme. Il sait comment on peut les enlever.

— Mais me le dira-t-il ?

— Euh… j'en doute.

— Alors je vais demander à Adair.

Ross se redressa, la dominant de toute sa taille. De nouveau, elle se sentit enveloppée par le parfum viril si particulier de cet homme qui lui avait sauvé la vie quelques heures plus tôt. Le souvenir du baiser qu'ils avaient échangé dans les bois lui incendia les veines. Un pas, un seul, et la distance qui les séparait serait une fois de plus abolie. Si seulement il pouvait la reprendre dans ses bras et la garder là, serrée contre lui. Rien, jamais, ne lui avait semblé aussi bon, aussi naturel. Oh ! pouvoir s'étendre nue près de lui et se laisser toucher, caresser…

— Pouvez-vous me montrer la salle de distillation ?

Elle sursauta, écartant d'un coup les images tentatrices qui avaient envahi son esprit.

— Oui, bien sûr.

Elle se retourna si vite qu'elle trébucha dans sa hâte. Ross la saisit par le bras pour l'aider à retrouver son équilibre.

— Votre cheville est encore fragile, on dirait.

— Ma cheville ? Oh ! elle va très bien.

Mais son cœur, lui, battait la chamade. La chaleur de Ross s'insinuait à travers sa manche, lui brûlant littéralement la peau. Galvanisée par cette sensation, son imagination s'emballa derechef. Que ressentirait-elle s'il lui ôtait lentement ses habits pour la toucher, la caresser partout ? Son corps s'embrasa à cette seule pensée.

— Bon, murmura-t-il.

Avait-il lu en elle ? Elle vit s'allumer dans ses yeux cette flamme sensuelle qui avait le pouvoir de la rendre folle.

— Ross…

Il pencha la tête et elle leva le visage vers lui dans un geste d'offrande, les lèvres entrouvertes. Leurs bouches n'étaient plus qu'à un souffle l'une de l'autre.

— C'est de la folie, chuchota-t-il.

— Pourquoi ?

Il cilla, puis se redressa brusquement, la mine sévère.

— J'ai une tâche qui m'attend.

Catlyn laissa échapper un soupir déçu et rassembla ses jupes. Pourquoi avait-il fallu qu'elle gâche tout avec sa stupide question ? Elle savait bien pourquoi il ne voulait plus l'embrasser ! Ross Sutherland avait trop le sens de l'honneur. Toutes ses actions en étaient la preuve, à commencer par son refus de profiter du visible penchant qu'elle éprouvait pour lui.

Et il avait raison, bien qu'elle détestât l'admettre. De multiples obstacles les empêchaient de s'aimer. Pour commencer, il y avait son propre devoir à l'égard de son clan.

Le cœur lourd, elle descendit l'escalier devant lui et le fit entrer dans la première salle, où un gigantesque chaudron à pieds de métal était posé au-dessus d'un foyer éteint. De minces tubes jaillissaient de son sommet et serpentaient jusqu'à la bonde d'une énorme cuve.

Ross fit le tour du récipient.

— C'est surprenant. Je n'ai jamais vu un chaudron aussi démesuré ! Est-ce cela qui rend votre *finglas* si exceptionnel ?

— Oh ! la taille n'y est pour rien. C'est la propreté du dispositif qui compte. Tout est régulièrement lavé à la cendre et récuré. C'est la saleté qui gâte l'alcool, s'il faut en croire Henry Boyd, qui nous a rapporté des croisades la recette de la distillation des alcools.

— C'était votre ancêtre ?

— Oui. Nous avons encore ses registres, ainsi que les parchemins et livres de bord de tous ceux qui lui ont succédé ici.

— La propreté, c'est donc là le secret de la distillation ?

— En partie. Mais ce n'est pas tout.

Elle se lança dans une longue description du processus, depuis la sélection de l'orge jusqu'à la petite touche de miel ajoutée après le broyage. Ross l'écoutait, visiblement intéressé. Au lieu du scepticisme auquel elle se heurtait souvent, même chez les hommes de son clan, elle lut de l'admiration dans ses yeux.

— C'est votre père qui vous a appris tout cela ?

— Disons que c'est un don qu'il m'a passé. Bien que tous les

Boyd travaillent à la distillerie, ils sont seulement quelques-uns dans la famille à avoir le *palais*, comme nous disons.

Ross hocha la tête.

— Ma mère a le don de seconde vue. Cette faculté ne s'est transmise ni à mes frères ni à moi. Mais ma plus jeune sœur est capable de prédire l'avenir en scrutant une flamme.

— Quel dommage qu'elle ne soit pas ici ! Elle pourrait nous dévoiler les plans de Hakon.

Ross émit un petit rire.

— Les prédictions d'Ella sont plutôt d'ordre sentimental. Elle est capable de dire à ses amies quel garçon elles vont épouser.

— Et qu'a-t-elle vu pour vous ? questionna soudain Catlyn, qui se mordit la lèvre un peu tard.

Le sourire de Ross s'évanouit.

— Oh ! moi… Elle dit que je suis un animal trop sauvage pour être dompté par une femme.

Il se détourna pour examiner l'alambic, avec autant d'attention que s'il projetait d'en construire un lui-même. Puis il examina les deux barils de poudre stockés dans un coin.

— Pourriez-vous vraiment tout détruire si Hakon envahissait le château ?

— Papa me l'a fait jurer sur la tête de mon grand-père. Mais je me doute bien que Roland et quelques autres ne seraient pas d'accord.

Ross se frotta le menton et jeta un regard circulaire sur la pièce.

— Il serait toujours possible de tout reconstruire ensuite…

Catlyn frissonna.

— Je vous en prie, ne parlons pas de cela. J'y pense déjà assez la nuit, quand je ne peux pas m'endormir. Tout ce que je demande, si nous devons en arriver là, c'est d'avoir le temps de mettre le whiskey en sécurité.

— Et si vous déménagiez votre distillerie, tout simplement ?

— Quitter Kennecraig ? Il n'en est pas question ! C'est le berceau de mes ancêtres. Ils ont survécu à la famine, à la maladie, aux…

— Je doute qu'ils aient dû faire face à quelque chose d'aussi grave que la menace représentée par Hakon. Il veut s'emparer de votre distillerie et il ne renoncera pas.

— Mais les explosifs…

— Ils l'ont tenu en lisière jusqu'à présent, mais cela ne marchera pas indéfiniment. Hakon enverra un autre Seamus qui tentera d'enlever la poudre et d'ouvrir les portes aux Fergusson. Ou bien il peut prendre l'un d'entre vous en otage. Il est prêt à tout pour obtenir ce qu'il veut.

Catlyn releva le menton dans un geste de défi.

— Et nous, nous sommes prêts à tout pour survivre. Même s'il faut pour cela vendre notre dix ans d'âge pour louer une armée.

— Dix ans d'âge ?

— Selon mon père, plus on garde le whiskey, plus les arômes s'arrondissent. Il y a dix ans, il a commencé à mettre quelques fûts de côté pour les laisser vieillir. Ils sont stockés dans une chambre spéciale, derrière une porte doublée de fer.

— Avait-il raison dans ses suppositions ?

— Oh ! oui ! Je sais que vous n'êtes pas amateur de whiskey. Mais notre *uisge beatha* est absolument sans égal.

— Et vous pouvez en tirer un bon prix, je suppose ?

— Très certainement. Papa avait l'intention d'en apporter un tonnelet à David Erskine. C'est le propriétaire du Chardon d'Or à Doune et il a un palais presque aussi bon que celui de mon père. Tous les ans, maître David goûte le *finglas* et nous aide à fixer son prix. C'est par son entremise que nous le vendons ensuite aux tavernes d'Edimbourg.

— Je vois.

Songeur, Ross suivit Catlyn qui quittait la salle et se dirigeait vers l'escalier.

— En ce cas, je pourrais livrer directement votre whiskey à maître David.

— *Nous* le lui livrerons.

— Pas vous, c'est hors de question.

— Mais je dois être là ! Il faut que j'entende moi-même

ce que maître David pense de notre whiskey, et tout particulièrement du dix ans d'âge.

— C'est trop dangereux. Il n'est pas impossible que Hakon se rende à Doune pour y vendre le chargement qu'il nous a volé hier.

— Doune est une grande ville et la foire y attire beaucoup de monde. Je peux régler mes affaires avec maître David et m'en aller tout de suite après. Que va-t-il s'imaginer si je ne suis pas là ? Il pensera peut-être que vous avez volé le whiskey !

— Donnez-moi une lettre pour lui.

— Non, je dois en discuter moi-même, s'obstina-t-elle. C'était le rêve de papa de prouver qu'un whiskey vieilli en fût se bonifiait avec le temps. Il aurait tant voulu que la renommée de notre *finglas* dépasse nos frontières ! Il pensait que cela assurerait non seulement la prospérité de notre clan, mais la célébrité de notre nom pour tous les temps à venir. Je veux réaliser son rêve ! conclut-elle avec ferveur.

— C'est trop risqué, répéta Ross.

Mais elle sentit qu'il faiblissait.

— Je pourrais me déguiser en homme, suggéra-t-elle.

Ross l'enveloppa d'un regard étrangement luisant.

— Hum… Personne n'y croira, si vous voulez mon avis.

— J'ai de larges chausses et une tunique mi-longue.

— Et vous mettrez un sac sur votre tête, peut-être ?

— Si vous croyez que je devrais…

— Ce que vous devriez faire, c'est rester en sécurité à Kennecraig, coupa-t-il d'un ton sans réplique.

— Et moi, j'ai décidé d'aller à Doune, riposta-t-elle avec une égale fermeté. Avec vous ou par mes propres moyens.

— Votre obstination va finir par vous attirer des ennuis, Catlyn.

— Oh ! elle m'en attire sans cesse.

Elle lui dédia un sourire angélique.

— Mais je compte sur vous pour voler à mon secours, comme cet après-midi.

— Espérons que je n'en aurai pas besoin !

Il l'invita d'un geste à gravir l'escalier devant lui.

— Je vais essayer de trouver Adair et voir comment nous pouvons bouger ce treuil.

— Très bien. Pendant ce temps, je vais sélectionner les barils que nous allons prendre avec nous.

— En tout cas, je n'emmènerai pas d'autre Boyd que vous, tenez-vous-le pour dit. J'aurai déjà assez à faire pour assurer votre sécurité sans avoir en plus toute une horde à protéger.

— D'accord, soupira Catlyn.

Encore une dispute avec Roland en perspective !

Cachés dans l'ombre du cellier, Roland, Wesley et Eoin regardèrent les deux jeunes gens sortir de la distillerie.

— Avez-vous vu la façon dont elle le regarde ? persifla Roland. Elle est tellement ensorcelée par son nouvel amant qu'elle se moque bien de mon *finglas*.

Eoin hocha la tête, morose. Il n'arrivait pas à croire que Catlyn ait pu prendre un amant, surtout un homme aussi brutalement viril que ce Ross Sutherland. Jusqu'ici, elle n'avait manifesté une telle passion que pour la distillerie. Pourtant il ne pouvait nier le désir qui brûlait dans ses yeux lorsqu'elle coulait des regards à Ross Sutherland. Si elle en avait fait autant avec lui jadis, il n'aurait pas été obligé de se tourner vers d'autres femmes !

— Comment peuvent-ils parler d'emporter le whiskey à Doune sans vous, pa' ? s'enquit Wesley en secouant la tête.

— Elle va tout gâcher, c'est sûr, grogna Roland. Après tout, j'étais le bras droit du vieux laird. Nous partagions le travail. Mais elle, elle veut avoir la mainmise sur la distillerie.

— Je suis sûr que ce n'est pas son intention, intervint Eoin.

— C'est pourtant bel et bien ce qu'elle mijote de faire. Mais elle va vite voir que je ne renonce pas aussi facilement à ce qui m'est dû.

Il alla prendre un tonnelet sur l'étagère et le posa sur la table.

— Que faites-vous ? questionna Eoin.

— Quelque chose qui lui servira de leçon, je l'espère, maugréa Roland. Trouve-moi de l'encre et des étiquettes, ordonna-t-il à son fils. Et dépêche-toi, s'il te plaît. Elle ne va pas tarder à revenir pour choisir les tonneaux.

Avec un ricanement, il ôta du tonnelet le petit morceau de cuir qui servait d'étiquette.

— Nous allons voir ce que dira maître David du whiskey qu'elle va lui apporter !

— Vous n'allez tout de même pas changer les étiquettes ! se récria Eoin.

Roland le foudroya du regard.

— Je fais ce qui est le mieux pour le *finglas*. Et si vous en parlez à quiconque, je raconterai à tout le monde que vous couchiez avec la fille de Donald en même temps que vous courtisiez Catlyn et tentiez de séduire Dora !

Eoin s'empourpra.

— Il y a des mois que je n'ai pas revu Megan.

— Peut-être, mais c'est tout de même votre bâtard qu'elle porte. Si Catlyn l'apprend, elle vous obligera à épouser la fille. Et cela mettra un terme à vos espoirs de reconquérir la dame elle-même.

— C'est du chantage !

— Et vous, vous êtes un vulgaire débauché ! Aidez-moi avec ces tonneaux, sinon tout le monde saura la vérité et on vous chassera de Kennecraig. Vous vous retrouverez encore plus va-nu-pieds que lorsque Thomas vous a fait la charité en vous acceptant céans !

L'espace d'un instant, Eoin caressa la tentation d'écraser un tonnelet sur la tête chauve de son interlocuteur. Mais avec la chance qu'il avait en ce moment, on risquait fort de l'accuser de meurtre. S'il devait tuer quelqu'un, mieux valait que ce soit Ross Sutherland !

Ross pénétra dans le solarium et claqua la porte derrière lui.

— Au diable, au diable, au diable !

Occupé à remplir son sac de selle, Mathew se retourna.

— Un problème ? Vous n'avez pas pu visiter la distillerie ?

— Oh ! si !

Ross traversa la pièce pour aller se servir un gobelet d'ale, dont il avala le contenu d'un trait. Mais la boisson ne réussit pas à laver le goût amer qu'il avait dans la bouche.

Le goût de la trahison.

— Elle m'a tout montré et m'a parlé des centaines de registres où des générations de Boyd ont noté leurs observations depuis le premier whiskey qu'ils ont réussi à fabriquer en Ecosse.

Il reposa brutalement sa coupe sur la table.

— Elle m'a fait confiance. Elle m'a donné accès à des choses qu'aucun étranger n'avait été autorisé à voir. Et comment vais-je la repayer de tout cela, hein ?

— Ross…

Mathew abandonna sa tâche pour s'approcher de lui.

— Je comprends ce que vous ressentez.

— Comment le pourriez-vous ? C'est ma faute si nous sommes ici.

— Je comprends, parce que moi aussi j'en suis arrivé à les admirer, ces Boyd. Ils ressemblent à notre famille. Des gens paisibles qui ne cherchent rien d'autre qu'à élever leurs enfants et s'adonner à un travail qu'ils aiment et pratiquent depuis des générations.

— La tradition… marmonna Ross. Ils ne connaissent que cela.

Il marcha jusqu'à la fenêtre et jeta un coup d'œil sur les montagnes aux crêtes déchiquetées qui entouraient le château.

— Et ce sera leur mort.

— Que voulez-vous dire ?

— J'ai suggéré à Catlyn de partir avec tous les siens.

— Quitter définitivement Kennecraig ? Vous n'y songez pas !

— C'est ce qu'elle m'a répondu, avec plus de véhémence. Petite mule ! Elle ne mesure pas la cruauté de Hakon. Et comment puis-je lui faire comprendre sans lui avouer…

— La vérité ? Pourquoi ne pas la lui dire ?

Ross eut un rire amer.

— Vous voulez que je lui confesse que nous sommes venus ici pour lui voler ses secrets de famille et les vendre à son pire ennemi ? Ils nous jetteraient dehors sur-le-champ, si Eoin ne nous tue pas d'abord. Non seulement nous ne pourrions plus racheter la reconnaissance de dette à Hakon, mais nous laisserions en plus les Boyd à sa merci.

— C'est vrai.

Mathew soupira et se passa une main dans les cheveux.

— Comment les convaincre que nous souhaitons à présent les aider, quelles que soient les raisons qui nous ont amenés ici ?

— Le problème est de savoir comment y parvenir sans nuire à notre propre clan.

Ross se frappa le front.

— Et si je livrais à Hakon le plan de la distillerie et le secret de la fabrication du *finglas* ?

— Vous êtes fou ! Ce n'est pas cela qu'il veut !

— Sans doute, mais le marché que j'ai passé avec lui ne stipulait pas davantage.

Eberlué, Mathew dévisagea son cousin.

— Vous trahiriez Catlyn et les siens ?

— Non, je les sauverais, marmonna Ross, qui se mit à arpenter fébrilement la pièce. J'en sais suffisamment sur la distillation à présent pour berner Hakon. Je lui fournirai de faux plans et une recette fantaisiste en échange de la reconnaissance de dette. Et une fois que je l'aurai récupérée, j'aurai les mains libres pour aider les Boyd.

— Et si Hakon ne respecte pas le marché ? S'il vous demande de lui ouvrir les portes de Kennecraig ?

— Je ne ferai jamais cela, quelles que soient ses menaces.

Ross fouilla dans son sac de selle pour en extraire un rouleau de parchemin. Un encrier et une plume étaient déjà disposés sur la table.

— Qu'allons-nous faire ? s'enquit Mathew.

— Porter le whiskey à Doune et en rapporter des provisions.

— Et si Hakon est là-bas pour vendre le stock volé ?

— J'espère bien qu'il y est ! Cela m'épargnera d'avoir à le débusquer Dieu sait où.

Ross s'assit et commença à tracer un croquis de l'alambic.

— Je n'aime pas cela… maugréa Mathew.

Ross lui sourit, dissimulant sa propre inquiétude. Hakon n'était pas le genre d'homme à tenir sa parole et il y avait toutes les chances que ce bandit ne respecte pas les termes de leur marché.

— Je vais envoyer Harry à Stratheas, afin qu'il informe mon père de la situation.

Mathew se laissa tomber dans l'autre fauteuil, avec un soulagement si visible qu'il en était presque comique.

— Combien d'hommes pourra-t-il nous envoyer, à votre avis ?

— Aucun. Je vais lui conseiller de réunir tout le clan pour protéger Edin Valley, au cas où Hakon irait là-bas réclamer son dû.

— Mais…

— Je ne crois pas que père ait le temps de réunir une armée et de nous rejoindre ici. Hakon aura perdu patience bien avant cela. Sans compter que dans ces montagnes, une bande comme la sienne peut mener une guérilla meurtrière contre nos troupes.

Mathew hocha la tête, morose.

— Alors nous n'avons plus qu'à nous jeter dans la gueule du loup. En allant à Doune.

Ross sourit.

— L'image est assez juste. Le tout est que le loup ne nous croque pas ! Pouvez-vous vous occuper de ce treuil ? Je veux partir d'ici avant l'aube. Et puis, ajouta-t-il comme Mathew se dirigeait vers la porte, dites à nos gars d'emprunter aux Boyd des tuniques safran qu'ils enfileront par-dessus leurs cottes de mailles. Nous porterons aussi nos plaids. Il faut que nous nous fondions dans la foule autant que possible. L'idéal, ce serait de ressembler à une bande de joyeux Highlanders descendus à Doune pour y faire la fête !

Chapitre 11

— Baissez la tête et ne vous éloignez pas de moi, intima Ross, comme ils approchaient du centre de la ville. Et surtout ne parlez à personne !

En temps normal, Catlyn se serait insurgée contre de tels ordres, mais l'inquiétude avait eu raison da sa superbe. Après tout, Hakon pouvait se cacher n'importe où dans la foule qui peuplait les abords de la foire. A moins qu'il ne soit déjà dans une gargote, en train de marchander le *finglas*… Et s'il se trouvait au Chardon d'Or ?

— Nous y sommes, murmura-t-elle enfin.

Ross s'arrêta et leva les yeux pour examiner la taverne. C'était un bâtiment de deux étages, construit un peu à l'écart de la rue principale et séparé des boutiques voisines par de larges allées. La porte était grande ouverte à cause du beau temps et les volets avaient été retirés des fenêtres. Dans l'ensemble, l'établissement avait meilleure allure que la plupart des débits de boisson.

Ross mit pied à terre et tendit ses rênes à Lang Gil.

— Attendez ! ordonna-t-il à Catlyn, qui s'apprêtait à l'imiter.

Et se tournant vers son cousin :

— Dallas, allez jeter un coup d'œil à l'intérieur, voulez-vous ?

— Vous croyez qu'ils sont là ? chuchota Catlyn. Mais ils ne pouvaient pas savoir que nous descendrions au Chardon.

— Non, mais j'aime autant m'assurer de ce qui se passe céans. Votre père traitait-il ses affaires dans la grande salle ?

— Non. Maître David possède un bureau à l'arrière.

— Parfait. Y a-t-il une autre entrée quelque part ?

— Oui, par là.

Ross se détendit visiblement à cette précision.

— Vous pensez que Hakon viendra ici ?

— Ce n'est pas impossible. Et s'il y vient, j'aime autant que personne dans la taverne ne se souvienne de nous avoir vus. Surtout vous, Catlyn.

Ross prenait sa sécurité tellement à cœur, songea-t-elle avec un élan de gratitude. Pendant tout le voyage, il n'avait cessé de se tenir à son côté.

Dallas sortit de la taverne après avoir inspecté le rez-de-chaussée.

— Je n'ai vu personne de connaissance. Mais la salle est bondée.

Ross se tourna vers Mathew.

— Emmenez Catlyn à l'arrière du bâtiment. Je vais demander à maître David de nous laisser entrer par là.

Il adressa à son cousin un regard entendu. Mathew et lui étaient convenus qu'au moindre signe de danger, celui-ci quitterait la ville aussitôt et ramènerait Catlyn dans les montagnes.

Tandis que son cousin saisissait les rênes de la jeune femme, Ross pénétra à son tour dans la taverne et se dirigea tout droit vers le comptoir.

— Maître David Erskine ? demanda-t-il au grand homme maigre qui remplissait des pichets avant de les tendre à un trio de serveuses.

Le tavernier se redressa, méfiant.

— Qui me demande ?

— Un ami du *finglas*, murmura Ross.

L'expression de David se fit encore plus glaciale, si c'était possible.

— J'ai déjà dit à l'autre que je n'avais pas les moyens d'acheter son whiskey.

L'autre ? Hakon était-il déjà passé par là ? Ross sentit un frisson lui parcourir l'échine.

— Je viens de la part de la demoiselle.

Son interlocuteur se détendit imperceptiblement.

— Quelle demoiselle ? s'enquit-il toutefois.

— Celle qui a les cheveux couleur de miel et le nez de son père pour le *uisge beatha.*

— Oh ! je vois ! Où est-elle ?

— Elle attend dans l'allée.

— Laissez-moi un instant. Je vais vous faire entrer par-derrière.

Ross se hâta d'aller retrouver Catlyn, qu'il souleva de sa selle en lui ceignant la taille de son bras. Un geste qu'il n'aurait pas risqué dans la rue principale, la jeune fille étant attifée en garçon. Quel maître traiterait son page avec de tels égards ?

— Oooh… exhala-t-elle en touchant le sol. Je ne sens plus mes muscles !

Ses jambes durent effectivement se dérober sous elle, car il la sentit s'affaisser contre lui.

— Là, là… la rassura-t-il. C'est normal, après notre longue chevauchée.

Il ne put s'empêcher d'éprouver une inavouable jouissance à la tenir ainsi serrée contre lui, même si c'était un plaisir interdit. La délicieuse rondeur de ses hanches et l'odeur légèrement parfumée de sa peau ramenèrent à sa mémoire le souvenir de leurs fiévreux baisers. Si seulement les choses pouvaient être différentes…

Un craquement de porte se fit entendre derrière eux et la tête à demi chauve de David apparut dans l'entrebâillement.

Catlyn se dégagea de l'étreinte de Ross et s'avança vers le tavernier, dont le visage austère s'éclaira d'un sourire.

— Catlyn !

Ouvrant la porte toute grande, il saisit la jeune fille dans ses bras et l'embrassa à en rendre Ross jaloux.

— Je me suis fait du souci pour vous, demoiselle !

— Oh ! nous allons très bien. Enfin, cela pourrait être pire…

— Et votre maman ?

La lèvre de Catlyn se mit à trembler.

— Toujours dans le même état, hélas.

— Pouvons-nous entrer ? intervint Ross avec impatience.

David rejeta la tête en arrière et se renfrogna de nouveau.

— Tout va bien, maître David, le rassura Catlyn. C'est sir Ross Sutherland.

— La dame a loué mes services pour la protéger, se hâta de préciser Ross. J'aimerais bien qu'elle soit à l'abri avant que quelqu'un ne s'avise de la reconnaître.

— Bien sûr, bien sûr ! acquiesça David avec empressement.

Le regard inquiet, il saisit Catlyn par le bras et l'entraîna avec lui. Ross donna des ordres pour que les tonnelets soient déchargés avant de les suivre à l'intérieur. Le bureau de maître David n'était pas très grand et une large table en occupait le centre, surchargée de registres et de bouliers.

— Asseyez-vous ici, demoiselle, fit le tenancier en débarrassant un banc. Vous semblez épuisée. Voulez-vous vous restaurer ? Je peux aussi vous faire préparer une chambre en haut si vous voulez prendre un peu de repos.

— Un peu d'ale suffira, merci.

David se précipita dans la salle pour aller chercher la bière et Ross en profita pour débarrasser la jeune fille de sa cape. Epuisée, Catlyn exhala un soupir et se laissa aller un instant contre lui. La chaleur qui émanait de son corps en effluves brûlantes inquiéta Ross, déjà alarmé par le rose vif de ses pommettes.

— Catlyn, vous allez bien ?

— Oh ! ce n'est rien. C'est seulement que j'ai eu très chaud sous ces vêtements.

— Vous auriez dû me le dire !

— Bah, le déguisement était indispensable, n'est-ce pas ? Je n'allais pas nous mettre tous en danger sous prétexte que j'étais incommodée.

Ross soupira à son tour et posa son front contre le sien. Elle était si fragile, si précieuse… Comment pourrait-il lui faire du mal ? Jamais il n'avait éprouvé pour une autre femme ce qu'il ressentait pour elle. Cette tendresse, mais aussi ce besoin de sincérité, de franchise dans leurs rapports…

— Catlyn, quand vous en aurez terminé ici, j'aurai quelque chose à vous dire. Des choses que…

— Eh, là, qu'êtes-vous en train de faire, mon gars ? s'écria soudain maître David, qui rentrait dans la pièce avec un plateau chargé entre les mains.

Ross recula d'un pas, tandis que Catlyn expliquait en rougissant :

— Tout va bien, maître David. Sir Ross s'inquiétait de ma fatigue, voilà tout.

— Hum… Aussi, pourquoi vous a-t-il traînée à Doune ?

— Traînée ?

Ross éclata de rire.

— On dirait que vous ne la connaissez pas ! Vous ne savez donc pas que c'est une tête de mule ?

Cette réflexion dérida David, qui ne put s'empêcher de sourire.

— Il fallait que je vienne, assura Catlyn en prenant place sur le banc.

Elle accepta l'ale coupée d'eau que lui versait le tavernier et l'avala goulûment, tandis que les hommes de Ross transportaient les tonnelets dans la pièce.

— Ah, vous m'avez tout de même apporté le *finglas* ! s'exclama David, rayonnant. Je commençais à penser que je n'en verrais jamais la couleur.

Il eut à peine la patience d'attendre le départ des Sutherland.

— Voulez-vous vous reposer d'abord ou commençons-nous tout de suite la dégustation ?

— Commençons maintenant, opina Catlyn, impatiente de quitter la ville avec Ross.

Le soleil atteignait le sommet du mont Slymaback lorsque Roland, Eoin et Wesley abordèrent les faubourgs de Doune.

— Je me demande si Catlyn et les Sutherland sont bien arrivés, marmonna Eoin. Je devrais peut-être aller au Chardon d'Or m'en assurer.

Roland le foudroya du regard.

— Pas question, je vous l'ai déjà dit ! Nous n'irons pas au Chardon avant d'avoir vendu notre whiskey.

— Mais si le tenancier du Bouclier ne veut pas traiter avec des inconnus ?

— Bah, Coinnech Mac Nab n'est pas aussi regardant que cela. Ce qui l'intéresse, c'est la qualité du breuvage. Et quand il aura goûté le dix ans d'âge, il donnera n'importe quoi pour l'acquérir. Dommage que nous n'ayons pas pu en apporter davantage !

— Ç'aurait été de la folie ! grogna Eoin. C'est déjà bien assez d'avoir quitté Kennecraig en violant les ordres d'Adair.

— Ses ordres ? Je m'en moque bien ! Ce sont les vœux de lord Thomas que je suis en train de réaliser.

— Comment cela ?

— Quand Coinnech aura goûté le *finglas*, il ne demandera pas mieux que de nous avancer l'argent d'un autre chargement. Alors nous louerons des gardes pour escorter un chariot et nous irons tout droit à Edimbourg, chez le roi !

— Catlyn n'aimera pas cela, fit Eoin avec une grimace.

— Nous n'avons pas besoin de son approbation. La distillerie appartient à tous les membres du clan. Quand le *finglas* aura obtenu le sceau royal, nous serons connus dans le monde entier, ainsi que l'avait rêvé notre laird.

Eoin jeta un regard à son compagnon, dont le zèle finissait par l'inquiéter.

— Et la foire ? s'enquit Wesley. Quand pourrons-nous aller nous divertir ?

— Nous n'avons pas le temps. Dès que nous aurons vendu le lot, nous retournerons à Kennecraig préparer le chargement pour Edimbourg.

— Nos chevaux ont besoin de repos, objecta Eoin. Nous ne pouvons pas repartir avant demain matin.

— J'ai fait tout ce chemin pour voir la foire, geignit Wesley. Et j'ai bien l'intention d'y aller !

— Bon, très bien, céda Roland à contrecœur. Quand nous aurons vendu le whiskey, nous chercherons une chambre pour la nuit. Tu pourras aller passer un moment à la foire, Wesley. Avec Eoin. Moi, je garderai nos affaires.

— Je suis assez grand pour y aller de mon côté, rétorqua Eoin, qui songeait surtout à s'enquérir de Catlyn.

Ross et Catlyn quittèrent le Chardon d'Or au moment où le soleil descendait derrière les montagnes. En fin de compte, maître David avait testé un seul des tonnelets.

— Délicieux ! s'était-il exclamé. Le meilleur *finglas* que j'aie jamais bu ! Je vous prends tout le lot.

Et il leur avait signé sur le champ des notes de crédit pour les vingt autres fûts.

— Etes-vous sûre que vous ne préféreriez pas vous reposer ? s'enquit Ross.

— Oh ! non, je suis trop excitée pour cela !

Heureux comme deux gamins qui ont échappé à leurs leçons, ils se hâtèrent vers le champ de foire, où grouillait une foule de plus en plus dense. Ross saisit Catlyn par la taille pour ne pas la perdre, ravi de la sentir s'abandonner contre lui. Elle était si délicieuse dans les habits qu'elle avait empruntés à l'une des filles de David ! Un bonnet blanc dissimulait ses cheveux et le corselet mettait en valeur sa taille fine et la plénitude de ses seins.

— Vous êtes si jolie quand vous êtes excitée ! lui chuchota-t-il à l'oreille.

— Et pas le reste du temps ? le taquina-t-elle.

Il plongea dans ses yeux.

— Vous êtes toujours ravissante, ma mie, car votre beauté vient de l'intérieur. Mais vous l'êtes encore plus quand vous riez. Venez ! ajouta-t-il en l'arrachant aux étalages colorés où ils faisaient leurs achats. J'entends les joueurs de cornemuse apprêter leurs instruments pour le bal.

— Mais je ne sais pas danser !

— Qu'à cela ne tienne, je vous apprendrai. Je suis un excellent cavalier, vous savez !

Il l'était indéniablement. Et patient, avec cela ! A l'écart de la foule, il passa une bonne demi-heure à lui apprendre les pas des danses à la mode, jusqu'à ce qu'il la juge enfin prête.

— Allons-y ! déclara-t-il alors.

Et il l'entraîna dans la mêlée où ils tournèrent, bondirent et virevoltèrent jusqu'à ce qu'elle soit obligée de s'accrocher à Ross tant la tête lui tournait. Jamais de sa vie elle ne s'était sentie aussi insouciante, aussi légère. Aussi divinement heureuse... Oui, c'était cela qu'elle ressentait avec Ross — l'impression de se réveiller d'un long sommeil et d'être enfin libre et vivante.

La tête rejetée en arrière, elle rit à gorge déployée.

— Contente de vous ? lui lança-t-il par-dessus le brouhaha de la foule.

— Et de vous, milord !

Elle savait que c'était mal de lui exprimer ainsi ses sentiments sans la moindre retenue. Mais elle ne pouvait s'en empêcher.

— Ah ! s'exclama-t-elle, comme il la soulevait du sol pour la faire tournoyer très haut dans ses bras.

— Catlyn...

Il la reposa lentement, laissant leurs corps se frôler — la puissance dangereuse du sien et sa douceur à elle. Souple et ardente, elle se pressa contre lui, les bras noués autour de sa nuque. La bouche de Ross était à sa portée, si sensuelle, si tentante...

Ross laissa échapper un gémissement lorsque les lèvres de Catlyn se refermèrent sur les siennes. La passion de son baiser balaya en un instant tout ce qu'il lui restait de raison. C'était cela qu'il attendait, non pas depuis des jours, mais depuis toujours ! Aussi loin que cela les conduise, ce ne serait jamais assez.

— Rentrons au Chardon d'Or, chuchota-t-elle enfin, le regard embrumé de désir. David nous a réservé deux chambres.

Ross tenta désespérément de se reprendre.

— C'est cela, retournons à l'auberge.

Là-bas, ils seraient seuls dans l'obscurité, à l'abri de tout regard indiscret. C'était tentant, Dieu savait. Mais il lui fallait trouver la force de résister. Au moins, jusqu'à ce qu'il ait réglé les choses avec Hakon…

Prenant Catlyn par la main, il l'entraîna loin du tourbillon des danseurs et ne s'arrêta que pour récupérer le sac où ils avaient rangé leurs achats.

La nuit était tombée entretemps, mais la foule n'avait pas diminué dans les rues, bien au contraire. Ross fit un détour pour éviter la cohue.

— Ah, je me suis merveilleusement amusée, fit Catlyn au bout d'un moment.

— Moi aussi.

Il souleva leurs deux mains jointes et déposa un baiser sur celle de Catlyn.

— Mais nous…

Il allait lui dire qu'ils ne pouvaient pas devenir amants quand la jeune fille s'arrêta soudain et lui désigna les abords d'une taverne voisine, dont l'enseigne portait un bouclier de bronze.

— Regardez ! C'est notre chariot, je le reconnais. Celui que Hakon nous a volé ! Il doit être à l'intérieur, en train de vendre mon whiskey, ajouta-t-elle avec indignation.

— Chut ! intima Ross, qui la fit reculer dans un coin d'ombre.

— Qu'allons-nous faire ?

— Je vous ramène au Chardon d'Or, puis je reviens ici.

Le ton était péremptoire et Catlyn ne protesta pas. Mais elle avait si peur que Hakon ne se volatilise en leur absence qu'elle dégagea son bras dès qu'ils arrivèrent en vue du Chardon.

— Je peux rentrer seule, assura-t-elle. Retournez vite au Bouclier !

Ross fronça les sourcils.

— Je serai plus tranquille si je vous remettais entre les mains de maître David.

— Il a dit qu'il serait occupé à ses comptes dans son bureau. Je n'aurai qu'à toquer à la porte et il me laissera entrer. Il n'y a pas de danger, je vous assure. Hakon doit loger au Bouclier de Bronze. Et personne ne sait que nous sommes à Doune, pas même les serviteurs du Chardon.

— Très bien, céda Ross, vaincu par ces arguments.

Déposant un rapide baiser sur ses lèvres, il fit demi-tour et revint sur ses pas. Catlyn se dirigea aussitôt vers l'arrière du bâtiment. Si Mathew était là, elle l'enverrait en renfort au Bouclier.

Elle tournait le coin de la bâtisse, quand elle entendit un léger bruit à sa droite. Elle se retourna, perçut un mouvement tout près d'elle et une violente douleur explosa dans sa tête. L'espace d'un instant, des myriades d'étoiles dansèrent devant ses yeux. Elle eut le temps d'appeler à l'aide et entendit un autre cri répondre au sien.

Puis plus rien. Le monde bascula et tout devint noir autour d'elle.

Chapitre 12

Il ne fallut que cinq minutes à Ross pour regagner le Bouclier de Bronze, où la moitié de Doune semblait s'être donné rendez-vous.

Dès qu'il eut pénétré dans la salle, l'odeur caractéristique du whiskey des Boyd flotta jusqu'à ses narines, si forte qu'elle aurait suffi à enivrer un homme. De toute évidence, Hakon avait trouvé un acheteur pour le *finglas* volé !

Un véritable chaos régnait dans l'établissement. Toutes les tables étaient pleines et les clients entassés hurlaient les commandes aux serveuses, qui se faufilaient tant bien que mal dans la cohue. Leurs plateaux prudemment brandis au-dessus de la tête, elles déposaient des coupes dans les mains tendues des buveurs impatients.

Ross longea le mur en direction du comptoir. C'était l'endroit où il avait le plus de chances de mettre la main sur le patron et de lui poser quelques questions sur son fournisseur de whiskey.

Il était à mi-chemin du bar, lorsqu'il repéra soudain dans la foule un visage familier. Hakon ! Assis à une table d'angle avec deux autres buveurs, le chef des Fergusson vidait tranquillement une coupe de whiskey.

Ross recula dans l'ombre et s'appuya au manteau de la cheminée pour observer le trio. Le gros costaud avec une cicatrice sur la joue avait tout l'air d'être un soldat. L'un des hommes de Hakon ? L'autre, un petit chauve aux avant-bras musclés et à la tunique maculée de taches, était sans doute le tavernier. Les trois personnages arboraient une expression satisfaite que Ross trouva particulièrement irritante. Il faillit traverser la pièce pour aller saisir Hakon à la gorge.

Mais le bon sens le retint. D'autres Fergusson pouvaient se trouver parmi les clients. Mieux valait attendre et voir s'il pouvait piéger Hakon tout seul.

Au bout d'un quart d'heure qui lui parut une éternité, Hakon se leva enfin et s'étira. Supposant qu'il allait visiter les latrines, Ross se coula le long du mur, sortit par une porte latérale et contourna la taverne jusqu'à ce qu'il repère une cabane de bois à l'arrière du bâtiment. Une odeur nauséabonde en émanait, et le faible clair de lune qui éclairait le lieu rendait le décor encore plus sinistre.

Ross s'aplatit contre le flanc du cagibi et attendit. Quelques secondes plus tard, Hakon apparut au coin de la taverne et se dirigea vers les latrines d'une démarche titubante. Ross attendit qu'il ait presque atteint la porte, puis il sortit de sa cachette et lui empoigna le bras.

Il se réjouit de voir papilloter les paupières de Hakon, dont le regard s'emplit de stupéfaction.

— Vous ! chuchota-t-il. Que… que faites-vous ici ?

L'homme empestait le whiskey… et la peur ! Oh ! Hakon était courageux… quand il avait ses hommes derrière lui ! Autrement, c'était un couard. Pas étonnant qu'il soit terrorisé ! Ross était beaucoup plus lourd que lui et le dépassait d'une bonne tête, avantage dont il usait rarement en dehors des batailles, car il détestait les bagarres. Mais pour Hakon, il était prêt à faire une exception.

— Je suis venu racheter ma reconnaissance de dette.

Le ton était glacial, l'expression des yeux meurtrière. Hakon blêmit.

— Vous… vous avez la recette ?

— Et les plans, oui.

— Co… comment avez-vous fait pour les obtenir si vite ?

— J'ai séduit la dame, ainsi que vous me l'aviez suggéré.

— Vous allez vite en besogne, commenta Hakon, qui se remettait peu à peu.

Il s'humecta les lèvres.

— Et le guide que je vous ai donné ?

— Seamus est resté à Kennecraig.

Les yeux de Hakon brillèrent dans la pénombre. Sans doute croyait-il son espion occupé à ôter les barils de poudre de la distillerie.

— Je ne vais pas tarder à le revoir, je suppose.

— A présent, je veux ma reconnaissance de dette, déclara Ross en ignorant la question sous-jacente de Hakon.

Une lueur rusée passa dans le regard de son ennemi.

— Oui, bien sûr. Mais je ne l'ai pas sur moi et…

Sans le laisser achever, Ross le plaqua brutalement contre la cloison du cabinet et le maintint en lui posant un bras contre la gorge.

— Je ne vous crois pas.

— C'est… c'est la vérité, je vous le jure !

— Voyons ce qu'il y a dans votre escarcelle.

Hakon sourit en dénouant les cordons du sac de peau et le tendit à Ross.

Mais celui-ci se méfiait.

— Non. Sortez vous-même le contenu, un objet après l'autre, et laissez-le tomber par terre.

Hakon haussa les épaules avant d'obtempérer. Des dés, des cartes à jouer et des crochets à serrures atterrirent tour à tour à ses pieds.

— Vous voyez, je ne l'ai pas !

Un éclat de rire et des bruits de pas leur apprirent qu'ils n'allaient plus être seuls très longtemps. Hakon jeta un regard luisant d'espoir vers la taverne. Ross hésita un instant. Puis il se rappela tout le mal que Hakon avait déjà commis et d'un geste brusque, lui assena un coup de poing dans l'estomac.

Hakon se plia en deux avec un léger cri. Il voulut ensuite se redresser, mais Ross lui pointa sa dague dans le cou.

— Restez ainsi. Et pas un bruit !

— C'est… c'est ainsi que vous respectez un marché ?

— Si j'étais déloyal comme vous, je vous aurais déjà passé

cette lame à travers le corps afin de vous fouiller tranquillement. Mais je ne vous conseille pas de crier, sinon je pourrais oublier que je suis un homme honorable !

Hakon grogna, mais n'esquissa pas un geste.

— Je vous avais bien dit de ne pas boire autant de whiskey ! claironna Ross, pour la gouverne des deux inconnus qui pénétraient dans les latrines.

Quelques instants s'écoulèrent avant que les deux hommes ne ressortent en plaisantant et renouant leurs aiguillettes. Ross attendit qu'ils aient disparu pour laisser Hakon se redresser.

— Je ne vous ai rien fait. Pourquoi m'avez-vous frappé ?

— Pour mes deux hommes que vous avez blessés pendant l'embuscade.

— Il le fallait ! geignit Hakon en se massant l'estomac. C'était pour vous permettre d'entrer à Kennecraig.

Ross se contenta de le foudroyer du regard.

— Donnez-moi vos bottes !

L'oncle de Ross lui avait enseigné tous les endroits où l'on pouvait cacher des objets de valeur — dans les semelles ou la doublure des souliers, l'ourlet d'une cape, le compartiment secret d'une ceinture…

— V… vous n'avez pas le droit… hoqueta Hakon.

Ross le fit taire en lui pressant de nouveau sa lame sur la gorge.

— Oh ! très bien.

Il ôta l'une de ses bottes, puis l'autre.

— Retournez-les à présent.

Hakon pâlit et pinça les lèvres, mais fit ce qui lui était demandé. A peine eut-il commencé à retourner le haut de la première chaussure qu'on entendit le craquement caractéristique du parchemin.

— Ouvrez la couture !

Hakon obtempéra et les deux pans de la doublure s'écartèrent, révélant un morceau de vélin qu'il tira de sa cachette pour le tendre à Ross. Sans baisser sa dague, celui-ci y jeta un coup d'œil. C'était bien la reconnaissance de dette, signée d'une écriture tremblée.

« Ross Lion Sutherland, laird de Stratheas. »

Le soulagement déferla en lui, mais il n'en laissa rien voir. Repliant le parchemin, il l'enfonça dans son escarcelle.

— Voici les plans de la distillerie et la recette, dit-il en laissant tomber les papiers aux pieds de Hakon. Nous sommes quittes à présent.

Hakon cracha par terre.

— Votre famille a toujours été une plaie pour la mienne, fit-il d'une voix venimeuse. Emportez votre reconnaissance ! Mais la prochaine fois que nous nous rencontrerons, c'est à coups d'épée que nous réglerons nos comptes.

— J'attends ce jour avec impatience, rétorqua Ross, qui s'éloigna d'un bond et disparut dans la nuit.

Son cœur débordait d'allégresse. Il avait récupéré la reconnaissance de dette et sa famille était enfin hors de danger !

A présent, il allait pouvoir se concentrer sur sa seconde tâche — sauver Catlyn et son clan.

« Voici les plans de la distillerie et la recette. Nous sommes quittes à présent. »

Ces mots résonnaient dans la tête d'Eoin, tandis qu'il regardait Hakon regagner la taverne d'un pas incertain.

Bon sang ! Eoin s'appuya contre l'un des pins qui se dressaient près du cabinet, les pensées en déroute. Il s'apprêtait à aller retrouver Roland, quand il avait vu Ross sortir du Bouclier de Bronze. Quelque chose dans le comportement de l'homme l'avait intrigué et il lui avait subrepticement emboîté le pas. En fin de compte, cela avait valu la peine d'attendre derrière ces latrines malodorantes. L'information qu'il avait glanée était de taille.

Ross Sutherland les avait vendus à Hakon !

Le premier choc passé, une indéniable satisfaction s'insinua en lui. Quand Catlyn apprendrait cela, elle jetterait les

Sutherland dehors ! Et elle éprouverait de la gratitude pour lui, Eoin. Cette fois, la faute qu'il avait commise serait effacée et les choses redeviendraient ce qu'elles n'auraient jamais dû cesser d'être.

Un chapelet de jurons retentit soudain, le tirant de ses réflexions. Hakon sortit en trombe de la taverne, accompagné d'un homme au visage marqué d'une cicatrice et de trois autres sbires.

Eoin se cacha derrière le pin pour les observer.

— Fouillez toutes les rues ! hurla Hakon. Je veux qu'on me ramène ce Sutherland. Vivant ! Compris, Murdo ?

Le balafré hocha la tête.

— Par où est-il parti ?

— A droite, en direction de la foire.

— Il espère sans doute se fondre dans la foule.

Murdo caressa l'affreuse marque rouge qui zébrait sa joue.

— Certains de nos gars sont à la foire. Je vais leur dire de se joindre aux recherches.

— Je le veux vivant, rappelez-vous ! Il faut qu'il paie pour ce que sa famille et lui ont fait aux miens. Je veux l'entendre me supplier à genoux !

— Hmm. Ce n'est pas trop le genre d'homme à supplier.

— Tant mieux. Guthrie aime bien les défis !

Murdo pâlit.

— Je vois. Allons, les gars, au travail !

Il tourna les talons, suivi de ses compagnons. Hakon agrippa le dernier par le bras.

— Viens avec moi. Nous allons prendre à gauche, vers la rue principale, pour le cas où il aurait fait demi-tour.

Eoin sortit lentement de sa cachette, puis plongea dans la foule en direction de l'auberge où Roland avait trouvé un hébergement, à l'extrémité de la ville. Pas une chambre, mais un coin de grenier à foin. Etant donné l'affluence, ils avaient été chanceux de dénicher au moins cela.

Soudain, il repéra devant lui la chevelure blonde de Hakon

et ralentit le pas. Le Fergusson ne se souvenait probablement pas de lui, mais mieux valait ne pas prendre de risques.

— Eoin ! Eh, Eoin ! cria soudain Roland, qui jaillit d'une rue latérale.

— Chut, imbécile ! grogna l'interpellé.

Il agrippa le distillateur par la manche et l'entraîna dans une allée obscure.

— Eh là, que faites-vous ? protesta Roland, qui tenta de se dégager.

— Je suis en train de vous sauver la vie, imbécile. Et la mienne par la même occasion.

Eoin poussa son compagnon par les rues encombrées et ne lui permit pas de ralentir l'allure jusqu'à ce qu'ils aient atteint leur auberge.

— Vous n'avez pas à me traiter ainsi ! grogna Roland en dégageant son bras. Je ne suis pas un sac de farine !

— Alors tâchez de montrer un minimum de bon sens, rétorqua Eoin.

Devait-il répéter à Roland ce qu'il avait entendu ? Il n'en était pas sûr. Roland n'aimait pas les Sutherland, lui non plus. Mais Roland se rebiffait aussi contre l'autorité de Catlyn. Qui savait s'il ne ferait pas retomber sur elle la responsabilité de cette histoire ?

— J'ai vendu le dix ans, l'informa Roland.

— Parfait.

— Vous ne me demandez pas à qui ? A maître David !

— Quoi ? Nous étions convenus de ne pas aller là-bas !

— Les autres tavernes n'étaient pas dignes de recevoir un tel nectar. Il n'aurait pas été apprécié à sa valeur.

— A présent, Catlyn va savoir que nous avons volé le dix ans d'âge !

— Nous ne l'avons pas volé ! C'était le whiskey de lord Thomas et je veux qu'on l'apprécie à sa juste valeur. D'ailleurs, Catlyn n'était pas au Chardon.

Eoin sentit sa gorge se nouer.

— Mais où donc…

— Oh ! elle venait juste d'en repartir avec les autres. Ils ont vendu le whiskey à maître David, puis sont allés acheter les provisions.

— Où sont-ils maintenant ?

— Sur le chemin du retour, je suppose. Et nous devrions en faire autant au lieu de coucher ici.

Eoin fronça les sourcils.

— Elle n'est pas habituée à chevaucher. Elle doit être épuisée.

Roland ricana.

— Elle ? Allons donc ! Elle est plus forte qu'elle n'en a l'air. Mais il n'en reste pas moins qu'elle n'est pas apte à diriger la distillerie. C'est moi que lord Thomas aurait dû nommer à sa place.

Une lueur peu rassurante brillait dans ses yeux et Eoin changea promptement de sujet.

— Maître David a-t-il fait des commentaires sur le whiskey qu'elle lui a vendu ? S'est-il aperçu que c'était du *finglas* d'un an ?

— Pas encore. Le diable emporte cette fille ! Au lieu de prendre tous les barils que j'avais mis de côté, elle en a remplacé certains par des crus de son choix, de vrais quatre ans d'âge. Par malchance, c'est l'un de ceux-là que maître David a goûté. Et il l'a trouvé parfait. Mais patience, il finira bien par tomber sur les autres. Et la réputation de mademoiselle n'y survivra pas. Cela lui apprendra à usurper ma place !

Eoin eut soudain peur pour Catlyn.

— Si je l'épouse, m'accepterez-vous comme laird ?

— Ce n'est pas demain qu'une chose pareille arrivera !

— Pourquoi pas ? Vous n'en savez rien !

— Hum… Vous savez choisir les grains, c'est un fait. Mais elle a un meilleur palais que vous, bien que cela me peine de le reconnaître.

— Votre palais n'est pas mauvais non plus. Et si elle est mariée, elle aura tellement à faire avec les bébés que je lui donnerai que la direction de la distillerie vous reviendra.

— Hem… Cela demande réflexion.

Eoin comprit qu'il devait se contenter pour l'instant de

cette évasive réponse. Mais il lui restait son propre plan à mettre en œuvre.

— Je crois que vous avez raison en fin de compte. Nous devrions regagner Kennecraig dès ce soir.

— Cela me semble avisé. Mais les chevaux ?

— Nous devrions pouvoir en louer des frais.

— Mais nous ne pouvons pas partir sans Wesley ! Il est allé faire le tour des étals et s'amuser un peu.

— A-t-il dit quand il reviendrait ?

— Pensez-vous ! Ce gamin se rebelle, je n'arrive plus à le tenir. Le *finglas* ne l'intéresse pas. A peine me suis-je assis pour goûter le whiskey avec maître David qu'il a décampé.

Eoin soupira. Que pouvait-il y faire ?

— Je vais essayer de trouver des chevaux. Peut-être sera-t-il de retour quand je reviendrai.

Et si ce n'était pas le cas, tant pis ! Le père et le fils rentreraient par leurs propres moyens. Il ne pouvait supporter la pensée que Catlyn — sa Catlyn — tombe entre les mains de ce traître de Ross Sutherland.

Ross ne revint pas directement au Chardon mais fit un large détour, au cas où Hakon aurait posté des hommes pour lui tendre une embuscade.

Tout en marchant, il réfléchissait. Pour la première fois depuis sa rencontre avec Catlyn, il avait la conscience tranquille. Les informations tronquées qu'il avait livrées à Hakon n'aideraient en rien les Fergusson à monter une distillerie digne de rivaliser avec celle des Boyd. A supposer que ce soit l'intention de Hakon, ce qui n'était pas le cas. Ainsi, il n'avait pas trahi la confiance de Catlyn.

Mais cette bonne nouvelle était occultée par la mauvaise.

Hakon voulait toujours s'emparer de Kennecraig et ferait tout ce qui était en son pouvoir pour parvenir à ses fins. Devant cette menace, les Boyd ne possédaient qu'une arme : la poudre pour faire sauter la distillerie. Mais s'ils en faisaient usage, ils détruiraient en même temps la majeure partie de leur demeure, sans la moindre ressource pour la reconstruire.

Dans ces conditions, ne valait-il pas mieux qu'ils partent avant qu'il ne soit trop tard ? Catlyn n'aimerait pas cette idée, mais s'il réussissait à lui faire saisir à quel point la situation était désespérée, peut-être…

— Ross !

Dallas jaillit soudain de la boutique de l'apothicaire, située à deux maisons du Chardon d'Or.

— Dieu merci, vous voilà de retour !

— Il est arrivé quelque chose ?

— Venez ! chuchota Dallas en l'entraînant vers la taverne.

— Catlyn ?

— Oui. Elle a été attaquée.

Ross n'attendit pas d'en savoir davantage et se précipita vers la porte donnant sur l'arrière de l'établissement. Mathew l'attendait sous le porche.

— Où est-elle ?

— A l'étage. Maître David…

Ross poussa son cousin pour se ruer vers l'entrée, mais Mathew lui agrippa le bras au passage.

— Attendez ! Elle n'est pas blessée, seulement secouée.

— Il faut que je la voie ! s'écria Ross, qui tâcha de se dégager.

Mais Mathew le plaqua contre le mur.

— Elle a besoin de tranquillité. Vous la verrez, mais pas avant de vous être calmé.

— Mais je suis calme, bon sang !

— Ah bon ? Cela ne se voit pas, cousin !

— Qu'est-il arrivé ? Ce n'est pas un ivrogne au moins ? Aurait-il…

— Non, non ! Quelqu'un l'a frappée sur la tête, juste au moment où elle allait franchir la porte.

— J'aurais dû m'assurer qu'elle était bien rentrée, s'écria Ross, assailli par la culpabilité. Qui l'a découverte ?

— Maître David était dans son bureau quand il l'a entendue pousser un cri. Il s'est précipité tout de suite.

— A-t-il identifié l'agresseur ?

— Il a seulement aperçu une silhouette sombre penchée sur elle. L'individu a pris ses jambes à son cou et a disparu dans la nuit.

— Dieu sait ce qui serait arrivé si David n'avait pas accouru, marmonna Ross.

La seule pensée de ce qui aurait pu se passer lui arracha un frisson.

— C'était peut-être l'un des hommes de Hakon, supputa-t-il.

Mais il se reprit aussitôt.

— Non. Un Fergusson ne se serait pas laissé mettre en fuite aussi aisément.

— C'est aussi ce que je pense.

— Tout de même, je me sentirais plus tranquille si je savais ce que mijotent Hakon et ses sbires. Envoyez deux de nos gars surveiller le Bouclier de Bronze, voulez-vous ?

— Vous comptez toujours repartir à l'aube ?

— Plus tôt, si nous le pouvons. Je préfère précéder Hakon que le suivre, c'est moins risqué. Il est bien capable de nous tendre une autre embuscade.

— En ce cas, nous serons prêts une heure avant le lever du jour.

Mathew relâcha son étreinte.

— Allez voir votre dame, à présent.

Votre dame. Oui, c'était bien cela, songea Ross en franchissant la porte. Elle était devenue *sa* dame, cette fière et susceptible petite créature. Dire qu'une semaine plus tôt, il ne connaissait d'elle que son nom ! A présent, elle était au centre de ses pensées. Et de tous ses rêves.

Chapitre 13

Un bruit soudain tira Catlyn de son sommeil agité. Méfiante, elle entrouvrit les yeux et promena un regard sur la chambre plongée dans la pénombre. Une bougie posée sur la table voisine projetait un cercle doré, dont la lueur lui révéla un spectacle surprenant — Ross Sutherland en train de sommeiller dans le fauteuil près de son lit !

Comme si elle avait prononcé son nom, il rouvrit instantanément les paupières.

— Comment vous sentez-vous ?

Elle jeta un coup d'œil sur les vêtements froissés de Ross et sa joue assombrie de barbe. Un sourire incurva ses lèvres.

— Mieux que vous, on dirait !

— Catlyn, je suis sérieux. Avez-vous mal à la tête ?

Elle toucha avec précaution la bosse derrière son crâne. L'endroit était encore sensible et des élancements parcouraient aussi son genou gauche, qui avait heurté le sol au moment de sa chute. Rien qu'elle ne pût supporter…

— Je vais très bien.

— C'est un peu exagéré. Vous avez tout de même été assommée !

— Mais je n'ai pas complètement perdu connaissance. J'ai entendu mon propre cri, celui de maître David, et les pas précipités de l'homme. Il a dû s'enfuir en courant.

— Je n'aurais jamais dû vous laisser ! gémit Ross. Quand je pense à ce qui aurait pu arriver…

— Chuut !

Catlyn tendit la main vers lui et lui caressa les cheveux,

sensation merveilleuse s'il en était. Ils étaient si épais et si doux… La toison qu'elle entrevoyait par le col ouvert de sa tunique était-elle aussi soyeuse au toucher ?

— Tout va bien, je vous assure.

— Non, tout ne va pas bien ! explosa-t-il en se levant d'un bond. Vous auriez pu être tuée, ou pire encore.

— Mais cela n'a pas été le cas.

— Ce n'est pas grâce à moi si vous en avez réchappé, commenta Ross d'un air morose. Comment ai-je pu être aussi stupide ? Au diable mon impatience !

Elle l'observa, tandis qu'il arpentait fiévreusement la pièce. Le jovial Highlander qui l'avait escortée à la foire avait bel et bien disparu. Celui qu'elle avait sous les yeux de nouveau, c'était le combattant, le guerrier.

Puis elle se souvint des propos qu'avait tenus Mathew, après l'avoir montée lui-même dans cette chambre.

— Ross ne se le pardonnera jamais, avait-il répété à plusieurs reprises.

Apparemment, il avait eu raison !

— Je sais que vous prenez votre devoir au sérieux, mais…

Ross fit brusquement volte-face.

— Quel devoir ?

— Eh bien, je vous ai engagé pour me protéger et…

— Vous croyez que c'est de cela qu'il s'agit ?

Il revint vers elle, visiblement surpris et blessé.

— Vous pensez que si je suis dans tous mes états, c'est parce que je n'ai pas su vous protéger alors que j'avais été payé pour cela ?

— Je… je ne sais pas.

Le regard rivé au sien, Ross se laissa tomber sur le bord du lit. Ses yeux brillaient, envoûtants. Elle y lut la passion et le désir, un farouche besoin viril nuancé de tendresse.

— Ross, chuchota-t-elle en posant une main sur sa joue.

— Vous êtes entraînée par la même force que moi, n'est-ce pas ? Mais comprenez-vous vraiment ce que cela signifie ?

Elle sentit son cœur se dilater dans sa poitrine.

— Je vous aime, murmura-t-elle.

— Le ciel en soit loué !

Il tourna la tête pour lui embrasser la paume. Lorsqu'il la regarda de nouveau, ses yeux étincelaient telles des pierres précieuses.

— Car si vous ne m'aimiez pas, je ne sais pas ce que je ferais.

— Oh ! Ross !

Elle lui jeta les bras autour du cou et l'attira vers elle. Leurs lèvres se rencontrèrent, se confondirent. C'était si bon, si juste, songea-t-elle en exhalant un soupir de plaisir. Un grognement rauque lui répondit et elle sentit Ross vibrer contre elle tandis qu'il prenait le contrôle du baiser, la dévorant littéralement avec toute l'irrésistible fureur d'une tempête, dans le martèlement de leurs cœurs déchaînés.

Quelque chose en elle se libéra soudain — un désir si doux, si sauvage, si merveilleux… Elle en tremblait de la tête aux pieds. Désespérément accrochée au cou de Ross, elle le suivait où il la menait, avec une confiance qu'elle n'avait jamais accordée à aucun homme. Mais elle n'avait jamais ressenti pour un autre ce qu'elle éprouvait pour lui ! Tout son corps se tendait et vibrait à la cadence de ses gestes à lui, de ses caresses. Elle se serra contre lui dans un besoin éperdu de se sentir plus près encore, au cœur même de ce sensuel orage, afin d'en partager avec lui tous les secrets.

La réponse frénétique de Catlyn brisa les dernières contraintes que Ross s'était imposées. Oh ! il avait bien senti quelle nature passionnée elle dissimulait sous sa sereine apparence ! Mais la profondeur de sa passion le surprit et le ravit en même temps. Jamais il n'avait rencontré une femme aussi parfaitement assortie à lui, par l'esprit, par le désir. Il laissa courir ses mains sur le dos si souple, luttant pour ne pas oublier qu'elle était une novice et que les jeux de l'amour étaient tout nouveaux pour elle.

Mais tout était nouveau en cet instant, et différent, même pour lui. Parce que Catlyn était différente. Si fragile, et si infiniment précieuse. Et en même temps, l'ardeur de la jeune femme le rendait fou. Il aurait voulu déchirer leurs vêtements et plonger en elle tout de suite, lui donner et lui prendre jusqu'à ce qu'ils en perdent tous les deux la tête. Il voulait plus, tellement plus. Pour elle. Pour lui.

Arrachant ses lèvres aux siennes, il embrassa sa joue puis glissa sur son cou, inhalant ce parfum si féminin qui n'appartenait qu'à elle.

— Nous ne pouvons pas faire cela, chuchota-t-il.

Il la repoussa doucement pour mettre un peu d'espace entre la tentation et lui. Ou du moins essayer.

Mais elle s'accrocha à son cou.

— S'il vous plaît ! Ne me quittez pas.

— Il le faut, Catlyn.

Il se dégagea doucement de son étreinte, déposant un baiser au creux de ses paumes, l'une après l'autre.

— Si je reste, je ferai quelque chose que nous regretterons ensuite.

— Pourquoi dites-vous cela ?

— Parce que je vous aime, bon sang !

Elle ne put retenir un sourire. Ce n'étaient pas les déclarations d'amour qui lui avaient manqué, mais jusqu'ici, aucune ne lui avait semblé sincère. Elle savait qu'on l'aimait pour ses biens, pas pour elle-même. Pourtant, cette fois, elle n'éprouvait pas le moindre doute. Ross pensait ce qu'il disait. Les mots semblaient avoir jailli malgré lui de sa bouche.

— Vous ne voulez donc pas m'aimer ? s'enquit-elle avec tristesse.

— Bien sûr que si, mais…

Il se leva et alla jeter un regard pensif par le fenestron.

— C'est parce que je vous aime que je ne veux pas me comporter ainsi. Pour moi, ce serait faillir à l'honneur que de coucher avec vous avant le mariage.

Le mariage ! Pour la première fois, le mot parut merveilleux à Catlyn. Elle le savoura tout en regardant Ross déambuler dans la pièce. Dieu savait qu'il pouvait se montrer autoritaire et arrogant ! Mais son sens de l'honneur était indéfectible.

C'était un charmeur et un séducteur, mais sous ses sourires enjôleurs se dissimulait un caractère sensible et compatissant.

Après la trahison d'Eoin, elle s'était crue immunisée contre la séduction masculine. Mais à présent, elle n'avait plus qu'un désir — passer le reste de sa vie aux côtés de cet homme intelligent et complexe.

— Vous n'avez pas besoin de m'épouser pour coucher avec moi.

— Oh ! si ! Car je ne crois pas que je pourrais vivre sans vous.

— Oh ! Ross…

Oubliant sa légère migraine et la raideur de ses muscles, elle se leva d'un bond et courut se jeter dans ses bras.

— Catlyn, vous n'auriez pas dû vous lever. C'est…

— Serrez-moi contre vous, Ross !

— Ce n'est pas bien, vous avez été blessée et…

— Plus près. Plus près encore.

— Catlyn…

Elle sentit les grandes mains de Ross glisser dans son dos, la plaquant si bien contre lui que leurs corps parurent s'emboîter l'un dans l'autre. Douceur contre dureté. C'était merveilleux, mais pas encore assez.

— Ne me laissez pas. S'il vous plaît !

— Il le faut. Si je reste…

— J'ai besoin de vous, pria-t-elle.

La réciproque était vraie, elle en sentait la preuve palpable contre son ventre et son propre désir s'en accrut d'autant. Elle était là, en attente. Désespérée et résolue en même temps. Pas question de le laisser s'en aller ! Ni cette nuit ni jamais…

— Aimez-moi ! chuchota-t-elle en remuant les hanches, dans un geste d'appel instinctif.

Les paupières closes, il la pressa contre lui avec un gémissement. Tout son corps tremblait, signe du combat silencieux qui se livrait en lui. Lorsqu'il releva enfin les paupières, elle lut le regret dans ses yeux.

— Il vaut mieux attendre, Catlyn. Vous méritez une belle cérémonie, avec vos proches autour de vous.

— Mes proches ? Ma mère ne comprendrait même pas ce qui se passe. Eoin ferait son possible pour me faire changer d'avis, et quand il verrait qu'il n'y parvient pas, il tenterait probablement de vous occire. Et Roland se montrerait odieux, comme d'habitude…

— Vous avez sans doute raison. Mais…

— Non, Ross. Un prêtre et vous, c'est tout ce que je veux.

— Etes-vous sûre ? Vous, les Boyd, êtes si férus des traditions !

Au diable la prudence et la raison ! Tout ce qu'elle ressentait en cet instant, c'était un désir fou d'amour et de partage. Un désir presque désespéré, comme si elle sentait qu'il lui fallait absolument saisir cette chance sous peine de la perdre à jamais.

— Si j'ai jamais été sûre d'une chose dans ma vie, c'est bien de celle-ci.

Elle lui enserra le visage dans ses mains et l'attira vers elle pour l'embrasser, savourant sa surprise sur ses lèvres. L'espace d'un instant, elle le sentit se raidir contre elle. Puis il s'abandonna et lui rendit son baiser. C'était si merveilleux de découvrir qu'elle avait un pouvoir sur lui ! Cette sensation capiteuse lui arracha un frisson de volupté. A moins que ce ne soit la main de Ross dans son dos ? Sa bouche se mouvait sur la sienne avec une ardeur dévastatrice. Un baiser humide, profond, un baiser audacieux…

— Nous devons attendre, haleta-t-il en relevant la tête. Demain, à la première heure, nous ferons venir un prêtre.

Mais Catlyn n'était pas d'accord. Pour une fois, l'honneur pouvait bien s'accommoder d'une petite entorse !

— Je ne peux pas attendre, murmura-t-elle.

Elle ponctua sa déclaration d'un nouveau baiser, laissant libre cours à la passion qui l'emportait vers lui. Ross gémit, à deux doigts de céder. Peut-être aurait-il été plus fort contre la tentation s'il n'avait pas eu si peur pour elle. Si elle n'était pas si douce et si fondante entre ses bras. Si…

— Aimez-moi ! répéta-t-elle tout contre ses lèvres.

Et cette fois, il fut vraiment perdu.

D'un geste fougueux, il la souleva dans ses bras et franchit les quelques pas qui les séparaient du lit, où il la déposa sur les draps froissés. Puis il s'étendit près d'elle tandis qu'elle le cherchait déjà, ouvrant les lèvres à son baiser. Leurs langues s'enlacèrent en un fiévreux ballet et Ross sentit durcir contre lui les pointes délicates de ses mamelons.

S'arrachant à sa bouche, il laissa pleuvoir les baisers dans son cou puis descendit lentement jusqu'au sillon qui séparait ses seins.

— Je veux vous toucher. Partout ! murmura-t-il en effleurant les suaves arrondis du bout des doigts.

Elle frissonna tandis qu'il écartait les deux pans de sa chemise pour découvrir deux globes parfaits dont il titilla les pointes, qui se gonflèrent sous ses caresses. Elle laissa échapper une exclamation de surprise, bientôt muée en un gémissement rauque au fur et à mesure qu'il poursuivait son jeu. Il se pencha pour goûter à la saveur de sa peau, ravi de la sentir trembler lorsque sa langue descendit du creux délicat de sa gorge au renflement savoureux de ses seins. Elle tressaillit lorsqu'il referma la bouche sur l'un de ses tétons.

— Chut ! Faites-moi confiance, Catlyn.

— Oh ! j'ai confiance. Mais c'est tellement…

Le reste de la phrase se perdit dans un nouveau gémissement tandis qu'il suçait la pointe rose si réceptive à ses caresses.

— Ross, oh, Ross…

Une main sur sa nuque, elle le maintint là, l'obligeant à poursuivre, à approfondir son délicieux manège. Jamais elle ne s'était sentie aussi vivante. Tout en elle n'était que tempête et passion — ses sens vibrants, sa peau brûlante, son cœur affolé cognant contre ses côtes dans un déchaînement d'orage. Elle laissa retomber la tête en arrière lorsqu'il s'empara de son autre sein. Dieu, comme elle aimait cela ! Une spirale de feu lui vrilla le corps jusqu'à ses plus intimes replis, là, dans ce delta secret à l'intérieur de ses cuisses. Elle bougea les jambes, troublée par cette sensation inattendue.

— Qu'y a-t-il, mon amour ?

— Je... je ne peux pas attendre. Je veux tout... tout ce que vous pouvez me faire.

— Vous l'aurez, je vous le promets. Tout ce que j'ai à donner.

Les mains et la bouche de Ross voyageaient sur elle avec une familiarité possessive, explorant chaque point sensible et lui insufflant la vie à coups de frottements, de succions, de subtiles caresses. Elle poussa un léger cri lorsqu'il effleura des doigts son sexe. Oui, c'était là qu'elle avait le plus besoin de ses caresses. Le cri se transforma en appel tandis qu'il glissait lentement ses doigts en elle. Elle s'ouvrit sans réticence, accueillant, savourant chaque mouvement.

— Ross... Ross... gémit-elle en une voluptueuse litanie.

C'en fut trop pour lui ! Incapable de se restreindre plus longtemps, il se dépouilla de ses vêtements en un tournemain et lui écarta les cuisses pour se positionner sur elle. Ses mains tremblaient de fièvre, de désir. Le diable l'emporte, il se sentait aussi ardent et maladroit qu'un adolescent qui s'apprêterait à pénétrer la première femme de sa vie !

— Ouvrez les yeux, Catlyn !

Elle cilla lorsqu'elle le vit au-dessus d'elle, le visage enflammé de passion. Oui, il l'aimait, il l'aimait vraiment. Elle l'avait senti dans son toucher, elle le voyait à présent dans ses yeux. Avec un sourire, elle lui ouvrit les bras, heureuse de sentir son poids sur elle et même cette légère douleur qui la transperça lorsqu'il s'introduisit en elle d'un rapide mouvement du bassin.

— Catlyn ?

Il s'immobilisa un instant, en appui sur les avant-bras.

— Tout va bien ?

— Plus que bien, exhala-t-elle dans un soupir d'extase.

Et c'était vrai ! Il l'avait poussée au-delà de ses limites, et pourtant, elle ne ressentait ni peur ni sentiment d'invasion. Il la remplissait, corps et âme.

— A présent, nous ne faisons plus qu'un, murmura-t-elle.

— Pour toujours.

Il baissa la tête vers elle pour l'embrasser, écho érotique aux lentes et sensuelles poussées de ses hanches.

Catlyn s'abandonna toute à la magie de l'instant, stupéfiée de se sentir soudain aussi heureuse, aussi complète. Elle voulut exprimer son bonheur, mais la flamme d'amour qu'elle vit danser dans les yeux de Ross lui imposa le silence. Les mots n'étaient plus nécessaires.

Il glissa les mains sous ses reins et la souleva vers lui, afin qu'elle le sente encore plus profondément en elle.

Les bras noués autour de son cou, elle tremblait de tout son corps, épousant son rythme puis l'accélérant pour satisfaire ce besoin brûlant qui montait d'elle. Ses hanches se mouvaient vers lui, la propulsant de plus en plus haut jusqu'à ce que la vague du plaisir déferle en elle, la transportant sur les plus hauts sommets de l'extase.

— Ross, oh Ross !

Emporté dans le tourbillon de sa jouissance, il s'enfouit en elle et lui donna tout ce qu'il avait à donner, ainsi qu'il l'avait promis — son corps, son cœur et son âme.

Puis il se tourna sur le côté pour la soulager de son poids.

— Vous allez bien ?

Elle souleva les paupières à grand-peine et lui coula un regard entre ses cils.

— Maintenant, je comprends ce qui a incité mon arrière-arrière-grand-père à faire l'amour à mon arrière-arrière-grand-mère sur la grande table de la distillerie !

Ross lui caressa les cheveux, repoussant ses longues boucles en arrière.

— Oui, car cette passion débridée est aussi en vous.

Elle fronça les sourcils.

— Vous m'avez trouvée trop… dévergondée ?

Ross éclata de rire.

— Dévergondée ? C'est une qualité chez une femme. J'ai simplement pensé que nous étions bien assortis.

— En est-il toujours ainsi ?

— Oh ! non ! L'homme éprouve toujours une certaine forme de plaisir. Mais pour une femme, cela dépend beaucoup de la patience de son amant, surtout la première fois.

— Alors, vous devez être un amant très prisé, commenta-t-elle avec un soupçon d'aigreur. Car vous êtes extrêmement patient !

C'était si douloureux d'imaginer Ross avec d'autres femmes !

— Oh ! je ne l'étais pas ! C'est pour vous que je le suis devenu. Avec vous, tout est différent, mon amour. Mais je ne me suis pas montré aussi patient que je l'aurais voulu. Vous avez allumé en moi un tel brasier ! Il est déjà bien que je ne vous aie pas dévorée toute crue comme un animal affamé.

Catlyn égrena un rire perlé. C'était un son tout nouveau, aussi charmant que la lueur de malice pétillant dans ses yeux.

— Mais vous m'avez bel et bien dévorée ! Surtout certaines parties de mon corps…

— Et vous avez aimé ?

Les pommettes de Catlyn rosirent.

— Vous le savez bien ! chuchota-t-elle d'une voix rauque.

Ces simples mots suscitèrent chez lui une réponse immédiate et il dut réprimer la nouvelle vague de désir qui déferlait en lui.

— Nous devrions dormir un peu, suggéra-t-il, bien qu'il doutât fort d'y parvenir pour sa part. J'aimerais que nous repartions avant l'aube. Pensez-vous que maître David connaisse un prêtre qui accepterait d'être tiré de son lit pour nous unir ?

— Ecoutez, Ross, ne vous sentez pas obligé de m'épouser sous prétexte que nous… nous…

— Sommes amoureux l'un de l'autre et parfaitement assortis ? compléta-t-il à sa place.

Elle tourna de nouveau les yeux vers lui et l'espoir qu'il lut dans son regard le toucha jusqu'au fond du cœur.

— Mais nous ne sommes pas en accord sur tout. Je suis têtue, vous l'avez dit vous-même. De plus, je suis liée à des traditions qui ne veulent rien dire pour vous. Quant à vous… hem… Dieu sait que vous pouvez être parfois arrogant !

— Eh bien, voilà qui nous promet du bon temps.

Il lui sourit avec tendresse.

— Il n'existe pas deux personnes exactement semblables en ce monde. Cela fait partie du charme de la vie en commun. Nous nous disputerons souvent, car nous sommes aussi obstinés l'un que l'autre. Mais le respect et l'amour tempéreront nos différences.

— Hum… Vous ne seriez pas un peu poète, par hasard ?

— Animal ou poète, il faudrait choisir !

Elle pouffa de nouveau.

— Plus animal que poète, je pense. Votre sœur ne vous a-t-elle pas dit que vous aviez besoin d'être dompté ?

— Si Ella nous voyait, elle saurait que j'ai enfin trouvé la dompteuse idéale !

Il lui embrassa le bout du nez et attira sa tête contre sa poitrine.

— Dormez à présent. Il nous faudra être debout bien avant les premières lueurs du jour.

Dans l'espoir que les hommes de Hakon seraient encore occupés à cuver leur ivresse…

Le souvenir du péril qui les menaçait tint Ross éveillé longtemps après que Catlyn se fut détendue contre lui, si confiante, même dans son sommeil. Fasse le ciel qu'il trouve un moyen de la garder saine et sauve ! Elle et les siens…

Il était déjà fort tard quand Hakon et ses hommes regagnèrent le Bouclier de Bronze, bredouilles. Pas la moindre trace de Ross Sutherland ! Il semblait que Doune l'ait littéralement avalé.

Hakon poussa la porte de la taverne et dut enjamber un ivrogne aussi soûl que les deux Fergusson qu'ils avaient récupérés en ville et ramenés avec eux.

— Murdo, veillez à ce que ces deux imbéciles n'absorbent plus une seule goutte. Et préparez-vous à partir dès l'aube.

Sans attendre la réponse, il saisit une torche près du foyer, l'alluma avec les braises et se dirigea vers l'escalier. Coinnech lui avait octroyé une chambre et il avait bien l'intention d'en faire usage pendant ce qu'il restait de cette maudite nuit.

Parvenu à l'étage, il poussa un panneau de chêne, découvrant une étroite pièce meublée d'une table de toilette, d'une chaise et d'un lit.

Un lit où il y avait déjà quelqu'un !

Jurant entre ses dents, Hakon fit passer la torche dans sa main gauche et tira son épée. Puis il s'avança à pas feutrés vers la couche, brandit son arme et l'abattit à plat sur la forme enveloppée dans les couvertures.

— Debout, espèce d'ivrogne !

— Hé là, doucement ! croassa une voix jeune et masculine.

Un mouvement agita la courtepointe et deux têtes en jaillirent soudain, aussi éberluées que des poussins sortant de l'œuf. Un gars et une fille, nota Hakon. Des amants, à en juger par leurs bras nus enlacés.

Le garçon attira sa compagne contre lui.

— Qui… qui êtes-vous ?

— C'est moi qui pose les questions ! Qui êtes-vous et que faites-vous dans mon lit ?

— Mon nom est Mar… Margot Mac Nab, balbutia la fille. Mon père est le patron de l'auberge. Et voici mon… mon fiancé, Wesley Boyd.

Hakon fronça les sourcils. La donzelle avait bel et bien les yeux gris de Coinnech. Et elle lui parut plutôt jolie, avec sa peau crémeuse et ses cheveux de flamme. Visiblement, les deux amoureux avaient cru que la chambre était inoccupée et pourrait fournir un agréable cadre à leurs ébats nocturnes. Mais après sa mésaventure avec Ross Sutherland, Hakon n'était pas d'humeur à se montrer compréhensif.

— Eh bien, votre père m'a donné cette chambre-là pour la nuit. Alors dégagez, j'ai envie de dormir.

— Vous ne lui direz pas que vous nous avez trouvés ici ? fit le garçon d'une voix implorante.

— Hum… Cela dépend.

Hakon examina les deux jeunes gens. Une situation embarrassante pour eux, indéniablement. Il avait bien envie de leur donner une leçon, ne serait-ce que pour s'amuser un peu à leurs dépens.

— Coinnech approuve-t-il vos fiançailles ?

Margot hocha la tête.

— Oh ! oui. La famille de Wesley possède une distillerie et il connaît le négoce. C'est son père à lui qui fait des problèmes.

Les Boyd. La distillerie. Hakon vit aussitôt le profit qu'il pouvait tirer de la situation. Il baissa son épée.

— Seriez-vous apparenté aux Boyd de Kennecraig ? Les fabricants du fameux *finglas* ?

Wesley sourit, sa méfiance envolée.

— Mon père est le maître distillateur de Kennecraig.

— Je vois.

Hakon pouvait à peine croire à sa bonne fortune. L'espace d'un instant, il faillit se ruer sur le gars pour s'emparer de lui séance tenante. Un geste bien imprudent, avec Coinnech en train de dormir dans une chambre voisine. Ce qu'il lui fallait, c'était un plan pour obliger le jeune Wesley à lui venir en aide. La fille y tiendrait un rôle, bien entendu. Le tout était de les faire sortir de la taverne puis de les emmener sans éveiller l'attention.

— Maître Roland désapprouve notre relation, expliqua Margot. Aussi est-ce la première fois que nous nous voyons depuis des mois.

Hakon secoua la tête, feignant la compassion.

— Et moi qui viens vous gâcher votre nuit !

Il arbora son sourire le plus désarmant.

— Vous savez ce que je vais faire ? Je vais aller dormir dans la salle commune avec mes hommes.

— Mais nous ne pouvons pas vous prendre votre lit ! objecta Wesley.

La fille, elle, rendit à Hakon son sourire.

— Nous vous en serions si reconnaissants ! N'est-ce pas, Wesley ? ajouta-t-elle en gratifiant son bien-aimé d'un coup de coude.

— Oui, bien sûr. Mais je ne me sens pas le droit de…

Au diable, les hommes honnêtes ! songea Hakon avec impatience.

— Ce n'est rien, voyons ! J'adore aider les amoureux !

— Merci encore, répéta Margot. Pouvons-nous savoir votre nom ?

— Dunbar. Robert Dunbar, marchand de laine. Eh bien, je vous souhaite une bonne nuit.

Il se dirigea vers la porte, puis se retourna brusquement.

— Oh ! j'oubliais ! J'ai laissé mon bagage sous le lit. Cela ne vous ennuie pas si je le récupère ?

— Pas du tout, assura le garçon, tout à fait confiant à présent.

Hakon s'approcha de la couche et regarda dessous.

— Ah, il est de l'autre côté ! C'est ennuyeux. Pouvez-vous l'attraper et le pousser vers moi, mon garçon ?

— Oui, bien sûr.

Le matelas de paille craqueta, tandis que Wesley se penchait par-dessus le rebord. Hakon bondit avec la promptitude d'un animal de proie. D'une main, il bâillonna la fille, tandis qu'il assommait Wesley de l'autre, en abattant la garde de son épée sur sa nuque.

— Pas très fair-play, grommela-t-il, mais je n'avais pas le choix.

Il sourit à Margot, qui le fixait de ses grands yeux gris écarquillés de terreur. Puis il lui assena un coup brutal sur la tête et elle s'effondra sans proférer un son.

Hakon n'eut plus ensuite qu'à les ligoter proprement. Parfois, les choses s'arrangeaient toutes seules, au moment où vous vous y attendiez le moins !

Chapitre 14

Il faisait encore nuit quand Ross conduisit Catlyn au rez-de-chaussée, dans la grande salle de l'auberge. Elle fut surprise et touchée de trouver rassemblés là tous les hommes de Ross. En dépit de l'heure matinale, tous avaient procédé à une toilette soigneuse et enfilé des vêtements propres.

La pièce aussi avait été nettoyée et seul un léger relent d'ale rappelait les festivités de la veille. Au milieu, sur deux tables recouvertes d'une nappe, on avait disposé un petit déjeuner de pain, de fromage et de viande froide. Des pichets et des coupes flanquaient les plats.

— C'est bien maigre pour un repas de noces, grommela Ross. Nous aurions dû attendre de pouvoir faire les choses convenablement.

— Mais c'est parfait ! protesta Catlyn. Maître David et ses serviteurs ont dû se donner beaucoup de mal.

— Vous méritez mieux, ma chérie !

— Un marié souriant, peut-être ?

— Je suis désolé. Mais penser que nous n'aurons même pas un prêtre !

Celui de Doune avait été appelé dans un village voisin et ne serait pas de retour avant plusieurs jours. Or il leur était impossible d'attendre. D'après Nigel, les Fergusson dormaient encore au Bouclier de Bronze. Ross voulait être parti avant leur réveil.

— Un *handfasting*, une union provisoire, fera aussi bien l'affaire, plaida Catlyn. Et nous pourrons ensuite nous marier devant un prêtre, si vous préférez.

— J'y tiens. En présence de nos deux familles !

Cette allusion à la famille de Ross rappela à Catlyn qu'elle en savait fort peu sur lui, en dehors du nom de sa maison et du fait qu'il avait une sœur douée de seconde vue. A en juger par la prestance de Ross et son équipement, il appartenait à un clan aisé et puissant. Une inquiétude envahit soudain la jeune femme. Et si ces gens ne l'aimaient pas ? S'ils la trouvaient socialement inférieure à lui ?

— Lady Catlyn !

Maître David émergea soudain de l'arrière-salle et lui tendit les mains.

— Vous êtes ravissante !

— Merci pour le compliment, et aussi pour m'avoir prêté la robe de votre fille.

En fait, le surcot était trop long et lui bridait un peu la poitrine, mais Ross lui avait assuré que cette nuance d'or pâle s'accordait parfaitement avec la couleur de ses yeux. De toute façon, elle n'avait pas eu le choix. Elle ne pouvait tout de même pas se marier dans son accoutrement de garçon !

Mathew s'avança à son tour et lui offrit un bouquet de fleurs un peu fripées, qu'il lui présenta avec une courbette.

— Bienvenue dans notre famille. Je suis ravi que mon cousin ait enfin décidé de convoler. Vous saurez, je n'en doute pas, lui rabattre un peu de sa superbe et brider sa propension à prendre des risques inutiles.

Catlyn en doutait beaucoup. Un sourire incurva ses lèvres au souvenir de leurs prouesses matinales, dont la mise en scène périlleuse avait exigé une chaise, trois oreillers et un reste de miel du souper de la veille.

— Merci, murmura-t-elle en acceptant gracieusement le tribut.

Elle coula une œillade à Ross, constata qu'il luttait pour réprimer sa gaieté et faillit elle-même s'étouffer en réprimant un fou rire.

Il se pencha à son oreille :

— Dois-je lui raconter comment *vous* m'avez incité à prendre des risques ?

— Moi ? Le miel était votre idée !

— Et qui m'a réveillé avec ses doigts fureteurs, hein ?

— Disons que les choses m'ont vite échappé.

— Hum… J'ai trouvé au contraire que vous les aviez particulièrement bien *en mains*.

Catlyn s'empourpra jusqu'à la racine des cheveux.

— Hem… fit maître David. Nous devrions commencer, si vous voulez partir avant le jour.

Ross prit la main de Catlyn et se tourna pour faire face à l'assemblée — ces hommes dont il partageait depuis tant d'années la vie et les combats.

— Nous nous tenons devant vous, lady Catlyn et moi, pour nous proclamer désormais mari et femme, unis aujourd'hui de notre plein gré. Je jure solennellement d'aimer mon épouse et de la protéger jusqu'à la fin de nos jours.

Il essaya de mettre une force spéciale dans ces mots, tant il était désolé que Catlyn soit privée de la cérémonie et des festivités auxquelles toute mariée avait droit.

Mais si elle ressentait ce manque, elle n'en montra rien. Elle rayonnait littéralement, depuis ses tresses d'or nouées au sommet de sa tête jusqu'à ses prunelles étincelantes. Un amour ardent irradiait de ses yeux lorsqu'elle rencontra son regard et répéta à son tour :

— Je me proclame l'épouse de Ross Sutherland et je jure de l'aimer et de l'honorer jusqu'à la fin de nos jours.

Ross sentit son cœur se serrer de tendresse et d'adoration pour elle. Bien qu'il n'ait jamais pensé se marier si vite, ni même se marier du tout, il ne pouvait plus envisager la vie sans sa Catlyn.

— Embrassez-la, lui chuchota Mathew.

— Avec joie !

Ross se pencha pour déposer sur les lèvres de la mariée le baiser de paix traditionnel. Mais la jeune femme lui noua aussitôt ses bras autour du cou, prolongeant le baiser au-delà des convenances. Il s'y serait littéralement immergé s'il n'y avait pas eu l'assistance et le trajet de plusieurs miles qui les attendait.

— Ce soir, ma femme…

— Ce sera bien long, soupira-t-elle.

— Mais vous trouverez que cela valait la peine d'attendre. Comptez sur moi !

Elle frissonna doucement, les yeux assombris de désir.

— Et sur moi !

Ross rit doucement.

— Voilà que j'ai fait de vous une créature insatiable !

Encore hilare, il se retourna pour accueillir les félicitations de ses hommes. Puis ils s'installèrent tous autour de la table pour avaler un repas hâtif avant le départ. David s'activait à les servir et veillait sur Catlyn avec la sollicitude d'une mère poule. Pourtant, Ross observa quelque chose d'un peu contraint dans ses manières.

Lorsqu'il vit le tavernier se diriger vers le comptoir pour aller chercher un peu plus d'ale, il lui emboîta le pas.

— Qu'est-ce qui ne va pas ? s'enquit-il sans préambule.

— Rien du tout. Je suis seulement inquiet pour Catlyn. Sa contusion à la tête n'est pas très grave, mais…

— Ne me racontez pas d'histoires ! Il y a autre chose.

David soupira, reposa le pichet qu'il venait de remplir et jeta un coup d'œil vers les tables où Lang Gil racontait à Catlyn les hauts faits de son nouvel époux.

— C'est le whiskey, avoua-t-il enfin. Les tonneaux que les Boyd m'ont vendus… Dix des barils ne sont pas ce qu'ils devraient être. Ils contiennent du whiskey d'un an à peine. Nous nous en sommes aperçus hier soir, quand j'ai ouvert un nouveau tonnelet et que le client a recraché le liquide sur le sol. Naturellement, après l'incident, j'ai vérifié les autres contenants.

Ross fronça les sourcils.

— C'est Catlyn qui les a sélectionnés elle-même.

— Je sais. C'est bien là le problème.

— Il doit y avoir une erreur. Je ne connais rien au whiskey, mais elle est experte en la matière. Jamais elle n'essaierait de vous tromper. Et elle est trop fière de son *finglas* pour risquer de nuire à sa renommée.

— Vous avez raison. Mais comment une chose pareille a-t-elle pu se produire ?

— C'est peut-être une erreur d'étiquetage.

— Sans doute. Mais Catlyn s'en occupe elle-même.

— Quelqu'un peut avoir changé les étiquettes.

— Cela ne s'est pas passé ici en tout cas. Je réponds de mes serviteurs.

— La chose a dû se faire à Kennecraig, avant notre départ.

— Aucun Boyd ne ferait cela, voyons ! La distillerie a trop d'importance pour eux.

Peut-être pas autant que la volonté de discréditer Catlyn, songea Ross à part lui.

— Quelqu'un a pu se tromper de bonne foi, suggéra-t-il. Tout le monde est perturbé là-bas depuis la mort de lord Thomas. Je procéderai à une enquête dès mon retour à Kennecraig.

En commençant par maître Roland et son fils…

David s'éclaircit la gorge.

— Je… je suis désolé de devoir demander cela, mais je suis obligé de vous prier de me rembourser ces dix tonneaux. S'il ne s'agissait que d'un ou deux, je pourrais supporter la perte. Mais là…

— Bien entendu. Ce n'est pas à vous de payer les conséquences de ce malentendu !

— L'une des tavernes du bord de la rivière accepterait peut-être de vous les prendre. Leurs clients sont moins regardants que les miens sur la qualité.

Ross hésita. Presque tout le produit de la vente avait déjà été dépensé à la foire. Et il était impossible de rendre les marchandises, car les habitants de Kennecraig avaient besoin de nourriture.

— J'ai quatre florins d'or sur moi. Cela couvrira-t-il le prix des dix barils ?

— Largement, assura David, visiblement soulagé. Merci de votre compréhension, sir Ross.

— Allons conclure la transaction dans l'arrière-salle, proposa Ross, qui ne voulait pas gâcher le bonheur de Catlyn en ce jour.

— D'accord. Les tonneaux sont là, si vous voulez bien me suivre.

Ross y jeta un rapide coup d'œil.

— Nous sommes trop chargés pour les prendre. Vous n'avez qu'à les garder ici. Dans quelques années, ils seront à point et vous donneront toute satisfaction.

David hocha la tête.

— Vous commencez à vous y connaître, je vois !

Il s'assit derrière son bureau, le visage de nouveau soucieux :

— En fait, j'ai autre chose à vous dire. Hier soir, j'ai eu un visiteur. Quelqu'un qui m'a demandé de ne pas révéler son identité. Il avait un noble motif, c'est pour cela que j'ai consenti. Mais…

— Roland ou Eoin ?

David cilla.

— C'était Roland. S'est-il confié aussi à vous ?

Voilà bien la dernière chose qu'il aurait faite !

— Que voulait-il ?

— Eh bien, que j'évalue leur dix ans d'âge et l'aide à le distribuer sur les meilleurs marchés d'Edimbourg.

— Une noble tentative de sa part… pour se remplir les poches !

— Oh ! non ! Il veut seulement exaucer les souhaits de lord Thomas et faire de leur distillerie la meilleure de tout le pays.

— N'est-ce pas à la fille du laird qu'incombe cette tâche ? C'est elle, son héritière !

— Oui, bien entendu. Mais Roland m'a expliqué que lady Catlyn était encore trop accablée de chagrin pour s'occuper de cela. Aussi voulait-il lui réserver une agréable surprise en se chargeant à sa place de ce travail délicat.

— Surprise, elle le sera ! ironisa Ross.

— Je me sentais mal à l'aise de devoir faire des cachotteries à Catlyn. A présent que vous êtes son époux, il est normal que ces tâches-là…

— Quelles tâches ?

Debout sur le seuil, Catlyn les dévisageait tous deux d'un air interrogateur.

— Eh bien, celle de vous ramener saine et sauve à la maison, répondit Ross d'un ton cauteleux.

Mais il avait oublié les florins qu'il tenait encore au creux de sa paume. Il les tendit à David.

Intriguée, Catlyn s'avança vers eux.

— Pour quoi payez-vous maître David ?

— Hem… Pour le logement et la boisson de mes hommes.

Elle jeta un regard vers les pièces d'or et haussa un sourcil.

— Il y a là de quoi payer assez d'ale pour envoyer rouler la moitié de Doune sous la table ! observa-t-elle avec sagacité.

Au diable les femmes trop futées !

Maître David se leva.

— Ne vous mettez pas martel en tête, ma fille. Votre époux vous rendait service, voilà tout. Dix des tonnelets de whiskey…

— … ont été bus hier soir, acheva Ross, qui sentait du grabuge dans l'air. Venez, Catlyn, ajouta-t-il en lui prenant le bras. Il est temps de nous mettre en route.

Mais elle ne l'entendait pas de cette oreille.

— Que s'est-il passé, David ?

Ross jeta un coup d'œil au tavernier et secoua la tête, mais David fit mine de ne pas le remarquer.

— Dix de vos fûts n'étaient pas aussi âgés qu'ils l'auraient dû.

— Comment cela ?

Catlyn se libéra d'une secousse, puis se rua vers les barils, reniflant le bouchon et vérifiant les étiquettes.

— Tout semble correct… marmonna-t-elle. Ah, non !

Elle décolla l'un des petits morceaux de cuir pour l'approcher de la chandelle.

— On dirait mon écriture, mais ce n'est pas tout à fait la même !

— Ross pense que l'étiquetage a été mal fait, à cause de la confusion qui a suivi la mort de votre père.

Catlyn se redressa, offensée.

— Etes-vous en train d'insinuer que j'ai commis une erreur ?

— Non, bien sûr, assura Ross, qui la rejoignit en deux enjambées.

Oh ! Seigneur, pourvu qu'il arrive à l'entraîner avant qu'elle ne découvre aussi le pot aux roses concernant le dix ans d'âge !

— Ainsi, quelqu'un a interverti les étiquettes, murmura-t-elle. Mais pourquoi ?

Il ne lui fallut qu'un instant pour trouver la réponse à sa propre question.

— Pour me discréditer !

Ross lui reprit le bras.

— C'est probable. Nous réglerons cela dès que nous serons revenus à Kennecraig.

Cette fois, elle acquiesça d'un hochement de tête.

— Je suis désolée, maître David.

— Bah, il n'y a pas de mal ! Mes gens n'en parleront à personne. Et sir Ross m'a dédommagé.

Catlyn tourna la tête vers son mari.

— Dédommagé ? Avec quoi ?

— J'avais une petite somme de côté.

— Vous avez payé mes dettes avec votre propre argent ?

Maître David crut bon d'intervenir.

— C'est tout naturel. Un mari est responsable des dettes de son épouse, n'est-ce pas ?

— Je suis responsable de moi-même ! protesta Catlyn.

Le regard glacial dont elle gratifia Ross laissait présager de l'atmosphère de leur retour.

— Merci pour tout ce que vous avez fait, maître David, ajouta-t-elle. J'espère pouvoir revenir d'ici une semaine avec un autre chargement. Et je goûterai moi-même un échantillon de chaque fût avant de vous l'apporter.

Elle se dirigea vers la porte sur ces mots, pour le plus grand soulagement de Ross qui lui emboîta le pas. Mais il s'était réjoui trop tôt. Parvenue à mi-chemin du seuil, la jeune femme avisa soudain trois tonnelets.

— Mais… c'est le dix ans d'âge de papa ! Comment est-il arrivé ici ?

David lança un coup d'œil à Ross, comme s'il implorait son aide.

— C'est… c'est Roland qui me l'a apporté hier soir. Il veut réaliser le vœu le plus cher de votre père de…

— Il a osé faire cela derrière mon dos ? Mais c'est un piège ! Une trahison !

Ross fut frappé par une idée soudaine.

— A quelle heure Roland est-il venu ici ?

— Il est reparti peu avant le retour de lady Catlyn. Milady l'a manqué de peu.

Donc, l'homme avait fort bien pu croiser le chemin de Catlyn ! Ross serra convulsivement les mâchoires. Et si c'était lui, le mystérieux agresseur ?

— Nous le questionnerons dès notre retour à Kennecraig, déclara-t-il d'un ton sombre.

— Je l'étranglerai de mes propres mains, oui ! répliqua sa douce chérie, décidément hors de ses gonds.

— En tout cas, le dix ans d'âge dépasse les espérances de lord Thomas, intervint maître David. J'aimerais en envoyer un tonnelet à l'un de mes clients d'Edimbourg, qui a des relations à la cour. Si le roi et ses courtisans découvrent les qualités exceptionnelles du *finglas*, votre fortune est faite.

Catlyn soupira.

— C'était le rêve de papa. Mais je n'aime pas la façon dont Roland a pris les choses en mains.

— Nous réglerons cela avec l'intéressé, lui chuchota Ross à l'oreille. Venez, ma mie. Il est grand temps que nous prenions congé.

La chevauchée jusqu'à Kennecraig risquait fort d'être tendue, et pas seulement parce qu'il voulait devancer Hakon. Mais Ross avait un atout de son côté — pendant de nombreuses années, il avait observé les méthodes de son père, fréquemment confronté aux humeurs de son épouse. Tenter d'amadouer une femme en colère était une erreur de tactique. Mieux valait lui laisser le temps de se calmer toute seule !

— Nous ne pouvons pas abandonner Wesley ! s'exclama Eoin, énervé.

C'était pourtant ce qu'il brûlait de faire. Il était déjà plus de midi et il avait hâte de regagner Kennecraig. Chaque instant de retard représentait un danger supplémentaire pour Catlyn, exposée aux manigances de ce traître.

— Nous l'avons cherché partout sans pouvoir mettre la main sur lui, rétorqua Roland.

Une main en visière pour se protéger du soleil, il promena de nouveau son regard sur les éventaires autour d'eux.

Leur première visite avait été pour les marchands d'ale. A cette heure matinale, il n'y avait guère de monde alentour. Nul ne se rappelait un jeune homme répondant à la description de Wesley. Tant d'autres garçons avaient passé la soirée ici à boire et à flirter avec les filles !

— Il s'est peut-être enfui, suggéra Eoin.

— Pourquoi donc, grand Dieu ? Il a une vie douillette et un avenir que n'importe quel garçon de son âge lui envierait.

Eoin s'abstint de discuter. Ce n'était pas le moment de pointer ce qui était évident pour tout le monde, sauf pour Roland : Wesley ne s'intéressait pas à la fabrication du whiskey et n'était pas doué pour ce travail.

— Alors que faisons-nous ? Voulez-vous que nous retournions à l'auberge, au cas où il serait rentré ?

Roland hésita, partagé entre son devoir de père et son intérêt obsessionnel pour le *finglas*.

— Nous ne pouvons pas nous attarder trop longtemps. *Elle* doit être déjà revenue à Kennecraig et je ne veux pas qu'elle découvre que j'ai emporté le dix ans d'âge au marché. Elle ne comprend pas que lord Thomas voulait me voir continuer son travail.

Eoin vit la lueur démente se rallumer dans les yeux de son interlocuteur et se détourna avec un frisson. Peu lui importait que Roland ait vendu le whiskey. Tout ce qu'il voulait, c'était regagner Kennecraig au plus vite pour informer Catlyn de ce qu'il avait appris sur son précieux chevalier. Et voir Ross Sutherland payer pour sa trahison. Les traîtres étaient souvent écartelés, mais Catlyn avait sans doute le cœur trop tendre pour ordonner pareil supplice. Ce serait donc la pendaison.

Quand Ross Sutherland se balancerait au bout d'une corde, Catlyn serait sienne de nouveau.

— Ce que nous pouvons faire, c'est laisser de l'argent au tenancier, suggéra-t-il. Cela paiera les dépenses de Wesley pour la nourriture et le logement, s'il reparaît à l'auberge. Vous lui laisserez également un message précisant que vous reviendrez à Doune dans une semaine ou deux.

— Je reviendrai même avant, si je le peux. Plus vite je pourrai emmener le *finglas* à Edimbourg, mieux ce sera !

Chapitre 15

Catlyn s'essuya le visage du revers de la main, en essayant d'oublier sa détresse. Il n'était pas facile d'entretenir en vous le feu de la juste colère, quand des gouttes de pluie perlaient au bout de votre nez. Dieu, qu'elle se sentait mal !

Il y avait déjà quatre heures qu'ils se tenaient en selle et cela en faisait au moins deux que les lourds nuages gris avaient crevé en un crachin insidieux, qui transperçait sa cape et son habit de cavalière.

A leur départ de Doune, elle s'était préparée à opposer une résistance sans faille aux explications et aux excuses de Ross. Mais il n'en avait formulé aucune ! Bien qu'il chevauchât à son côté, il n'avait pas prononcé plus d'une demi-douzaine de paroles et toutes concernaient l'itinéraire à emprunter. Rien d'autre ! Oh ! bien sûr, elle n'aurait pas répondu s'il avait tenté de se justifier. Mais tout de même…

Quatre longues heures avec rien de plus passionnant à faire que de fixer la route boueuse devant vous, cela vous laissait du temps pour réfléchir !

Elle repensa d'abord aux étiquettes des tonnelets. L'erreur n'était pas fortuite, elle en aurait mis sa main à couper. Quelqu'un avait fait cela à dessein, pour attirer le discrédit sur elle. Bien entendu, Roland était le principal suspect. Surtout qu'il avait ajouté à son méfait en volant le dix ans d'âge pour le vendre à maître David. Après lui avoir affirmé *à elle* que le whiskey n'était pas prêt et qu'il fallait encore attendre !

Dès qu'ils seraient à Kennecraig, elle allait… Eh bien, c'était justement la question ! Que pouvait-elle faire ? Roland était quelqu'un qu'elle était habituée à respecter depuis son enfance. Qu'est-ce que son père aurait fait à sa place ? Aurait-il simplement réprimandé Roland ou l'aurait-il chassé de son poste ? En fait, la question ne se serait même pas posée, car Roland n'aurait jamais agi ainsi avec lord Thomas.

— Catlyn ?

La voix grave et sensuelle de Ross la tira de ses pensées.

— Nous allons nous arrêter ici pour faire boire les chevaux.

Elle jeta un regard autour d'elle, surprise de constater qu'ils avaient quitté la piste pour pénétrer dans un petit bois. Les frondaisons leur offraient un abri contre la pluie et le gargouillement d'un ruisseau promettait un peu d'eau fraîche pour étancher leur soif. Si elle arrivait à faire mouvoir ses jambes !

Comme s'il avait lu dans ses pensées, Ross la souleva de sa selle en un tournemain et la déposa sur le sol, où il la soutint lorsque ses genoux faiblirent sous elle.

— Je suis désolé d'avoir dû vous imposer un tel rythme, s'excusa-t-il. Mais vous sembliez avoir l'entraînement d'un vieux troupier.

— Très vieux en ce cas ! Je me sens complètement cassée.

Elle ne protesta pas lorsqu'il l'aida à marcher jusqu'à une pierre plate, où elle put enfin poser son postérieur endolori. Il tira ensuite une timbale de bois de sa cape, la remplit d'eau et la lui tendit. La jeune femme but à longs traits, le regard consciencieusement détourné de Ross assis sur le rocher voisin. Elle se sentait aussi gênée en sa présence que le jour où ils s'étaient rencontrés.

Bien sûr, elle était encore furieuse que David ait jugé bon d'informer Ross et non elle de la substitution des étiquettes. D'un commun accord, ils avaient conspiré pour lui cacher la vérité. Tout cela parce qu'elle était une femme et Ross son époux à présent, ce qui lui donnait tout pouvoir sur elle ! Elle détestait cela, comme elle détestait qu'il ait payé de sa poche pour acquitter sa dette à elle. Mais la longue chevauchée dans la pluie avait quelque peu calmé sa colère. Ross avait remboursé

David parce qu'il savait fort bien qu'elle n'avait pas un sou, elle le comprenait à présent. Il avait essayé de lui épargner un souci supplémentaire et une bonne dose d'embarras.

Que faire à présent ? Le remercier ou continuer à le bouder ?

Autour d'elle, les hommes s'affairaient dans le bois, occupés à faire boire les chevaux, se restaurer et satisfaire leurs besoins naturels.

Dallas leur apporta des tranches de pain et de fromage disposées sur un morceau d'étoffe.

— Vous êtes incroyable, milady ! Les gars avaient parié que vous n'iriez jamais aussi loin sans prendre de repos.

— Et combien avez-vous gagné ?

Dallas avait un physique passe-partout, mais son sourire parut illuminer le sous-bois.

— Assez pour m'acheter une nouvelle dague ! Aussi belle que celle de Ross…

Catlyn s'esclaffa avec lui et eut l'impression que sa fatigue s'estompait du même coup.

— Ce sont de braves garçons, déclara-t-elle, lorsque Dallas se fut éloigné.

— Oui, je le pense aussi, marmonna Ross.

Pourquoi n'ajoutait-il rien ? Elle aurait aimé qu'il s'excuse ou tente de s'expliquer. Cela lui aurait permis d'extérioriser sa propre colère.

Elle avala un morceau de fromage, puis coula un regard oblique à Ross, pour voir s'il l'observait. Mais non ! Il mâchait lentement son pain, les yeux levés vers la canopée.

— Il y a un écureuil là-haut, remarqua-t-il soudain.

Un écureuil ? Catlyn en croyait à peine ses oreilles. Un grave différend n'attendait que le moment de flamber entre eux, elle se sentait en capilotade après leur épuisante chevauchée, et tout ce qu'il trouvait à faire, c'était suivre les acrobaties d'un écureuil ?

— On dirait qu'il est pris au piège.

Catlyn leva la tête et regarda à son tour. Une petite tête en forme de cœur les scrutait à travers le feuillage.

— Qu'est-ce qui vous fait dire cela ?

— Notre présence aurait dû le faire fuir.

— Peut-être est-il attiré par notre fromage ?

— Non. Il a un problème.

Ross se leva, déboucla son baudrier et posa son épée contre le rocher.

— Qu'allez-vous faire ?

— Grimper à l'arbre et voir de quoi il retourne.

Il prit son élan, empoigna la plus basse branche et se hissa dessus avec une agilité étonnante pour sa taille. Puis il disparut dans le lacis des feuillages et seuls des froissements permirent à Catlyn de suivre les progrès de son ascension.

— Ross ? appela-t-elle, inquiète.

Mathew et deux autres levèrent la tête de leur repas.

— Voilà qu'il fait encore des siennes ?

— Il est allé chercher un écureuil.

— Pour le manger ?

— Oh ! non ! Il pense que l'animal est en difficulté.

Elle fouilla la frondaison du regard et repéra de nouveau l'écureuil.

— D'ailleurs, il est encore là. Mais cela n'a pas l'air de se passer très bien.

Le rameau sur lequel était perchée la petite bête oscillait dangereusement et son occupant poussait des cris stridents, comme s'il essayait en vain de s'enfuir. Le vacarme s'intensifia, entremêlé de jurons malsonnants.

— Tiens-toi tranquille, bon sang ! J'essaie de te… Ouille !

— Allons bon ! Voilà qu'il l'a mordu, s'esclaffa Mathew.

— Il essayait seulement de l'aider… murmura Catlyn.

— Oui, c'est toujours le problème avec Ross. Lorsqu'on met son nez dans les affaires des autres sans qu'ils vous le demandent, cela ne fait souvent qu'empirer les choses.

Un silence étrange régnait à présent dans la frondaison.

— Ross, vous allez bien ?

— Bien ? Pas exactement. Préparez un bandage. Je descends.

Catlyn s'empara du morceau d'étoffe qui leur avait servi de

nappe et revint en courant vers l'arbre, au moment où Ross se laissait glisser à terre. Il avait ôté son tabard qu'il portait à la main, enroulé autour de l'écureuil qui ne cessait de glapir. Un filet de sang s'égouttait de son pouce droit.

— Mais vous êtes blessé ! s'écria Catlyn en se précipitant vers lui.

— Juste une égratignure. Quelqu'un pourrait-il se charger de cet animal pendant que je me soigne ?

Les trois guerriers endurcis qui assistaient à la scène reculèrent comme un seul homme et s'enfuirent sans demander leur reste.

— Espèce de lâches ! cria Ross, qui se tourna vers Catlyn. Vous voulez bien m'aider ?

— Volontiers.

Il la remercia d'un sourire.

— Voilà une fille courageuse !

Agenouillé sur le sol, il manipula l'écureuil avec délicatesse.

— Quelqu'un lui a tiré dessus avec un arc. La flèche s'est fichée dans sa queue et l'a clouée à la branche.

— Oh ! mon Dieu !

Catlyn s'accroupit près de lui.

— Combien de temps croyez-vous qu'il soit resté ainsi ?

— Pas la moindre idée.

Il enveloppa la tête et le corps de l'écureuil dans la tunique, ne laissant dépasser que la queue ensanglantée dont le bout avait été complètement coupé.

— C'est arrivé quand je l'ai libéré, expliqua Ross. Mat ! Apportez-moi de la poudre jaune. Vous en trouverez dans le sac de médecine.

Mathew apporta le médicament demandé et le tendit à Catlyn avant de battre prudemment en retraite. La jeune femme étala une généreuse quantité d'onguent sur la queue de l'animal, tandis que Ross le maintenait. Quelques instants suffirent pour que la plaie cesse de saigner.

— Un remède qu'il est utile d'avoir sur soi, commenta la

jeune femme. Il est rare qu'un homme soit aussi expert en matière de soins.

— Achillée et calendula. Ma mère a enseigné à tous ses enfants les rudiments de la médecine, afin qu'ils puissent parer au plus pressé le cas échéant.

Il inspecta la blessure et hocha la tête.

— Cela ira. Reculez-vous, je vais le lâcher.

L'écureuil s'extirpa de la tunique, se secoua et bondit vers les bois.

— Devons-nous le suivre pour nous assurer qu'il va bien ? s'inquiéta Catlyn.

— Le suivre ? Même le grand Harry n'en serait pas capable ! Tout ira bien pour lui, ne vous inquiétez pas. De toute façon, nous avons fait tout ce que nous pouvions.

Catlyn hocha la tête, étonnée que Ross se soit donné tant de mal pour venir en aide à un écureuil. Peu de gens en auraient fait autant, surtout après avoir été mordus.

— Et votre pouce, comment va-t-il ?

— Une simple égratignure.

— Laissez-moi voir !

— Pas question, il saigne encore un peu. Où avais-je la tête ? Je vous ai demandé de m'aider, en oubliant que vous ne supportiez pas la vue du sang.

— Cette fois, cela ne m'a rien fait. J'étais si occupée à me rendre utile que je n'ai pas eu le temps de me souvenir du jour où… où j'ai découvert mon frère.

Ross lui posa une main sur l'épaule et la pressa doucement.

— Peut-être êtes-vous hantée par cette scène parce que vous n'avez rien pu faire pour lui ?

— Oui, je suppose. Ce jour-là, je me suis sentie tellement impuissante ! J'aurais voulu pouvoir le rappeler à la vie.

— J'ai déjà ressenti cela, quand j'ai perdu des hommes dans une bataille.

Le regard qu'il plongea en elle était teinté d'une indicible tristesse. Une tristesse qu'elle comprenait si bien… Les derniers vestiges de sa colère s'évanouirent. L'homme qu'elle avait épousé était un chevalier dans le plein sens du terme, elle ne devait pas l'oublier. Pour lui, défendre les plus faibles était aussi naturel que de respirer. A la taverne, il avait agi de son mieux pour la protéger. C'était à elle de lui montrer qu'elle était parfaitement capable de veiller sur elle-même à l'occasion.

— Montrez-moi votre pouce, intima-t-elle.

Elle s'empara de sa main, malgré les faibles protestations de Ross. Les trois marques de dents laissaient suinter un filet de sang. Cette vue lui retourna l'estomac, mais c'était seulement l'inquiétude. Elle mesura une dose de calendula et d'achillée, qu'elle saupoudra sur la blessure.

— Ne bougez plus, ordonna-t-elle en déchirant le morceau d'étoffe en minces lanières.

— Ce n'est pas nécessaire, je vous assure !

— Je ne vais tout de même pas laisser mon mari reprendre la route avec une blessure pas soignée ! Pas plus que vous n'avez pu laisser votre femme dans l'embarras avec ces barils de whiskey mal étiquetés, ajouta-t-elle non sans ironie.

— Aïe !

— Vous ai-je fait mal ?

— Oui, votre réflexion m'a atteint au vif. Vous avez la langue acérée !

Une lueur de gaieté dansait dans les yeux de Ross et son sourire était particulièrement désarmant. Catlyn se dérida aussitôt. Dieu, que tout cela lui avait manqué depuis ce matin ! Cette chaleureuse et joviale camaraderie…

— Je n'aime pas quand nous nous querellons, avoua-t-elle dans un murmure.

Il se rapprocha d'elle, sa poitrine frôlant la sienne. Il ne la prit pas dans ses bras, mais elle sentit tout de même sa chaleur à travers les épaisseurs d'étoffe et de métal qui les séparaient.

— Ni moi. Quand nous serons à la maison, je vous promets de faire mon possible pour me racheter.

Catlyn hocha la tête. Cela la touchait d'entendre Ross appeler Kennecraig sa maison.

— Tout ce que je vous demande, c'est de me demander si j'ai besoin d'aide avant de vouloir résoudre mes problèmes.

— D'accord ! Je tâcherai de me souvenir que j'ai épousé une femme indépendante !

L'après-midi touchait à sa fin lorsqu'ils atteignirent enfin Kennecraig. Les sentinelles postées sur le rempart de l'ouest répondirent à l'appel de Ross et firent descendre le monte-charge à l'aide du treuil. Ross fit monter d'abord Catlyn, laissant à Mathew le soin des provisions.

Lorsqu'il atteignit à son tour le sommet de la muraille, il fut entouré par la foule des Boyd qui se pressaient sur le chemin de ronde. Adair lui assena une claque amicale dans le dos.

— Bravo, mon gars ! Catlyn dit que vous avez vendu le whiskey et rapporté du ravitaillement.

— Tout le monde est-il revenu sain et sauf ? s'enquit Dora.

— Oui, Dieu merci.

Ross descendit du monte-charge et le renvoya en bas.

— Mathew va diriger les opérations et s'assurer que tout le chargement arrive en bon état.

— A-t-il pris tout ce que j'avais noté sur ma liste ?

— Oh ! oui ! Mon cousin est un homme de parole. Mais où est Catlyn ?

— Elle est allée voir sa mère, je suppose. Elle a tout juste pris le temps de m'embrasser.

Ross toussota.

— Roland est-il revenu de Doune ? s'informa-t-il.

— Pas encore, grogna Adair. L'imbécile ! Ils ont filé tous les trois pendant que j'étais occupé dehors dans les champs d'orge. J'espère qu'il ne leur est pas arrivé malheur au moment où nous parlons.

— Tous les trois ? répéta Ross.

Un muscle se contracta dans sa joue. Ainsi, Eoin et Wesley faisaient partie du complot !

— Roland est bien arrivé à Doune en tout cas.

Peu désireux d'évoquer le problème en public, il entraîna Adair en bas, dans la cour déserte, et lui conta par le menu ce qui s'était passé chez maître David.

— Par tous les saints, a-t-il perdu l'esprit ? se récria le capitaine. Discréditer Catlyn et vendre le dix ans d'âge !

Ross hésita un instant. Devait-il évoquer aussi l'agression de Catlyn ?

— Croyez-vous que Roland soit capable de lui faire du mal ? Je veux dire physiquement.

Adair écarquilla les yeux.

— C'est vrai qu'il est bizarre depuis la mort de lord Thomas. Mais de là à blesser notre Catlyn… Non, je ne peux pas le croire. Il la connaît depuis qu'elle est née.

Catlyn surgit soudain du donjon et se précipita vers eux.

— Avez-vous vu maman, Adair ? Je suis inquiète, elle n'est pas dans sa chambre.

— Oui, je sais où elle est. *Quelqu'un* lui a suggéré qu'elle se rendrait fort utile en s'occupant du page de sir Ross. A cette heure-ci, ils doivent être tous deux dans le jardin.

Catlyn tourna vers Ross un regard embué de larmes.

— Est-ce vous qui…

— Callum avait besoin d'un peu d'activité. J'ai pensé bien faire en lui assignant la tâche de veiller sur votre mère.

— Et réciproquement ! Oh ! Ross…

Elle lui enserra le visage dans ses mains et le gratifia d'un baiser passionné, sous le regard stupéfait d'Adair.

— Il y a des occasions où votre propension à vous mêler de tout n'est pas si malvenue, après tout…

Ross examina le visage radieux levé vers lui.

— Je savais que vous finiriez par apprécier mes bons côtés.

— Dites donc, vous deux ! intervint Adair d'un ton sévère.

Ross échangea un regard gêné avec Catlyn.

— Je n'ai pas eu le temps de vous en informer, Adair, mais il s'est passé encore autre chose à Doune. Catlyn et moi nous sommes mariés.

Adair haussa les sourcils, stupéfait.

— Quoi ?

— Ce n'est pas exactement un mariage mais un *handfasting*, expliqua hâtivement Catlyn.

Ross n'apprécia guère la restriction.

— Jusqu'à ce qu'un prêtre vienne nous bénir, ajouta-t-il aussitôt.

— Mariés, vous deux ?

Adair les dévisagea l'un après l'autre et partit d'un bel éclat de rire.

— Vous êtes… déçu ? questionna Catlyn d'une petite voix.

— Moi ? Pas le moins du monde, affirma-t-il en s'essuyant les yeux. J'étais seulement en train de me dire que votre union ne serait pas de tout repos. L'hiver risque fort d'être animé à Kennecraig.

— Oh ! les derniers jours ont été déjà assez trépidants, assura Ross avec un sourire.

Et se tournant vers Catlyn :

— Allez donc voir votre mère, mon amour. Adair et moi avons quelques questions de stratégie à mettre au point.

Son *amour* le toisa avec une visible méfiance.

— A condition que vous m'informiez ensuite de vos arrangements !

Ensuite ? Ross n'espérait qu'une chose — être enfoui avec elle sous les draps d'un bon lit moelleux pour y vivre enfin unc nuit de noces digne de ce nom.

Catlyn allait lentement d'un tonneau à l'autre, examinant chaque fût en scrutant les étiquettes à la lueur de sa lanterne. Il y avait des heures qu'elle se livrait à cette vérification et les jambes lui rentraient dans le corps. Mais elle était décidée à savoir coûte que coûte jusqu'où Roland avait pu aller dans ses manigances.

— *Hello !* appela soudain la voix de Ross.

Il apparut dans le cercle de lumière, un sourire nonchalant aux lèvres et un plateau dans les mains.

Catlyn se redressa avec un gémissement et frictionna ses reins douloureux.

— Que faites-vous ici ?

— Je vous apporte un en-cas.

— Mais je n'ai pas le temps de manger. Je dois vérifier tous les tonnelets.

— Il faut vous restaurer, sinon vous n'aurez pas la force de continuer. Moi aussi, d'ailleurs. Nous avons tous deux sauté le dîner.

— Où étiez-vous donc ?

— Je suis allé faire un petit tour au camp de Guthrie.

— Ross ! Vous auriez pu vous faire prendre…

— Je sais me déplacer avec discrétion. D'ailleurs, les Fergusson étaient partis.

— Et cela vous préoccupe ?

— Tout ce qu'ils font m'inquiète.

— La vie à Doune a peut-être plus d'attrait pour eux. Vous ne m'avez pas dit ce qui s'était passé quand vous êtes retourné au Bouclier de Bronze. Hakon s'y trouvait-il ?

— Venez donc manger, ma mie.

Catlyn soupira et se laissa entraîner vers le bureau.

— Je n'ai pas faim, marmonna-t-elle, tandis qu'il disposait le plateau sur la table.

Mais son estomac émit un grondement qui contredit ses paroles.

Ross lui sourit.

— Nous pouvons parler en mangeant. J'aimerais savoir si vous avez découvert d'autres anomalies.

La perspective de converser avec lui était plus tentante que la nourriture. Elle s'assit, tandis que Ross ôtait la serviette qui recouvrait le plateau, dévoilant de la viande froide, des galettes d'avoine et des pommes cuites.

Catlyn choisit une cuisse de poulet. Entre deux bouchées, elle apprit à Ross qu'elle avait retrouvé les dix tonnelets initialement choisis pour être livrés à Doune.

— Ils étaient posés sur le sol, derrière la deuxième rangée

d'étagères. Je les ai reconnus aux marques que j'avais tracées sur le dessus. A part cela, je n'ai rien découvert d'anormal.

Dégoûtée, elle reposa la cuisse à demi mangée.

— Roland a voulu jeter la honte sur moi et persuader maître David que j'étais indigne de diriger la distillerie.

— Eh bien, il n'a pas réussi ! Je lui ferai subir un petit interrogatoire dès qu'il sera de retour.

— La direction de la distillerie me regarde, lui rappela-t-elle d'un ton sec.

— Ai-je interféré dans la fabrication de votre whiskey ?

— Non, mais vous n'arrêtez pas de fourrer votre nez dans…

— Je ne me permettrais pas non plus de vous donner des conseils sur la distillation, poursuivit-il comme s'il n'avait pas entendu. Mais les questions de sécurité sont de mon ressort. Punir un traître qui a essayé de vous discréditer et de nuire au *finglas*, c'est mon affaire.

Catlyn exhala un soupir. L'idée d'affronter Roland n'avait rien de réjouissant et elle était prête à céder, pour une fois.

— Très bien. Lorsqu'il sera rentré, nous déciderons ensemble de la meilleure façon de gérer cette histoire.

Ross approuva d'un sourire.

— Mangez donc à présent. Le cuisinier s'excuse de la frugalité du repas. Demain, il y aura un banquet pour célébrer notre mariage.

— J'espère qu'Eoin ne sera pas revenu d'ici là !

Elle ne souhaitait aucun mal au jeune homme, bien sûr. Mais sa présence risquait de jeter une ombre sur la fête.

— Oh ! Eoin va devoir se tenir tranquille.

— Qu'allez-vous lui faire ?

— Pas le moindre mal, la rassura-t-il. Mais il faut qu'il sache que vous êtes mienne à présent. Sans doute comprendra-t-il tout seul dès qu'il nous verra ensemble.

— Comment cela ?

— Catlyn ! Il faudrait être aveugle pour ne pas discerner la passion qui nous unit !

Elle acquiesça, subjuguée par l'ardeur qui brûlait dans ses

yeux. Cette fièvre répondait à une flamme semblable en elle, une flamme qui ne demandait qu'à se ranimer lorsque Ross était ainsi tout près d'elle.

— Quand vous me regardez ainsi, ma mie, je suis perdu.

Il l'aida à se lever et la saisit dans ses bras.

— Je ne croyais pas qu'on pouvait désirer quelqu'un aussi fort que je vous désire !

Catlyn sentit la preuve tangible de cette déclaration se presser contre son ventre et tout son corps fondit d'anticipation. Dieu, qu'ils étaient bien accordés ! La bouche de Ross se posa sur la sienne et les lèvres de Catlyn s'ouvrirent d'elles-mêmes, prêtes à accueillir le voluptueux ballet de leurs langues entremêlées. Les mains de Ross allaient et venaient dans son dos avec une insinuante douceur. Elle se rappela tout ce que savaient faire ces doigts habiles et le désir s'intensifia en elle, lancinant.

— Allez fermer la porte, lui chuchota-t-elle lorsqu'il releva enfin la tête.

— Montons plutôt dans notre chambre.

— C'est bien trop loin !

Elle avait raison, il le savait. Il alla barrer la porte, puis se retourna. Seigneur, qu'elle était ravissante ! Son regard s'attarda sur le corselet de sa robe brune, dont l'étoffe se tendait sur ses seins. Ce soir, c'était leur nuit de noces, et il avait bien l'intention d'en faire un moment inoubliable pour eux deux.

Otant sa tunique, il s'avança lentement vers elle et adora la façon dont elle écarquilla les yeux, caressant du regard son torse nu nimbé de lumière.

— Ross…

— A votre tour !

Il délaça le dos de sa robe dont il fit glisser un pan sur son épaule, embrassant et léchant chaque parcelle de peau dénudée. Catlyn n'était plus que frissons lorsqu'il découvrit l'autre épaule et fit lentement descendre les manches le long de ses bras. Ses mamelons pointèrent, durs et gonflés, tandis qu'il exposait ses seins à la lumière.

— Encore plus beaux que dans mon souvenir, chuchota-t-il en les enrobant de ses deux mains pour les soupeser.

Puis sa bouche se referma sur l'un des tétons et Catlyn gémit, la tête rejetée en arrière dans un geste d'abandon. Les doigts enfoncés dans ses cheveux, elle l'attira plus près encore.

— Oh ! continuez !

Ross n'avait pas besoin de cet encouragement. Il brûlait déjà, si affamé d'elle qu'il faillit la prendre là, tout de suite. Mais c'eût été trop brutal, trop facile. Il voulait procéder avec lenteur, faire naître progressivement le plaisir de leurs corps en émoi. Luttant pour ne pas céder à l'impulsion, il leva la tête pour la contempler.

— S'il vous plaît… gémit-elle. Ne me laissez pas.

— Jamais.

Il lui reprit la bouche avec une ardeur dévorante, satisfaisant tout ce qu'elle attendait d'un baiser. Perdue dans une brume, elle sentit les mains de Ross s'activer autour de sa taille, de ses hanches, tirant sur l'étoffe de sa robe qui glissa lentement le long de son corps. Puis une légère fraîcheur l'enveloppa soudain et elle comprit qu'elle était nue. Mais elle n'en éprouva pas de honte, au contraire. Ce qui dominait en elle, c'était un merveilleux sentiment de liberté. Les bras noués autour de son cou, elle se cambra dans son étreinte et s'aperçut alors qu'il était nu, lui aussi.

La sensation de ce corps musclé moulé contre le sien était si exquise qu'elle soupira de plaisir.

— J'ai envie de vous, chuchota-t-elle en le caressant ainsi qu'il lui avait appris à le faire.

Il s'écarta légèrement.

— Pas si vite, ma belle. Vous allez m'ôter tous mes moyens.

— Dépêchez-vous, alors. Je ne peux plus attendre !

— Catlyn…

Il la souleva dans ses bras, balaya d'un geste tout ce qui encombrait la table et la coucha tout près du bord.

Elle sentit le bois frais sous ses reins, étrange contraste avec sa peau brûlante et cette ardeur qui courait dans ses veines.

Un frisson la parcourut et elle attira Ross vers elle, impatiente de sentir sur elle son poids et sa chaleur.

Il résista, les paupières entrouvertes, et lui écarta doucement les cuisses pour la caresser.

— Vous me désirez autant que je vous désire !

— Oh ! oui, et plus encore. Ne tardez plus, s'il vous plaît !

Elle se sentait trembler, à la limite de l'évanouissement. Elle sentit alors les cuisses dures et puissantes de Ross se caler entre les siennes et il se pencha pour l'embrasser de nouveau, affamé, exigeant.

— Venez ! intima-t-elle dans un halètement.

D'un mouvement lent et sûr, il la ploya en arrière et la pénétra du même coup, la remplissant tout entière, lentement, irrévocablement.

Catlyn se laissa envahir par un sentiment ineffable. Subjuguée par la beauté de cet instant, elle sentit les larmes monter tandis qu'elle gémissait le nom de Ross, incapable de contenir davantage le flot d'émotions qui déferlait en elle. Les hanches soulevées vers lui dans un geste d'offrande, elle accompagnait le mouvement de reins de son amant tandis que la tension montait en elle, de plus en plus forte, de plus en plus exigeante.

Le rythme s'accéléra jusqu'à l'entraîner au bord du gouffre.

Follement cramponnés l'un à l'autre, ils se laissèrent finalement emporter sur le sommet de la vague, plus haut, plus loin encore qu'ils n'étaient jamais allés. Leurs cris de jouissance se mêlèrent tandis que leurs corps se fondaient l'un dans l'autre, indissociables. Une seule chair, une seule âme…

Il se passa quelques instants avant que Ross ne relève la tête.

— Seigneur ! C'est un miracle que nous n'ayons pas allumé un incendie autour de nous.

Elle ouvrit un œil, la bouche incurvée dans un sourire comblé.

— Sommes-nous sur la table dont vous parliez ?

— Oui, c'est la table sur laquelle mes ancêtres ont fait l'amour. Leurs jumeaux, s'il faut en croire la chronique, naquirent exactement neuf mois plus tard.

Ross lui caressa la joue de sa paume calleuse et lui rendit son regard — un regard si incroyablement tendre tout à coup.

— Et si nous avions fait un enfant ce soir ?

Catlyn sentit quelque chose s'épanouir en elle : l'espoir d'avoir un jour un enfant de Ross. C'était un désir nouveau pour elle, auquel elle n'avait jamais pensé.

— Il me serait plus cher que quiconque — sauf vous !

— Catlyn…

Il attira sa tête contre son torse et elle entendit battre follement son cœur sous son oreille.

— Je n'aurais jamais cru possible d'aimer quelqu'un autant que je vous aime.

Sa voix vibrait, rauque d'émotion. Lorsqu'il baissa les yeux vers elle, elle constata qu'ils étaient embués de larmes. Jamais elle n'avait imaginé qu'elle serait aussi émue en voyant un homme manifester ainsi son amour. Ce n'était pas une faiblesse, bien au contraire. Ross était assez viril et assez fort pour ne pas craindre d'extérioriser ce qu'il ressentait.

— Montons, chuchota-t-elle. Je veux que vous me fassiez l'amour toute la nuit !

— Avec plaisir, ma femme.

Le plaisir fut au rendez-vous pour tous les deux. Mais il leur fallut longtemps, longtemps, pour atteindre enfin la chambre de Catlyn et poursuivre leurs ébats dans son grand lit à colonnes.

Chapitre 16

Catlyn redescendit lentement sur terre, encore si languide qu'elle avait du mal à bouger. C'était la nuit, et seule la flamme de la veilleuse éclairait la pièce.

— J'ai déchaîné une créature insatiable, chuchota Ross dans son dos.

Les mains qui l'avaient propulsée à de telles hauteurs après qu'elle l'eut réveillé d'un baiser lui caressaient doucement l'échine.

— Hmm… exhala-t-elle en se nichant contre lui, les jambes entrelacées aux siennes.

Elle tourna la tête pour déposer un baiser sur sa poitrine.

— Vous vous en plaignez, mon mari ?

— Loin de moi cette idée. Je ne croyais pas rencontrer un jour une femme qui me complèterait aussi bien.

L'oreille plaquée contre le torse de Ross, Catlyn sourit en entendant son cœur s'accélérer, émue qu'il soit si sensible à sa proximité physique. Elle détenait un pouvoir sur lui, c'était indéniable. Et elle en était fière !

— Je vous aime, chuchota-t-elle.

Trois coups retentirent soudain à la porte de la chambre.

— Catlyn ? appela la voix d'Eoin. Il faut que je vous parle !

La jeune femme tressaillit et échangea un regard avec Ross.

— Laissez, intima-t-il. Je m'en occupe.

Il rejeta les couvertures et ramassa ses braies, qu'il enfila en hâte. Puis il traversa la pièce, torse nu.

Catlyn s'assit dans le lit et remonta les couvertures jusqu'à son menton.

— Allez-y doucement avec lui ! chuchota-t-elle.

— Doucement ? Il n'en mérite pas tant, le diable l'emporte !

— Catlyn ! insista Eoin. C'est urgent. Je dois…

Ross ouvrit brutalement la porte.

— Qu'est-ce qui vous prend de nous déranger à cette heure ?

Eoin écarquilla les yeux et sa bouche s'ouvrit toute grande, sans que le moindre son en sorte. A en juger par ses vêtements boueux et la barbe qui ombrait son menton, il venait juste d'arriver et n'avait pas eu le temps d'apprendre la nouvelle.

— Qu'est-ce que cela signifie ? s'écria-t-il enfin.

Il examina tour à tour les deux jeunes gens et comprit.

— Espèce d'infâme crapule ! hurla-t-il en se jetant sur Ross.

Ross l'empoigna par le devant de sa tunique et le plaqua contre l'encadrement de la porte.

— Cela signifie que nous sommes mariés !

— Mariés ?

Eoin s'étrangla à ce mot. Incrédule, il tourna vers Catlyn un regard horrifié.

— Vous avez épousé ce voleur, ce… ce…

— Ross et moi sommes mari et femme à présent, confirma Catlyn, aussi gentiment qu'elle le put.

— Mais il nous a trahis ! Il a vendu nos secrets à Hak…

— Cela suffit ! intima Ross en le secouant.

— Eoin, je sais que vous êtes bouleversé, intervint Catlyn, mais ce n'est pas une raison pour raconter des mensonges sur Ross.

— Mais ce ne sont pas des mensonges ! Je l'ai vu de mes yeux donner des papiers à Hakon. Et j'ai entendu aussi. Il lui a dit que c'étaient les plans de la distillerie et la recette de notre whiskey.

Catlyn déglutit.

— C'est impossible, voyons ! Cela ne peut pas être vrai.

Elle se tourna vers Ross, attendant un démenti. Son silence la glaça jusqu'aux os. Elle eut l'impression que son cœur s'arrêtait de battre.

Ross poussa Eoin dehors.

— J'ai besoin de parler seul à seule avec Catlyn. Décampez à présent ! Je vous tords le cou si vous vous avisez de nous déranger de nouveau.

— Catlyn, je reste dans le corridor ! cria Eoin. Si vous avez besoin de moi, vous…

Ross claqua la porte, étouffant ainsi la fin de la phrase. Puis il remit la barre et appuya un instant les mains sur le panneau de chêne, comme pour y puiser la force nécessaire à ce qui allait suivre. Catlyn vit tressauter les muscles puissants de son dos et comprit alors que c'était vrai. Oui, il les avait trahis ! Elle sentit son cœur sombrer dans sa poitrine et se leva du lit où ils avaient fait l'amour toute la nuit avec tant d'indicible bonheur. Cette joie était gâtée à présent.

D'un geste fébrile, elle saisit sa robe de chambre au pied du lit et l'enfila. La légère douleur qu'elle éprouvait dans ses muscles lui rappela tout ce qu'ils avaient fait ensemble, toute cette intimité partagée, et elle sentit une nausée lui tordre l'estomac.

Ross se retourna.

— Catlyn, écoutez-moi !

Elle fixa la porte juste au-dessus de lui, craignant de fondre en larmes ou de laisser exploser sa fureur si elle le regardait dans les yeux.

— Allez-y, je suis curieuse de savoir ce que vous avez à me dire.

Il s'avança vers elle et lui tendit la main. Mais au grand désespoir de Ross, elle s'écarta comme si son contact la rebutait désormais.

— C'est une longue histoire et vous devez être fatiguée. Ne voulez-vous pas vous asseoir ?

Elle secoua la tête.

— C'est pour cela que vous êtes allé au Bouclier de Bronze, n'est-ce pas ? Pour y rencontrer Hakon et lui dévoiler tous nos secrets !

— J'y ai effectivement vu Hakon, mais…

— Quand il vous a attaqué devant nos portes, cela faisait

partie du stratagème, je suppose ? Vous espériez gagner ainsi notre confiance.

— C'était l'idée de Hakon, pas la mienne. J'ignorais qu'il avait l'intention de nous tendre une embuscade. Deux de mes hommes ont été blessés dans cette escarmouche !

— Mais vous vous êtes introduit céans afin de nous voler nos secrets pour mieux les livrer à cet homme.

Le chagrin distordait son beau visage et sa voix était rauque de larmes contenues. Ross en avait le cœur déchiré. Mais que pouvait-il dire ? Comment lui faire comprendre qu'il n'avait pas planifié de leur nuire ?

— Il a exercé sur moi un ignoble chantage pour m'obliger à venir ici, c'est un fait. Mais j'ai vite compris que ce qu'il voulait vraiment, ce n'était pas de simples dessins des lieux. Il voulait Kennecraig.

— Dieu que nous avons été naïfs ! Moi encore plus que les autres…

Grelottante, elle croisa les bras sur sa poitrine. Elle avait froid tout à coup, si froid…

— Comment ai-je pu croire un seul instant en vos mensonges ?

— Je ne vous ai pas menti. Sauf…

Mais elle ne l'écoutait pas.

— Comment ai-je pu coucher avec vous ? Comment ai-je pu vous aimer ? continua-t-elle en une douloureuse litanie.

Le dernier mot fut prononcé dans un murmure à peine audible, tandis que les larmes longtemps réprimées glissaient sur ses joues blêmes. Ross lui saisit les épaules, malgré son geste de recul.

— Je ne vous ai pas menti quand je vous ai dit que je vous aimais. Souvenez-vous d'hier soir, de cette nuit. Comment pouvez-vous croire un seul instant que c'était un mensonge ?

Elle tremblait dans son étreinte, mais ne tenta pas de se dégager.

— Je pense en effet que vous êtes un amant très habile,

déclara-t-elle d'une voix glaciale, en fixant sur lui un regard noir de ressentiment. Et un manipulateur de première classe !

— Je vous aime, Catlyn, c'est la vérité, je le jure sur tout ce qui m'est cher !

— Vous vous êtes servi de moi pour prendre le contrôle de Kennecraig et de la distillerie. Voilà tout !

Des coups violents retentirent à la porte.

— Catlyn ! Vous allez bien ?

C'était Adair, cette fois. Sans doute alerté par Eoin.

Catlyn hésita, puis releva le menton.

— Je vais bien, ne vous inquiétez pas.

— Catlyn, ouvrez-moi sur-le-champ ! Quant à vous, Ross Sutherland, si vous avez osé lui faire le moindre mal, je vous pendrai de mes propres mains, je le jure !

Ross poussa une exclamation de dépit. Comment la convaincre de son innocence à présent ? Sans doute n'en aurait-il plus jamais l'occasion.

— Catlyn, si vous vouliez bien me laisser tout vous raconter depuis le début, je…

— Oh ! vous êtes très doué pour cela ! Distordre les mots et arranger les choses à votre convenance !

Elle recula brusquement et il ne tenta pas de la retenir.

— Mais à présent, je sais qui vous êtes et vous ne me tromperez plus. Vous ne réussirez pas, Ross Sutherland. Même si je dois pour cela vous précipiter dans les oubliettes du château !

Ce ne fut pas dans les oubliettes en fin de compte, mais dans la tonnellerie qu'on enferma Ross et ses hommes. Les caves étaient occupées par la distillerie et Roland s'était montré intraitable — il ne voulait pas qu'on héberge les traîtres dans son domaine. Aussi Adair et les autres Boyd avaient-ils conduit les prisonniers là-haut, à l'exception de Dallas, resté introuvable. Et de Callum. Lady Jeannie avait été si bouleversée lorsqu'on était venu le chercher qu'Eoin avait cédé et avait laissé le page auprès d'elle.

— Qu'allons-nous faire à présent ? s'enquit Mathew.

Avec un soupir, Ross se détourna de la fenêtre. Ses hommes étaient assis autour de lui, qui sur des tonneaux retournés, qui en tailleur à même le sol. Certains portaient leur cotte de mailles, ayant été arrêtés tandis qu'ils montaient la garde. D'autres avaient été tirés du sommeil par les Boyd furieux. Cette fois, on leur avait confisqué leurs armes, même leurs couteaux à découper la viande. Eoin avait parlé de les pendre sur-le-champ, mais l'opinion d'Adair, plus posée, avait finalement prévalu.

Ross aurait dû en être reconnaissant. Mais il lui était difficile de se réjouir de quoi que ce soit, tant le visage de Catlyn, aux traits ravagés par le chagrin, était encore présent à son esprit. Tout ce qu'il était capable de ressentir en cet instant, c'était une indicible souffrance. Et du regret !

Mathew traversa la pièce et vint poser une main sur son épaule.

— Ross ? Cessez de vous faire des reproches, voulez-vous ?

— Et qui puis-je blâmer, sinon moi-même ?

— Hakon. C'est sa cupidité qui est la cause de tout.

— Non, c'est ma faute. J'aurais dû deviner qui il était et refuser de signer cette maudite reconnaissance de dette.

— Vous ne pouviez pas savoir.

Ross secoua la tête.

— J'aurais dû lui passer mon épée au travers du corps derrière le Bouclier de Bronze.

Il s'appuya contre le mur, les poings serrés contre ses flancs.

— Tuer un homme de sang-froid, ce n'est pas votre genre.

— J'aurais dû faire une exception pour celui-ci !

— Vous aurez peut-être la chance de réparer cela, grogna Mathew. Mais en attendant, que faisons-nous ?

Découragé pour la première fois de sa vie, Ross se laissa glisser le long du mur et s'assit sur le sol.

— Je ne vois rien à faire. Même si elle accepte de me laisser parler, lui expliquer que Hakon n'était pas réellement intéressé par la recette ne m'avancera à rien.

Mathew s'accroupit devant lui et le foudroya du regard. Son habituel optimisme avait laissé place à la colère.

— Réveillez-vous, bon sang ! Ce qui est fait est fait, nous ne pouvons plus rien y changer. A présent, il nous faut trouver un moyen de nous sortir de ce guêpier.

— Oh ! je ne pense pas qu'ils vous tueront, si c'est cela qui vous inquiète. C'est à moi qu'ils en veulent.

— Au diable ! Ce n'est pas ce que je veux dire. Et si Hakon attaque le château ?

— Je n'y avais pas pensé, avoua Ross.

Son esprit semblait avoir tout bonnement cessé de fonctionner ! L'image de Catlyn avec son expression horrifiée ne cessait de le hanter. Il était incapable de songer à quoi que ce soit, sinon qu'il l'avait perdue — par sa faute !

— Je suppose que dans ce cas, ils feront sauter la distillerie.

— Et cette pièce avec ! lui rappela Mathew.

Ross hocha la tête.

— Tout à l'heure, je demanderai à parler à Adair.

Il avait besoin d'un peu de temps avant d'affronter le conseiller, dont la désillusion devait être amère.

— Je lui demanderai de vous mettre ailleurs. Ou alors j'essaierai de m'entretenir avec Eoin. Il veut tellement ma mort qu'il vous accordera peut-être la vie sauve en échange.

Mathew le saisit par les épaules.

— Qu'est-ce qui ne va pas avec vous ? C'est la première fois que je vous vois dans un état pareil ! A vous entendre, on croirait que vous avez baissé les bras.

— C'est peut-être le cas, admit Ross d'un ton morne. C'est comme si on m'avait arraché une partie de moi.

D'un geste lent, il se pencha en avant et posa son front sur ses genoux.

— Je suis fatigué, murmura-t-il. Tellement fatigué…

Mathew l'examina, stupéfait.

— Qu'est-ce qu'il a donc ? s'enquit Nigel Sutherland dans un chuchotement.

— Il a perdu la volonté de se battre, répliqua Lang Gil.

J'ai déjà vu cela chez d'autres, dans la bataille. Quand tout espoir les a désertés... J'en ai vu qui se plaçaient dans la trajectoire d'une flèche sans même s'en apercevoir. Cela leur était devenu égal.

Mathew émit un gémissement. Ross avait toujours été le chef et il l'avait constamment suivi avec une aveugle confiance. Sans lui, il avait l'impression de marcher au bord d'un précipice. Que faire à présent ? Des images lui revinrent brusquement à la mémoire — Ross distribuant ses ordres avant une bataille, puis les encourageant tous au combat.

Prenant une brusque décision, il se releva et fit signe aux autres de le suivre à l'autre extrémité de la pièce.

— Il ne se pardonne pas d'avoir trahi la dame.

— Et de l'avoir perdue, compléta Lang Gil. Je ne l'ai jamais vu aussi épris !

— Il l'aime, soupira Mathew. C'est la première fois que cela lui arrive.

— Oh ! la dame lui reviendra ! assura Nigel. Celle qui résistera à notre Ross n'est pas encore née.

Mais Mathew n'en était pas aussi sûr. Catlyn avait déjà été trahie une fois, ce qui la rendait vindicative. Et le prétendu crime de Ross pouvait affecter tout l'avenir de son clan.

Inquiet, il jeta un regard vers la silhouette solitaire affaissée contre le mur et pria pour que Lang Gil ait raison.

— En attendant, c'est à nous d'exécuter ses ordres.

— Quels ordres ? s'enquit Nigel.

— Nous sommes censés protéger les Boyd, non ?

— Depuis la tonnellerie ?

Mathew hocha la tête et leur donna ses instructions. A défaut d'autre résultat, il était bon d'occuper les hommes. Ainsi, ils n'auraient pas le loisir de ressasser leurs inquiétudes.

— D'abord, nous allons examiner tous les recoins de cette pièce, au cas où nous trouverions quelque chose qui puisse servir d'arme. Deux d'entre nous resteront postés aux fenêtres et surveilleront les remparts. Dieu merci, nous avons d'ici une excellente vue sur l'entrée de Kennecraig.

Toute la matinée, Mathew s'affaira avec ses hommes, en gardant un œil sur Ross. Malheureusement, son cousin semblait rester étranger à l'activité qui se déployait autour de lui. C'était si étrange de le voir ainsi ! Même le bruit de la porte, que quelqu'un déverrouillait de l'extérieur, ne parvint pas à le tirer de sa léthargie.

Le panneau de chêne pivota et Adair pénétra dans la salle. D'un regard suspicieux, il examina les prisonniers et haussa les sourcils à la vue de Ross.

— Que diable…

— Si vous avez des questions, c'est à moi que vous devez les poser, intervint Mathew. Sir Ross… euh… se repose.

Adair scruta alternativement Ross et son cousin.

— Comment cela, il se repose ? C'est un complot pour vous gagner ma sympathie ?

Mathew allait protester, quand il vit deux serviteurs munis de plateaux pénétrer dans la pièce derrière Adair. Dora les suivait, la mine si bouleversée que Mathew sentit son cœur se serrer à sa vue. Ross avait dû ressentir la même chose lorsque Catlyn avait appris la vérité.

— Je ne vous demande pas de me croire.

Il força un peu sa voix, afin que Dora puisse entendre.

— Mais Ross est ainsi depuis qu'on nous a enfermés ici.

— Sa conscience le taraude ? ironisa Adair.

— Précisément. Dans cette histoire, il est une victime autant que vous. Hakon l'a fait boire et l'a incité à jouer ses terres dans une partie de cartes. Lorsque Ross a émergé de son ivresse, il a cherché un moyen de récupérer ce domaine qui est dans notre famille depuis des générations.

Adair eut une moue de dédain.

— En vendant nos secrets à Hakon ?

— Hakon se moque bien de vos secrets. Cet individu veut le contrôle de Kennecraig et de la distillerie. De toute façon, Ross a délibérément falsifié les plans et la recette qu'il lui a livrés.

— Bref, il a trompé aussi Hakon.

Adair était toujours méfiant, mais son regard semblait tout de même un peu moins furieux.

Encouragé, Mathew décida de profiter de cette occasion, dans l'espoir que ses paroles seraient rapportées à Catlyn, au moins en partie.

— Oui, parce qu'il a compris que Hakon lui avait menti. Il nous avait envoyés ici dans le seul but d'y infiltrer un espion.

— Seamus.

— Exactement. Ross se méfiait de lui et le surveillait. C'est ainsi qu'il a pu sauver la vie de lady Catlyn.

— Et réduire l'homme au silence, de sorte que nous ne puissions le questionner.

— Ross n'a pas eu le choix, pas plus qu'il ne l'a eu au début. Il lui fallait récupérer cette reconnaissance de dette.

— Qu'est-ce qui l'empêchait de nous dire tout simplement la vérité, hein ?

— Soyez honnête, Adair. Vous nous auriez chassés sur-le-champ du château ou enfermés comme vous venez de le faire.

Mathew coula un regard à Ross, qui semblait toujours prostré.

— Dès que nous avons compris ce qui se passait, nous avons essayé de vous aider, argua-t-il.

— Ah oui, vraiment ? ironisa Adair. En brisant le cœur de notre Catlyn !

— Ross l'aime vraiment. Il ne voulait pas lui faire de mal.

— C'est pourtant ce qu'il a fait. Allons, écartez-vous ! Nous vous avons apporté de la boisson et de la nourriture.

— Vous ne voulez pas écouter la suite ?

— Je n'ai ni le cœur ni le temps pour cela. Eoin ne voulait même pas que nous vous donnions à manger.

Mathew recula pour laisser passer les serviteurs. Il essaya de croiser le regard de Dora, mais elle ne tourna pas un seul instant les yeux vers lui, occupée à donner ses instructions aux hommes qui déchargeaient pain, viande et fromage sur la table. Au diable ! Il ne s'était pas rendu compte à quel point l'estime de la jeune femme lui était précieuse.

— Attendez ! cria-t-il, comme les Boyd se dirigeaient déjà vers la porte.

Toutes les têtes se tournèrent vers lui, mais il ne se souciait que de Dora. Il y avait tant de tristesse dans ses yeux rougis par les larmes ! D'un geste instinctif, il tendit la main vers elle pour la réconforter, lui expliquer que ses attentions à son égard n'avaient jamais rien eu de mensonger. Mais Adair s'interposa.

— Laissez-la tranquille ! Elle a assez souffert, elle aussi.

— Je… je voulais seulement lui demander des nouvelles de Callum, notre page.

— Il est avec lady Jeannie. Elle garde l'œil sur lui.

— Soyez vigilant. Certains d'entre vous peuvent chercher à se venger sur lui. Eoin, par exemple…

— Nous savons à qui nous en prendre pour ce qui est arrivé, rétorqua sèchement Adair.

Tournant les talons, il poussa les autres dehors et leur emboîta le pas avant de refermer la porte sur lui.

Resté seul avec les siens, Mathew inclina la tête et pria pour que la petite graine qu'il venait de semer fasse son chemin dans l'esprit des Boyd.

L'après-midi était déjà avancé lorsque Hakon atteignit les montagnes en face de Kennecraig. Les chevaux étaient fourbus par l'allure qu'il leur avait imposée et les hommes arrivaient à peine à se tenir en selle. Mais c'était le prix à payer pour arriver avant la nuit, songea-t-il en jetant un regard sur ses deux otages.

Wesley Boyd se tenait penché sur sa monture, les mains attachées au pommeau et les jambes ligotées sous le ventre du cheval. Les paupières closes, il offrait l'image même de la désolation.

Ah, l'amour avait un prix ! songea Hakon avec un léger sourire. Il revit la tête de Wesley, quand celui-ci avait compris ce qu'exigeait son geôlier en échange de la vie de Margot. Le garçon avait d'abord refusé, en prétendant qu'il ne trahirait jamais son propre clan. Mais il avait totalement changé d'attitude quand Hakon avait ordonné à Murdo de tordre le bras de la fille jusqu'à le lui briser. Margot avait hurlé avant de s'évanouir et Wesley, grelottant, avait promis de faire tout ce qu'on lui demandait pour la sauver. Un plan génial s'il en était !

Mais le sourire de Hakon s'évanouit lorsqu'ils approchèrent du camp sans être hélés par la moindre sentinelle. Où étaient passés les gardes ? Et Guthrie ?

— Déployez-vous ! ordonna-t-il à ses hommes. Il faut voir si…

— Hakon ! cria tout à coup une voix mal assurée.

Dickie Fergusson dévala le flanc de la montagne à leur gauche et s'arrêta abruptement devant lui.

— Où est Guthrie ?

Dickie gratta son crâne difforme.

— Il est allé chasser.

— Quand est-il parti ?

— Euh… Le soleil commençait à descendre.

Voilà qui ne les renseignait pas beaucoup ! Hakon soupira et mit pied à terre avec une grimace. Même son corps endurci protestait contre leur rude chevauchée depuis Doune.

— Il aurait dû attendre. Je lui avais dit que je reviendrais avec du ravitaillement.

— Oh ! il n'est pas allé chercher de la nourriture. C'est du whiskey qu'il voulait. Le tonnelet était vide.

— Du whiskcy ? Comment s'en est-il procuré ?

— C'est moi qui l'ai trouvé. Et du bon ! Il avait dû tomber du chariot que vous avez pris aux Boyd.

— J'en doute. L'un de vous a dû le voler. Et ensuite, vous étiez tous trop soûls pour voir Ross Sutherland quitter le château.

— Mais je surveillais !

— Mal, il faut croire.

Hakon se tourna vers ses compagnons.

— Faites descendre ces deux-là, ordonna-t-il en désignant Wesley et Margot. Et gardez l'œil sur eux, ajouta-t-il en traversant le bosquet pour gagner le camp.

Dickie lui emboîta le pas.

— Je n'ai vu personne sur la route, je vous assure. Et je ne l'ai pas quittée des yeux.

— Ah oui ? Et pourtant Sutherland était bel et bien à Doune !

Dickie écarquilla les yeux. Ses efforts pour comprendre étaient presque comiques. Hakon poussa un juron et s'éloigna, en dispersant d'un coup de pied les plaids abandonnés et les tonnelets d'ale qui obstruaient le passage.

— Voilà tout mon travail ruiné parce que mon imbécile de fils est incapable de rester un seul jour sans boire !

Il s'arrêta net, frappé d'une idée soudaine. Puis il fit volte-face et jeta un regard furieux à Dickie.

— Cet idiot n'est quand même pas allé se soûler à Doune ?

Dickie secoua lentement la tête.

— Non, non ! Guthrie savait bien qu'il ne fallait pas. Il n'a pas dû aller très loin.

— Mais où ? A Kennecraig ?

— Oh ! non ! Il n'aurait pas pu y entrer, c'est trop difficile.

Hakon jeta un coup d'œil vers les deux otages que ses hommes étaient en train de ligoter à un arbre. Wesley et sa chérie… La fille pour qui ce jeune nigaud avait consenti à trahir son clan !

— Moi, j'y entrerai, Dickie. Mais j'ai besoin de Guthrie et de tous nos gars.

Il fallait que tous les Fergusson soient prêts à l'assaut, lorsque Wesley leur aurait ouvert les portes.

Dickie se gratta de nouveau la tête, puis retroussa les lèvres dans un sourire édenté.

— Les paysans… articula-t-il. Ils ont du whiskey !

— Guthrie est allé visiter les fermes des Boyd ?

— Oui. Chercher du whiskey. Et des femmes. Guthrie a dit qu'il allait m'en ramener une.

Hakon l'empoigna par le col et le secoua.

— Triple imbécile ! Je suis entouré par des demeurés !

Il le relâcha si brusquement que l'autre roula sur le sol.

— Les Boyd ont juré d'incendier leurs fermes si nous faisions mine de nous en approcher !

Murdo s'avança vers Hakon.

— Quelle importance ? Nous avons le jeune Wesley pour nous introduire dans la forteresse.

— Mais l'incendie va les alerter, bon sang ! Les fermiers ne vont pas manquer de les informer que c'est à cause de nous. En selle, vite ! Il faut empêcher les nôtres d'arriver à Kenncraig.

Chapitre 17

Penchée sur son livre, Catlyn essayait en vain de se concentrer sur les colonnes de chiffres. Peine perdue ! Son esprit s'évadait sans cesse, revenant inlassablement à ce qui s'était passé la veille, quand Ross et elle avaient fait l'amour sur cette table.

Car pour elle, cela avait été de l'amour, alors que pour lui, ce n'était rien d'autre qu'un pas de plus dans le déroulement de son plan. Des mensonges, seulement des mensonges !

Avec un gémissement, elle serra les paupières pour chasser les images de leurs ébats de son esprit. En vain. La vision de Ross penché sur elle était toujours là, avec son regard si tendre et rayonnant, tandis qu'il la pénétrait lentement. Des mensonges, seulement des mensonges.

Elle porta une main à sa bouche pour s'empêcher de crier sa douleur. Oh ! Seigneur, comment avait-elle pu être aussi aveugle ? Aussi stupide ?

Un léger grattement retentit soudain à l'huis, la faisant tressaillir.

— Allez-vous-en, Eoin ! supplia-t-elle, incapable d'endurer une nouvelle tirade contre Ross.

— C'est moi, Catlyn !

La porte s'ouvrit dans un grincement et Dora s'avança dans la pièce. Bouleversée, Catlyn lui ouvrit les bras et les deux amies s'étreignirent.

— Oh ! Dora, quel gâchis ! Et tout cela par ma faute…

Les larmes qu'elle retenait menaçaient de l'étouffer. Mais elle craignait de ne plus pouvoir s'arrêter si elle commençait à pleurer.

— Vous n'avez rien fait de mal, voyons !

— Rien… sinon me donner à un homme qui… qui nous a trahis en faveur de Hakon !

— Etes-vous sûre de cela ?

— Il l'a admis lui-même.

Oh ! Dieu, que cela faisait mal ! Son cœur en saignait encore.

— Il a livré à Hakon les plans de la distillerie et la recette du *finglas*.

Dora haussa les sourcils.

— Comment serait-ce possible, puisqu'il n'existe pas de recette à proprement parler ?

Elle désigna du regard les rangées de livres et de parchemins.

— Comment aurait-il trouvé le temps de lire tous ces documents en si peu de temps et d'en faire une synthèse ?

Catlyn se tut, frappée par la justesse de l'argument. Son père avait bien envisagé de réunir en un seul volume l'essentiel de ces annotations et l'avait chargée de commencer la compilation. Mais ce travail, auquel elle se livrait épisodiquement depuis trois ans, était loin d'être achevé. Personne n'en connaissait l'existence, pas même Roland, et elle n'en avait pas fait mention devant Ross. Le livre relié de cuir était toujours enfermé dans la cache secrète ménagée sous le parquet de la pièce.

— Ce que vous dites est vrai. Sur le moment, j'étais trop sens dessus dessous pour me demander ce que Ross avait exactement livré à Hakon…

Elle déglutit, submergée par une nouvelle vague de souffrance, puis se reprit et redressa les épaules. Elle ne pouvait pas se laisser aller ainsi, au nom du ciel ! La sécurité de Kennecraig et de ses habitants dépendait d'elle et de ses décisions.

— Il n'en reste pas moins qu'Eoin a vu Ross donner des parchemins à Hakon. Et Ross n'a pas cherché à nier le fait.

— Hum… Hakon pourrait à la rigueur tirer parti des dessins. Mais la prétendue recette… Si vous voulez mon avis, cet homme-là ne sait même pas lire !

Le pouls de Catlyn se mit à battre un peu plus vite. Trop vite ! Elle ne devait pas laisser l'espoir s'insinuer en elle.

— Et puis, si Ross est l'homme de Hakon, pourquoi vous aurait-il sauvé deux fois la vie ? poursuivit Dora.

— Je… je ne sais pas.

Catlyn enfouit le visage dans ses mains, luttant pour comprendre. Mais lorsqu'elle releva la tête un instant plus tard, elle n'y voyait guère plus clair.

— Il a reconnu les faits. Il m'a brisé le cœur !

— Je sais, Cat, et j'en suis désolée. Mais je me demande…

Dora se tapota la bouche avec l'index.

— Qu'est-ce qu'une brute de guerrier comme Hakon peut bien faire avec ces plans ? On l'imagine mal en train de construire une distillerie ! Il serait plus dans son caractère de s'emparer de la nôtre.

Catlyn cilla, tandis que les paroles de Ross lui revenaient à l'esprit. Il avait affirmé que Hakon se moquait éperdument des plans. Ce qu'il voulait, c'était Kennecraig.

Soudain fébrile, elle se mit à arpenter la pièce.

— Pourquoi Hakon aurait-il demandé ces documents à Ross s'il n'en a que faire ?

— Parce qu'il est rusé. Il a prise sur Ross, pour une raison ou une autre, et il l'a obligé à venir ici, en lui racontant qu'il avait besoin de ces documents. Mais ce qu'il désirait vraiment, c'était introduire l'un des siens à Kennecraig.

— Seamus, chuchota Catlyn.

— Oui. Peut-être avait-il reçu mission de retirer la poudre de la distillerie ou de vous prendre en otage.

— S'il en est ainsi, pourquoi Ross ne s'est-il pas confié à moi après la mort de Seamus ?

— Je ne sais pas. Peut-être n'avait-il pas encore deviné les véritables objectifs de Hakon. A moins que…

— A moins que ce ne soit Ross lui-même qui vous ait envoyée ici pour propager ses mensonges ! intervint tout à coup Eoin.

Debout sur le seuil, il fixait sur Dora un regard chargé de haine.

— C'est faux ! se rebella-t-elle. Je suis venue ici pour réconforter Catlyn et lui dire ce que je savais.

— Vous voulez dire ce que vous avez appris en rendant visite aux prisonniers ! Contre les ordres de Catlyn !

Catlyn émit un léger cri.

— Dora ! Avez-vous vraiment fait cela ?

L'interpellée releva le menton.

— C'est exact. Je leur ai apporté de la nourriture et de la boisson, sur les instances de votre mère.

— Maman vous a demandé cela ? Mais pourquoi ?

— Parce qu'elle est de leur côté elle aussi, répliqua promptement Eoin.

Il s'empara de la main de Catlyn avant d'ajouter :

— Je suis désolé d'ajouter à votre détresse, ma mie. Mais vous devez savoir qui est avec vous… et qui ne l'est pas !

— Voyons, Eoin, nous sommes avec elle ! insista Dora.

Eoin secoua la tête.

— Dora est prête à dire n'importe quoi pour complaire à son nouvel amant, déclara-t-il d'une voix suave. Quant à votre mère, elle est sous l'influence de ce Callum Sutherland. Ross a fait preuve de discernement en lui déléguant ce gamin. Il rappelle à lady Jeannie votre malheureux frère.

Catlyn ravala un sanglot. Eoin avait raison. Dora était aussi éprise de Mathew qu'elle l'avait été elle-même de Ross. Et sa mère s'était attachée au petit page.

— Que puis-je faire ? chuchota-t-elle.

Il lui passa un bras autour des épaules.

— Faites-moi confiance ! Et laissez-moi vous aider.

C'était si bizarre de le sentir ainsi contre elle… Mais elle se sentait lasse… si lasse !

— Nous allons surveiller tous les mouvements de Hakon, poursuivit-il. S'il essaie de nous attaquer, nous placerons les Sutherland sur les remparts en guise de boucliers.

Les yeux de Dora s'arrondirent de terreur.

— Mais Hakon n'est pas leur ami ! Il les tuera !

Catlyn se raidit.

— Non, Eoin. Quoi que Ross ait pu faire, je ne peux pas commettre une telle action. Je ne veux pas avoir la mort des Sutherland sur la conscience.

— Hakon ne leur fera pas de mal puisqu'ils sont des siens, la rassura Eoin. Maintenant, laissez-moi vous conduire en haut. Vous avez besoin de repos.

Catlyn acquiesça. Elle avait les membres si lourds qu'elle les sentait à peine. Un peu de sommeil serait le bienvenu. Tout sauf cette atroce douleur qui ne l'avait pas quittée depuis qu'elle avait appris la trahison de Ross !

— Nous reparlerons de tout cela plus tard, murmura-t-elle.

— Catlyn, attendez ! s'écria Dora. Et si Hakon attaque ? Nous aurons besoin des Sutherland pour nous défendre.

Eoin l'écarta du passage.

— Vous faites votre possible pour me contrer, grogna-t-il. Mais je vois clair dans votre jeu ainsi que dans celui des Sutherland. Je protégerai Catlyn et Kennecraig, soyez tranquille.

— Vous ? se récria Dora comme ils franchissaient le seuil. Il n'y a que les Sutherland qui puissent nous sauver. Relâchez-les, je vous en conjure !

— Je ne peux pas, murmura Catlyn.

Même si Dora ne se trompait pas en affirmant que Ross avait été victime d'un chantage, comment pouvait-elle faire confiance au guerrier et être sûre qu'il ne les trahirait pas de nouveau ?

— Bon sang, qu'est-ce que c'est que ça ?

La question réveilla Ross en sursaut. Il se redressa avec une grimace, tous les muscles endoloris. Etait-ce l'aube ou le crépuscule ? Difficile d'en juger, au vu de la lumière grisâtre qui filtrait par l'étroite fenêtre. Pendant un instant, il se demanda ce qu'il faisait là, à même le sol, dans cette pièce remplie de tonneaux.

Puis il se souvint et les images déferlèrent en lui, dominées par le visage horrifié de Catlyn, quand il s'était vu contraint de lui révéler ce qu'il avait fait. Il avait ressenti physiquement sa douleur, exactement comme un coup de poignard dans son propre corps.

Avec un gémissement, il enfouit le visage dans ses mains. Il avait sauvé sa famille des griffes de Hakon, mais il avait perdu Catlyn. Comment continuer à vivre en sachant à quel point il l'avait blessée ? Comment exister sans elle ?

— Le feu ! s'écria Nigel, posté à la fenêtre. Là-bas, dans la campagne…

Mathew se rua pour voir, bientôt suivi de tous ses compagnons. Même Ross secoua sa torpeur pour s'approcher de la meurtrière. A l'est, une volute de fumée s'élevait en tourbillonnant vers le ciel.

— Les champs d'orge ! marmonna-t-il.

Ses hommes se tournèrent vers lui, interrogateurs.

— Comment vous sentez-vous ? s'enquit Mathew, qui éloigna les autres d'un geste.

— Accablé…

— Mais vous êtes debout, c'est déjà cela. Et vous parlez ! Vous sembliez si prostré que vous nous avez fait peur.

— Prostré ? J'aurais voulu mourir ! C'était si terrible de voir souffrir Catlyn après tout ce qu'elle a déjà enduré ! Et de savoir que cette fois, c'était moi la cause de son désespoir. Après cela, je ne me souviens plus de rien.

— L'épuisement, fit Mathew en hochant la tête. Et le désarroi. Juste au moment où nous pensions avoir enfin déjoué les plans de Hakon, Eoin est venu porter un coup mortel à vos espoirs.

— Il a dû surprendre ma conversation avec Hakon, soupira Ross. Si seulement je pouvais avoir une entrevue avec Catlyn ! J'essaierais de lui faire comprendre que ces documents étaient seulement une ruse pour récupérer la reconnaissance de dette.

— C'est ce que j'ai expliqué à Adair et à Dora, quand ils sont venus nous apporter à manger.

— Vous ont-ils cru ?

— Difficile à dire. Il faut de la bonne volonté pour consentir à croire que vous avez mal agi avec les meilleures intentions du monde !

Ross se rembrunit.

— J'avais espéré que l'amour de Catlyn suffirait à lui faire entendre raison.

Peut-être était-ce là le plus douloureux pour lui, ce qui lui avait quasiment fait perdre l'esprit — qu'elle ait pu aussi vite lui imputer le pire, sans même lui donner une chance de s'expliquer.

— En tout cas, la situation ne laisse rien présager de bon, conclut Mathew. Que dites-vous de cette fumée ?

— La question est de savoir si ce sont les fermiers qui ont mis le feu à l'orge. Les Fergusson auraient-ils attaqué ? Ou est-ce une ruse de Hakon pour attirer la garnison hors des murs ?

A cet instant, ils virent quelques dizaines de Boyd jaillir du quartier des soldats en bouclant leurs baudriers. Des palefreniers amenèrent les chevaux, autour desquels couraient des chiens excités. L'air résonnait des aboiements, du cliquetis des armes et des cris. Eoin se démenait au sein du tumulte, criant des ordres à la ronde.

— Bon sang, ils vont faire une sortie !

Ross se pencha à l'étroite fenêtre.

— Attendez ! cria-t-il. N'y allez pas, c'est peut-être un piège !

Mais nul ne l'entendit.

Ross poussa un juron et passa une jambe dans l'embrasure. Mathew se précipita vers lui et l'empoigna par le bras.

— Eh là, que pensez-vous faire ? Vous envoler peut-être ?

— Mais non. Ce n'est pas la première fois que je me déplace sur ce toit. Si je peux longer la gouttière, je me laisserai glisser le long du tuyau de descente et…

— Et vous vous imaginez qu'ils vont vous écouter ?

— Il faut que j'essaie. Regardez donc ! intima-t-il en désignant la troupe qui s'assemblait en bas. Certains d'entre eux ne sont que des gamins !

— Vous ne pouvez pas les arrêter. Personne ne le peut.

— Je dois au moins…

Un son éclatant résonna soudain entre les murailles de la cour. Le vacarme se tut un instant.

Adair descendit les marches du donjon et frappa une nouvelle fois son épée contre son bouclier.

— Hé là, que croyez-vous faire, les gars ?

Une douzaine de voix répondirent ensemble en un brouhaha incompréhensible.

Adair leva la main et leur imposa le silence.

— Eoin, que se passe-t-il ?

— Les champs d'orge sont en train de brûler, voilà ce qui se passe ! Nous allons sortir pour…

— Vous n'allez rien faire de tel !

— C'est moi qui suis en charge de la défense, riposta Eoin.

Même du second étage, Ross perçut la note de rébellion dans sa voix.

— Oh ! exhala Adair. Et depuis quand usurpez-vous l'autorité de notre dame ?

— Catlyn est souffrante. C'est elle qui m'a demandé de la remplacer.

— Souffrante, répéta Ross dans un murmure. Oh ! Dieu, que lui ai-je fait ?

Il voulut échapper à l'étreinte de Mathew, mais Adair à cet instant se retourna et tendit le bras vers le donjon.

— Elle me semble pourtant en pleine forme !

Catlyn venait d'apparaître au sommet des marches, enveloppée dans sa robe de chambre et ses cheveux d'or cascadant sur ses épaules.

— Je sais que votre intention est bonne, Eoin, commença-t-elle d'une voix ferme. Mais il serait suicidaire de quitter Kennecraig alors que Hakon se tient peut-être dehors en embuscade.

Ross lui jeta un regard admiratif. Intelligente et courageuse, elle avait compris le danger et n'hésitait pas à affronter ses hommes en colère.

— Mais les champs d'orge sont en feu ! plaida Eoin. Il faut que nous fassions quelque chose !

— Si nous n'avons pas d'orge, nous n'aurons pas de whiskey cette année ! appuya quelqu'un dans la foule.

Catlyn secoua la tête et sa longue chevelure ondula dans ce geste.

— Je sais, et cela me fend le cœur. Mais ce serait bien pire si vous sortiez d'ici pour aller tous à la mort.

— Mais nous sommes plus nombreux que les Fergusson ! cria Eoin. Et nous avons les armes des Sutherland.

Plusieurs de ses compagnons portaient en effet des cottes de mailles, tandis que d'autres s'étaient munis des grandes claymores ciselées par les forgerons d'Edin Valley.

— Les Fergusson sont des guerriers expérimentés, rappela Adair. Vous ne serez pas de taille, avec ou sans épées.

Eoin leva le bras et se tourna vers l'assemblée.

— Nous ne pouvons pas rester assis à les attendre, comme des moutons résignés à se faire dévorer par le loup !

Un silence suivit ces paroles. Ross sentait les Boyd hésiter, partagés entre Catlyn, qui représentait la voix de la raison, et leur désir bien naturel de protéger les leurs.

— Savez-vous au moins qui est celui que Hakon appelle son fils ? cria-t-il tout à coup, attirant sur lui l'attention des assistants. Guthrie le Diable, c'est ainsi qu'on le surnomme. Parce qu'il se bat comme Satan en personne !

— Ne l'écoutez pas ! intervint Eoin. C'est l'homme de Hakon !

Mais il avait beau dire, tous tendaient l'oreille aux propos de Ross, à la fois horrifiés et fascinés par ses paroles.

— Guthrie le Diable ! répéta Ross, forçant ses effets.

Il promena son regard sur la foule des femmes effrayées — épouses, mères ou sœurs de ces guerriers maladroits et inexpérimentés.

— On l'appelle ainsi parce qu'il n'a ni honneur ni pitié. La torture est son sport favori et il y excelle. Dans les Borders, tout le monde sait que Guthrie le Diable arrache le cœur de ses victimes avant qu'elles ne soient passées de vie à trépas.

Une clameur horrifiée monta de la foule et certains se signèrent.

Eoin sentit qu'il perdait ses derniers partisans.

— Et nos paysans ? cria-t-il. Allez-vous les laisser périr ?

— Allez-vous périr avec eux sans pouvoir les sauver ni vous sauver vous-mêmes ? riposta Ross aussitôt.

— Il a raison, intervint Adair. Si les champs brûlent, cela veut dire que Hakon a déjà attaqué. Tout ce qu'il nous reste à espérer, c'est que nos fermiers auront eu le temps de fuir et de se cacher dans les bois.

Des murmures d'approbation accueillirent ce discours. Gênés, les hommes examinèrent leurs pieds et Eoin lui-même baissa les yeux.

Ross exhala son souffle et tourna la tête vers Catlyn. Leurs regards se rencontrèrent, bientôt rivés l'un à l'autre.

Tant de peine. Tant de désespoir. En lui comme en elle. Les lèvres de Ross formèrent des mots qu'elle comprit en dépit de la distance. « Je vous aime. »

Traître, menteur ! aurait-elle voulu répondre. Car c'étaient là les accusations qu'elle lui avait jetées toute la nuit dans le secret de son cœur. Mais la petite graine de doute que Dora avait semée en elle avait tout de même fait son chemin. Et à présent, elle ne savait plus. Certes, il venait d'empêcher ses gens de courir au-devant d'une mort certaine. Mais l'avait-il fait pour les sauver ou pour protéger Hakon ?

« Je vous aime », répéta-t-il. Catlyn cilla. Son cœur ne demandait qu'à le croire. Mais sa raison lui conseillait la méfiance. Le souvenir de sa trahison était encore trop frais dans sa mémoire, mêlé à tous les anciens doutes. Avec un frisson, elle se détourna de lui pour interroger Adair.

— Que pouvons-nous faire ?

— Si seulement je le savais !

— Pourquoi ne pas envoyer un éclaireur ? Il pourrait descendre par le rempart ouest, comme Ross l'avait fait.

— Aucun des nôtres n'est assez habile pour cela.

— Alors chargeons l'un des Sutherland de cette mission ! Est-il impossible d'accorder notre confiance à l'un d'eux ?

— Sincèrement, je ne sais pas, ma fille. Peut-être…

Roland apparut soudain dans l'escalier, qu'il acheva de descendre en trébuchant.

— L'orge ! hurla-t-il. Mon orge est en train de brûler et vous restez là à regarder ?

Adair le rattrapa par le bras au moment où il dérapait et l'aida à rétablir son équilibre.

— Hakon a dû attaquer une ferme. Si nous tentons une sortie, nous risquons d'y perdre des vies humaines.

— Et alors ? Il nous faut du grain pour le whiskey de cette année.

— C'est trop dangereux.

— Qui prétend cela ?

Catlyn s'avança vers lui.

— Moi, Roland. Je…

— Faites attention à lui ! cria Ross depuis la fenêtre.

Roland leva la tête vers lui :

— De quoi vous mêlez-vous, espèce de traître ?

Furieux, il voulut se jeter sur Catlyn, mais Adair le ceintura à temps.

— Ecartez-vous, chuchota-t-il à la jeune femme. Je m'en occupe.

Et à voix haute :

— Roland, la décision de rester ici m'appartient. Le fermier Brandon a sans doute incendié les champs en voyant que Hakon lançait une attaque. Si nous sortons de Kennecraig, nous risquons de…

— C'est sa faute à elle ! hurla Roland, une lueur démente dans les yeux.

— Eloignez-le de lady Catlyn, cria Ross. C'est lui qui l'a agressée à Doune et il recommencera si vous n'y prenez garde !

Catlyn leva les yeux vers Ross. Le buste sorti, il se penchait dangereusement à la fenêtre, pour le plus grand effroi de ses hommes qui tentaient de le tirer en arrière. Indéniablement, il avait peur pour elle. Ce qu'il affirmait était-il vrai ? Roland la haïssait-il au point d'avoir voulu la tuer ?

— Reculez, ma fille, murmura Adair avec une visible inquiétude.

Elle fit un pas en arrière tandis que Roland la menaçait de son poing, l'écume aux lèvres.

— Le *finglas* ne représente rien pour elle ! Elle n'est pas digne d'hériter de la distillerie. C'est à moi qu'aurait dû revenir ce poste !

Catlyn avala péniblement sa salive. Et s'il avait raison ? Son inexpérience avait-elle contribué à ce fiasco ?

— Personne ne veut l'échec de la distillerie, assura Adair.

Mais Roland ne l'écoutait pas.

— J'avais juré à Thomas de continuer le travail !

— Mais oui, l'apaisa Adair, qui fit signe à deux hommes de s'avancer. Vous vous êtes épuisé à la tâche, voilà la vérité. Maintenant, Sim et Alf vont vous conduire à votre chambre, pour que vous puissiez vous reposer.

— Me reposer ? Comment pourrais-je me reposer quand les champs sont en train de brûler ?

Il jeta autour de lui un regard farouche.

— Eoin ! Vous comprenez, vous, n'est-ce pas ? Aidez-moi, pour l'amour du ciel !

Mais Eoin secoua la tête avec tristesse.

— Vous avez vraiment besoin de repos, Roland. Nous parlerons plus tard.

— Non ! hurla Roland, qui luttait pour se dégager. Espèce de sorcière ! ajouta-t-il, accablant Catlyn des insultes les plus variées.

Il se débattit tant et si bien, multipliant les coups de pied dans les jambes de ses deux gardiens, que Sim et Alf durent finir par le ligoter avec leurs ceintures.

Catlyn se détourna, plus accablée par la déchéance de cet homme qui avait été autrefois un si remarquable distillateur que par les injures qu'il avait proférées contre elle.

Adair posa une main sur son épaule.

— Je suis désolé, ma fille.

— Moi aussi, assura Eoin. Il se trompe du tout au tout.

Catlyn les remercia. Mais il lui suffisait de regarder les visages autour d'elle pour voir que les accusations de Roland avaient porté. Certains la considéraient à présent avec méfiance, doutant de ses capacités.

— Adair, peut-être que je ne suis pas…

La sentinelle postée sur la tour de garde lança soudain un cri.

— Je vois un nuage sur la route. Une troupe approche !

Alarmés, tous se précipitèrent vers les degrés montant au chemin de ronde. D'instinct, Catlyn leva les yeux vers la fenêtre où se tenait Ross. Qui était-il vraiment ? Etait-il là pour les protéger ou les détruire ?

Hélas ! l'heure n'était plus aux interrogations. Parvenue au sommet de la tour, elle distingua un groupe qui se dirigeait vers la forteresse en soulevant la poussière du chemin.

Elle agrippa Adair par la manche.

— Est-ce Hakon ?

— Je ne sais pas. On ne distingue pas les visages.

Saisis d'une fébrile appréhension, ils attendirent que le nuage se dissipe, révélant une cinquantaine de silhouettes avançant sur la piste, qui en chariot, qui à pied. Un cavalier se détacha du groupe et s'élança vers le château.

— Ouvrez-nous les portes ! cria-t-il.

Eoin se pencha du haut des créneaux.

— C'est le fermier Brandon ! s'écria-t-il.

Par-dessus l'épaule, il ordonna aux gardes de relever la herse.

— Attendez ! cria Catlyn. C'est peut-être un piège.

— Mais c'est Brandon, je l'ai reconnu.

— Je n'en doute pas. Mais ce ne serait pas la première fois que Hakon se servirait de quelqu'un pour introduire ses hommes céans.

— Vous avez raison. Je vais descendre et examiner chaque personne une à une avant de les laisser entrer.

— Dépêchez-vous, intervint Adair. Voilà un autre groupe qui les suit de près.

Le cœur cognant contre ses côtes, Catlyn se pencha et examina le nouveau nuage qui tourbillonnait sur la route. Ces cavaliers-là semblaient se déplacer beaucoup plus vite que les paysans qui fuyaient les champs en flammes. Les mains crispées sur le rebord du créneau, elle suivit la scène des yeux. Après avoir alerté le château, Brandon était revenu vers les siens pour les escorter jusqu'au pont-levis. Oh ! Dieu fasse qu'ils aient tous le temps d'entrer, pria-t-elle avec ferveur, tandis que la herse se relevait dans un grincement de fer rouillé.

Enfin, les premiers chariots apparurent au sommet de la côte et s'engagèrent sur l'esplanade rocheuse. A la vue de la forteresse, quelques-uns des réfugiés abandonnèrent leur véhicule pour courir vers les portes. Quelques instants de plus et ils seraient tous à l'abri, songea Catlyn, le regard rivé sur le cortège. Les derniers étaient à mi-chemin du château quand une terrible apparition surgit soudain à l'autre bout de l'esplanade.

Hakon Fergusson.

L'épée au clair et sa pâle chevelure flottant au vent, il éperonna sa monture et s'élança vers Kennecraig. Un autre Fergusson apparut derrière lui, puis un troisième…

— Oh ! Seigneur, sauvez les nôtres ! pria Catlyn avec frénésie.

— Archers ! cria Adair. Où sont les archers ?

Absorbés jusque-là par le drame qui se déroulait en bas, les hommes postés sur le rempart se reprirent en un clin d'œil et saisirent leurs arbalètes.

Une première volée de flèches atterrit devant les Fergusson sans en blesser aucun. Mais l'offensive avait eu le mérite de freiner leur avance. Les cavaliers ralentirent et la seconde volée les fit reculer, ménageant aux Boyd de précieux instants pour atteindre les portes.

Le bruit de la herse qui s'abaissait vers le sol résonna aux oreilles de Catlyn. C'était le son le plus doux qu'elle ait jamais entendu de sa vie !

— Grâces soient rendues au ciel ! murmura-t-elle en s'adossant au mur.

Adair n'avait pas quitté des yeux les Fergusson, massés hors de portée des flèches.

— Oui. Mais le loup est maintenant à nos portes. Et comment allons-nous le chasser ?

Catlyn se souvint alors des paroles de Dora. Ross et ses hommes étaient les seuls à pouvoir les sauver !

Mais pouvait-elle encore faire confiance à Ross ?

— Oh ! Seigneur guidez-moi ! pria-t-elle en fermant les yeux. Envoyez-moi un signe pour que je sache enfin ce que je dois faire !

Chapitre 18

Nerveux, Ross arpentait fiévreusement la tonnellerie. Une heure s'était écoulée depuis que les Boyd avaient recueilli leurs fermiers terrorisés et mal en point. Une heure depuis qu'il n'avait pas vu Catlyn. Si seulement il avait un moyen de s'assurer qu'elle allait bien !

— Je suis sûr que les Boyd ont fait attention et n'ont pas laissé entrer n'importe qui, le rassura Mathew pour la dixième fois. J'ai vu Eoin et Adair adresser quelques mots à chacun des nouveaux arrivants.

Ross se tourna vers lui.

— Oui. Et à présent, ils doivent être dans la grande salle en train de se réjouir, alors qu'ils devraient profiter de la pause observée par Hakon pour commencer à évacuer Kennecraig.

Exaspéré, il jeta un coup d'œil par la fenêtre. La nuit était très noire, sans le moindre rayon de lune. Un moment parfait pour faire descendre les gens par le rempart ouest. Mais il semblait que cette idée n'ait même pas effleuré les Boyd. La cour restait déserte et rien n'avait troublé le silence depuis que la herse s'était relevée, environ une demi-heure plus tôt, pour accueillir un seul homme. Un retardataire. Ou un éclaireur. Ross s'était étonné qu'il ait réussi à passer, car les Fergusson devaient surveiller le château.

— Vous avez une idée derrière la tête, n'est-ce pas ? s'enquit Mathew en lui jetant un regard sagace.

— Oui. Quand la maisonnée sera endormie, je sortirai et tâcherai de trouver Dallas, afin de savoir ce qu'il a appris. Puis je parlerai avec Catlyn, coûte que coûte.

Le besoin de la voir le taraudait. Comment allait-elle ? S'était-elle remise de l'agression de Roland ? Il brûlait d'être avec elle, de pouvoir l'aider. Mais surtout, il avait hâte de la faire sortir d'ici. Le plus vite possible !

Un bruit de voix filtra soudain à travers la porte. L'un des gardes grommela quelque chose. C'étaient tous des hommes d'Eoin et ils avaient déjà renvoyé le domestique qui apportait le repas du soir. Mais cette fois, la barre fut levée.

Le garde mal embouché ouvrit la porte et pénétra dans la pièce.

— Allez-y, mais faites vite ! ordonna-t-il en laissant entrer un serviteur qui portait deux baquets de bois. Il est venu vider les toilettes, expliqua-t-il à la ronde. Laissez-le faire son travail et n'essayez pas d'en profiter pour vous enfuir.

Il se posta sur le seuil, la main sur la garde de sa rapière. Ross se détourna avec un soupir quand l'homme vêtu de haillons releva soudain la tête et lui adressa un clin d'œil au passage. Ross reconnut aussitôt ce mince visage, malgré la couche de crasse qui lui recouvrait la peau. Dallas ! Le jeune homme lui jeta un regard de connivence, puis il courba de nouveau le dos et se dirigea vers l'écran qui dissimulait les lieux d'aisance.

Ross lança un coup d'œil à Mathew, puis désigna le garde d'un imperceptible geste du menton. Mathew hocha la tête et se dirigea vers leur geôlier afin de détourner son attention.

— Tout cela est bien beau, mais c'est surtout de nourriture que nous avons besoin… et de bière ! Nous mourons de soif.

— Je n'y peux rien. Eoin a décidé que vous n'auriez rien du tout.

— Apportez-nous au moins de l'eau ! geignit Mathew.

Profitant de la diversion, Ross se glissa derrière l'écran où l'attendait Dallas.

— Où en sont les choses en bas ? chuchota-t-il.

— Cela pourrait être pire. Trois fermiers ont succombé en route sous les coups des Fergusson et quelques autres souffrent de légères blessures. C'est Guthrie qui a attaqué les fermes. Des éclaireurs l'ont repéré et les Boyd ont eu le temps de s'échapper dans les bois où ils avaient déjà caché les chariots d'orge, ainsi que vous l'aviez suggéré. Puis ils se sont mis en route pour Kennecraig, excepté quelques hommes qui sont restés en arrière pour brûler les champs. Ce qui a distrait l'attention de Guthrie et l'a empêché de se lancer à la poursuite des autres.

— Une chance que les montures des Fergusson aient été si fourbues après leur retour précipité de Doune…

— Oui, mais la menace est toujours là. Hakon a établi son camp à l'autre extrémité du plateau, on aperçoit les feux d'ici. Ce qui veut dire qu'il bloque la route…

— Et surveille le château, ajouta Ross avec un juron.

C'était exactement ce qu'il avait redouté !

— Et Catlyn ? L'avez-vous vue ?

— Elle s'est enfermée dans son solarium avec Eoin, Adair et quelques autres.

— La malheureuse ! Même un chef de guerre chevronné se sentirait acculé dans ces circonstances.

— Oh ! oui ! En bas, la peur est presque palpable. Les gens craignent que la menace des explosifs ne soit pas suffisante pour empêcher Hakon d'attaquer.

— Tôt ou tard, il trouvera un moyen de pénétrer dans le château. Est-ce qu'il est question d'évacuer Kennecraig ?

— C'est impossible, avec Hakon aux portes.

Dallas se gratta la tête.

— Pensez-vous que le grand Harry ait eu le temps d'arriver à Edin Valley ?

— Probablement. Mais le message que j'ai envoyé à mon père lui enjoignait d'être sur ses gardes, pas de voler à notre secours ! Même s'il décidait de venir, il lui faudrait une bonne semaine pour lever une armée et atteindre Kennecraig.

— Bref, nous ne pouvons compter que sur nous-mêmes.

Ross opina du chef, pesant les solutions qui s'offraient à eux. Elles étaient peu nombreuses, hélas.

— Le monte-charge est-il resté sur le rempart ouest ?

Dallas fit oui de la tête, lui redonnant quelque espoir.

— Nous pourrions tenter de sortir par là. Cette nuit, pendant que Hakon et les siens reconstituent leurs forces.

— Il faudrait créer une diversion pour l'occuper, afin qu'il n'ait pas le temps de s'élancer à nos trousses.

— Un incendie, peut-être ? suggéra Ross. Hakon veut tellement sa distillerie qu'il oubliera tout le reste s'il pénètre ici et trouve le bâtiment en feu.

— Si nous brûlons le château, les Boyd n'auront plus de foyer.

— Mais si Hakon s'empare de Kennecraig, ce ne sera plus leur foyer de toute façon.

— C'est vrai. Toutefois, les convaincre de partir ne sera pas une mince affaire. D'autant moins s'ils savent que nous voulons incendier le château…

— Ils refuseraient de s'en aller, je m'en doute bien. Mais c'est le seul moyen que nous ayons de les sauver tous.

— Et le whiskey ?

Ross secoua la tête. Impossible d'emporter ces milliers de barils lourds et difficiles à manipuler.

— Notre premier souci, ce sont les personnes. Le reste…

Tout en prononçant ces mots, il avait conscience que Catlyn serait à l'agonie de perdre sa dernière raison de vivre.

— Comment mettre au point cette évasion si les gars et vous êtes enfermés ici ? interrogea Dallas.

— Je dois convaincre Catlyn de nous relâcher, et d'adhérer à notre plan.

— Cela me semble difficile, dans la mesure où elle ne vous fait plus confiance.

Non, et c'était bien là le plus douloureux. D'une façon ou d'une autre, il fallait qu'il la reconquît.

— Hé ! appela soudain le garde. Ce n'est pas encore fini, ce travail ? Il vous en faut, du temps !

— Tout avait débordé, j'ai dû nettoyer, répliqua Dallas.

Il haussa les épaules et reprit les deux baquets nauséabonds.

— Que dois-je faire à présent ?

— Rendez-vous derrière les écuries dans deux heures, chuchota Ross. Je serai là.

Cela lui laisserait le temps de s'évader par le toit et de s'entretenir avec Catlyn.

Par précaution, il resta derrière l'écran pendant que Dallas quittait la tonnellerie. Mais à peine le jeune homme eut-il disparu que la voix bougonne du garde retentit sur le seuil.

— Voyons, milady, ce n'est pas possible. Vous ne pouvez pas entrer là !

Un espoir fou s'empara de Ross, qui contourna l'écran d'un bond. Hélas, ce n'était pas Catlyn mais lady Jeannie qui se tenait dans l'embrasure de la porte.

La dame fronça les sourcils.

— Comment cela, je ne peux pas ? Ne suis-je pas la châtelaine ici ?

— Si, milady, bien sûr. Mais ces hommes sont dangereux. Lord Eoin a été formel — personne ne doit…

— Je ne suis pas « personne » ! rétorqua lady Jeannie, qui s'engouffra dans la pièce précipitamment. Dépêchez-vous, mes amis, la nourriture va refroidir.

Un groupe de personnes la suivait de près, les bras chargés de plateaux. Une jeune fille… et Callum Sutherland !

Ross s'avança à leur rencontre.

— Voilà un honneur inattendu, milady.

Lady Jeannie le dévisagea d'un regard vif. Elle était visiblement redevenue elle-même et n'avait plus rien de commun avec la femme à l'esprit embrumé qu'il avait rencontrée une semaine plus tôt.

— Vous trouvez ? Un repas est bien le moins que nous vous devions.

D'un coup d'œil, elle ordonna à Mathew et Nigel de débarrasser la table et les deux hommes s'empressèrent d'ôter les outils et les morceaux de planche qui encombraient l'établi. Debout sur le seuil, trois des gardes suivaient la scène sans piper mot, peu désireux de contrarier la veuve de leur ancien laird. Mais le quatrième continuait à maugréer.

— Va chercher Eoin ! chuchota-t-il à l'un de ses collègues.

Ross dépoussiéra un banc et invita la dame à s'asseoir.

— Merci d'être venue, milady.

Lady Jeannie se posa sur le siège.

— Ce n'est pas chrétien de priver des hommes de nourriture et de boisson ! Surtout quand on les a emprisonnés à tort.

— Vous me croyez donc ?

Elle le regarda droit dans les yeux.

— Dora m'a rapporté tout ce qu'elle savait. Je pense que les documents que vous avez fournis à Hakon ne trahissaient aucun de nos secrets.

— Et Catlyn ?

La dame poussa un soupir et baissa les yeux vers son giron.

— Elle est fière et obstinée, comme l'était son père. Elle a été trop souvent blessée. Tous ceux qu'elle aimait l'ont tour à tour abandonnée. Son frère, son père. Et même moi !

— Vous avez donc fini par accepter le départ de lord Thomas ?

— Il a bien fallu. Oh ! c'est encore difficile ! Mais j'ai compris que les vivants avaient besoin de moi.

Elle coula un regard vers Callum, occupé à découper la viande pour les Sutherland.

— Le soigner a soulagé ma peine de n'avoir pu être d'aucune aide à Thomas.

— Catlyn aussi a besoin de vous.

— J'ai voulu l'aider, mais elle est accablée par la menace qui pèse sur nous. Thomas s'est trompé, hélas. Hakon ne nous lâchera pas !

— Non, confirma Ross.

Il chercha un instant les mots adéquats, puis se jeta résolument à l'eau.

— Il faudrait quitter le château, c'est le seul espoir.

— Mais comment ? Il a établi son camp juste au-dehors.

— Je connais peut-être un moyen.

Lady Jeannie écarquilla les yeux.

— Alors il faut que nous partions ! déclara-t-elle sans hésiter.

L'espoir renaquit dans le cœur de Ross.

— Croyez-vous que les autres membres du clan accepteront cela aussi aisément ?

— Oh ! non, beaucoup refuseront. A commencer par Catlyn. Elle prend ses responsabilités à la distillerie très au sérieux.

— Sans compter qu'elle a peu de raisons de me faire confiance…

— Je lui parlerai ce soir. Peut-être arriverai-je à la persuader au moins d'écouter ce que vous avez à lui dire.

— Hélas, nous avons peu de temps ! Je pensais…

Callum l'interrompit en lui tendant un morceau de mouton grillé posé sur une tranche de pain.

— Sir Ross ? J'ai quelque chose à vous dire. C'est très important !

— Plus tard, mon garçon.

— Plus tard ? Cela risque d'être *trop* tard, intervint une jeune fille, qui jeta un regard anxieux par-dessus son épaule.

Ross fronça les sourcils. Où avait-il déjà vu cette petite brune à longues nattes ? Puis il se souvint. C'était Brita, la fille de Roland. Celle qui avait aidé à soigner Callum…

— Il s'agit de mon frère, chuchota-t-elle. Wesley.

— Je suis désolé qu'il soit resté à Doune.

— Justement, messire, il est revenu !

Ross la dévisagea, surpris.

— Quand donc ?

— Il y a une heure environ.

Le retardataire ! songea-t-il aussitôt.

— Comment a-t-il pu déjouer la surveillance de Hakon ?

— Il n'a pas voulu me le dire.

Brita étouffa un sanglot et Callum lui pressa la main pour la réconforter.

— Nous étions si proches, tous les deux ! Mais maintenant, il ne veut plus rien me confier. On dirait qu'on l'a changé. Il a le regard fixe et l'air de quelqu'un qui n'a pas dormi depuis des jours. Sans compter qu'il sent la bière ! Il a demandé où était papa et a semblé encore plus bouleversé quand je lui ai appris qu'on avait dû l'enfermer.

— Il est bien naturel qu'il réagisse ainsi.

— Je lui ai dit que papa avait agressé lady Catlyn, mais il a eu l'air de s'en moquer. « Il faut qu'il m'aide à sauver Margot », répétait-il.

— Qui est Margot ?

— Margot Mac Nab. Son père est le propriétaire du Bouclier de Bronze.

Ross se redressa, la gorge nouée d'appréhension.

— Wesley est allé dans cette taverne ?

— Oh ! oui ! Cela faisait des semaines qu'il en parlait. Il avait prévu d'y rejoindre Margot. Ils se sont rencontrés à la foire l'an dernier et n'ont pas cessé depuis d'échanger des messages. Elle est la seule enfant de Coinnech et la taverne lui reviendra un jour. Wesley disait ces derniers temps qu'il préférait tenir une auberge plutôt que de rester enfermé toute sa vie à la distillerie.

— Où est-il maintenant ?

— Dans sa chambre. Il n'arrête pas de se désoler et de répéter le nom de son amie. Il a dû revenir pour annoncer à papa qu'il voulait l'épouser. J'ai peur qu'il n'essaie d'aller la retrouver. Vous comprenez, il risque de se faire capturer par Hakon !

Ross hocha la tête. C'était une possibilité, en effet. Mais il en voyait d'autres, bien plus terribles encore. La facilité avec laquelle Wesley avait franchi les lignes des Fergusson lui semblait suspecte.

— Retournez auprès de votre frère, intima-t-il à Brita. Et arrangez-vous pour qu'il ne sorte pas de sa chambre !

Jamais elle ne s'était sentie aussi seule et effrayée de sa vie.

Couchée dans son grand lit solitaire, Catlyn se recroquevilla plus étroitement sous les couvertures. L'oreiller portait encore l'odeur de Ross. Un parfum qui éveillait en elle tant d'images dévastatrices… Ce dont elle se souvenait le mieux, c'était de leurs bons moments — ses bras puissants autour d'elle, la flamme de gaieté dans ses yeux lorsqu'ils riaient ensemble. Mais ce qui lui manquait surtout, c'était la tendresse, le partage…

Il fallait qu'elle arrête de penser à lui, pour l'amour du ciel !

Avec un lourd soupir, elle se retourna contre le mur et tâcha de s'endormir. Peine perdue ! A présent, ses pensées revenaient au conseil de guerre qu'elle avait tenu une heure plus tôt avec les Boyd.

La guerre… Aucun d'eux n'avait la moindre expérience en la matière, excepté Adair. Et encore ! Il y avait des années qu'il n'avait pas mis les pieds sur un champ de bataille ! Il avait suggéré d'envoyer quelqu'un chercher de l'aide à Doune, même s'il fallait pour cela hypothéquer jusqu'à leur dernier fût de whiskey. Quant à Eoin, il proposait de faire une sortie et d'attaquer le camp de Hakon.

Adair avait protesté en affirmant que ce serait du suicide.

Le désespoir s'empara d'elle de nouveau, la submergeant de ses vagues amères. Ses yeux s'emplirent de larmes. Des larmes de chagrin, de désespoir. Il lui fallait sauver son clan. Mais comment ?

— Chut, ma mie, ne pleurez pas ! chuchota tout à coup une voix familière.

Catlyn étouffa un cri et se laissa rouler sur le dos. Une large main couvrit sa bouche et un visage trop connu — trop séduisant, hélas ! — emplit son champ de vision.

— Promettez-moi de ne pas crier !

Elle hocha la tête et la main se retira, laissant sa saveur sur ses lèvres.

— Comment… comment êtes-vous entré ?

— Par la fenêtre.

Elle sentit le lit se creuser sous son poids comme il s'asseyait près d'elle.

— Catlyn, il faut que je vous parle.

— Si vous êtes venu pour essayer de me convaincre que vous n'avez pas vendu nos secrets à Hakon…

— Je n'ai plus de temps pour cela ! Les dessins étaient falsifiés, je vous l'ai dit, et la prétendue recette n'était qu'un ramassis de phrases sans signification. A présent, c'est à vous de savoir si vous me croyez ou non.

Elle essaya de se cramponner à son ressentiment. Mais elle avait beau faire, elle se souvenait surtout des bonnes actions de Ross. En lui sauvant la vie, en la poussant à remettre Dora à son poste et en ramenant sa mère à la raison, il l'avait comblée de bienfaits. Oh ! il était autoritaire et arrogant, c'était indéniable ! Mais il essayait toujours de faire ce qui était juste et d'aider au lieu de blesser.

— Je vous crois, murmura-t-elle enfin. Mais les choses ne peuvent plus être comme avant. Vous avez voulu nuire à mon clan, je ne pourrai jamais vous le pardonner.

Il serra convulsivement les mâchoires.

— Je vois. Mais cela ne change rien à ce que j'ai à vous dire. Il faut quitter Kennecraig, Catlyn. Cette nuit même.

Il leva une main pour prévenir ses objections, puis marcha jusqu'à la fenêtre.

— Hakon ne va pas s'en aller. Il est déterminé à s'emparer de votre distillerie.

Alarmée par le ton de sa voix, Catlyn se leva pour le rejoindre.

— Vous savez donc ce qu'il a l'intention de faire ?

— Pas absolument, mais…

Il s'arrêta pour la dévisager, indécis.

— Dites-moi ! Il vaut mieux que je sache.

— Très bien.

Il leva la main pour lui caresser doucement les cheveux.

— Vous semblez si petite et fragile que j'ai tendance à oublier combien vous êtes courageuse.

Courageuse ? Elle aurait bien voulu l'être en cet instant, tandis qu'il lui confiait ses soupçons sur le retour inattendu de Wesley. Mais c'était la peur qui dominait en elle.

— Pourquoi Wesley ouvrirait-il les portes à Hakon ?

— Pour la même raison qui m'a poussé à m'introduire ici. Hakon doit avoir prise sur lui. Sans doute fait-il planer une menace sur quelque chose de très cher à Wesley. Quelque chose qu'il ferait n'importe quoi pour protéger. Ou quelqu'un.

— La fille, dit aussitôt Catlyn. Margot.

— C'est aussi mon avis. Il faut que j'interroge le garçon et que j'arrive à lui faire dire combien de temps lui a donné Hakon pour accomplir sa mission. Nous profiterons de ce répit pour faire sortir vos gens de Kennecraig.

Catlyn haussa les sourcils.

— Mais comment ?

Puis elle se souvint.

— Oh ! par-dessus le rempart !

— Précisément. Nous n'avons pas le temps d'empaqueter quoi que ce soit, il faut se hâter. Les femmes et les enfants d'abord, avec une escorte. Qui voulez-vous mettre à leur tête ?

Catlyn déglutit. Son cœur lui criait de ne pas partir. Kennecraig était le foyer des Boyd depuis des générations. La distillerie était toute leur vie. Mais les récits des fermiers étaient encore trop frais dans sa mémoire. Trois retardataires — deux vieillards et une femme — avaient été occis sans pitié par les Fergusson. Elle ne voulait pas voir d'autres Boyd périr de cette façon.

— C'est Adair qui connaît le mieux nos montagnes, répondit-elle enfin.

Elle hésita avant de poser la question qui lui brûlait les lèvres :

— Et le whiskey ?

Ross secoua la tête, une lueur de commisération dans les yeux.

— Il faudrait trop de temps pour transférer les tonneaux et ils ralentiraient votre fuite.

Elle se tut, digérant le choc et la douleur de perdre tout ce qui comptait pour sa famille depuis la nuit des temps.

— Ne pouvons-nous au moins emporter le dix ans d'âge ? Ce serait un crève-cœur d'imaginer Hakon et ses pendards célébrant leur victoire avec le nectar de papa !

— Je vais voir ce qu'on peut faire, mais je ne vous promets rien. Catlyn, je suis tellement désolé que les choses en soient arrivées là…

Elle parvint à sourire malgré son désarroi.

— Merci. Votre compréhension me fait du bien.

— Oh ! Catlyn !

Il l'enlaça brusquement pour la serrer contre lui et l'espace d'un instant, elle oublia tout dans la chaleur de ses bras.

— Ross… soupira-t-elle dans un sanglot.

Le visage levé vers lui, elle attendit le baiser qui chasserait en partie ce terrible froid qui avait envahi son corps.

— Pouvez-vous me pardonner ? chuchota-t-il dans ses cheveux.

Elle ferma les yeux. Si seulement elle pouvait se dispenser de formuler les mots qui allaient suivre ! Mais la franchise était la pierre angulaire de leurs relations. Sans elle, quel avenir pouvaient-ils envisager ensemble ?

— Je ne sais pas, Ross. Le ciel m'en est témoin, je ne sais pas.

Il eut un frisson et la pressa plus étroitement contre lui.

— Je comprends.

Puis il la relâcha et recula d'un pas.

— Habillez-vous. Je vais aller libérer mes hommes et parler à Wesley. Puis il faudra rassembler vos gens dans la grande salle et leur expliquer ce qu'ils vont devoir faire.

— Il ne va pas être facile de les convaincre ! Roland n'est pas le seul à m'en vouloir de ne pas avoir sauvé l'orge. Certains refuseront peut-être de partir.

— Tous ceux qui resteront seront condamnés, déclara Ross d'une voix grave. Il faut qu'ils s'en rendent compte.

Il jeta un coup d'œil machinal par la fenêtre et tressaillit.

— Bon sang, est-ce que ce n'est pas Wesley qui se dirige vers la grande porte ?

— Mais oui, c'est lui ! cria Catlyn.

Elle n'obtint pas de réponse. Ross avait déjà enjambé l'embrasure et disparu dans la nuit.

— Impossible ! déclara le garde de faction à la porte. J'ai ordre de ne laisser sortir personne.

— Mais j'ai perdu quelque chose en venant, plaida Wesley. La… la croix de ma mère. Si je pouvais seulement…

— Pas question. Adair a insisté pour que toutes les issues restent fermées, rétorqua l'homme.

— Mais je dois sortir ! supplia Wesley, la main sur le loquet de la porte. Vous ne comprenez donc pas ? Je vous ai dit…

— C'est avec moi que vous allez vous expliquer, interrompit soudain Ross, qui surgit de l'obscurité.

Le jeune homme fit volte-face.

— Vous ? Je vous croyais enfermé !

— Eh bien, ce n'est plus le cas, comme vous voyez, ironisa Ross.

Il saisit Wesley par le bras et le ramena vers le donjon.

— S'il vous plaît, je dois sortir ! supplia le garçon, qui se contorsionnait pour échapper à son étreinte.

En vain… Ils étaient à mi-chemin de l'escalier, lorsqu'ils virent Eoin dévaler les marches à leur rencontre

— Comment avez-vous réussi à vous échapper ? hurla-t-il, en brandissant son épée.

D'un coup de pied, Ross fit sauter la rapière, qui rebondit sur les marches. Eoin poussa un cri et se prit le bras.

— Vous m'avez blessé, le diable vous emporte !

— C'est Catlyn qui m'a délivré. Nous allons questionner Wesley. Si vous voulez assister à l'interrogatoire, laissez cette épée et suivez-moi.

— Wesley ? Mais qu'a-t-il fait ?

— C'est ce que j'ai bien l'intention de découvrir.

Ross gravit l'escalier, entraînant Wesley qui sanglotait convulsivement.

— Du calme, mon gars. Nous n'allons pas vous tuer !

— Vous n'en aurez pas besoin, répliqua Wesley d'un ton lugubre.

Catlyn et Adair les attendaient dans l'entrée. La jeune femme tendit la main vers Wesley, puis la laissa retomber, visiblement trop bouleversée pour aller au bout de son geste.

— Elle m'a tout raconté, fit Adair. Nous avons pensé que le solarium était le meilleur endroit pour régler cette affaire.

— Et mes hommes ? s'enquit Ross.

— Dallas rôdait dans les parages. Nous l'avons envoyé les délivrer. Où est Eoin ?

— Il me suit.

L'intéressé apparut sur le seuil à ces mots. Une expression butée marquait ses traits et son épée pendait de nouveau à sa ceinture.

— Catlyn, comment avez-vous pu relâcher cet individu, pour l'amour du ciel ? A quoi pensez-vous donc ?

— A sauver nos vies, rétorqua-t-elle.

Le dos raidi, elle prit la tête du petit cortège, qu'elle introduisit dans son solarium. Parvenu dans la pièce, Ross fit asseoir Wesley devant la table.

— Où avez-vous rencontré Hakon ?

Eoin haussa les sourcils.

— Hakon ?

Wesley releva la tête et cilla.

— Comment savez-vous ?

— Parce que tout concorde, répliqua Ross avec un haussement d'épaules. Quel chantage vous a-t-il fait pour vous forcer à coopérer ?

— Margot. Ma… la jeune fille que j'aime.

— Il l'a prise en otage ?

L'air misérable, Wesley acquiesça.

— Et qu'êtes-vous censé faire en échange de sa libération ?

— Ouvrir les portes à Hakon.

Il baissa la tête et ses larmes tombèrent sur la table de bois ciré.

— Je… je lui ai dit que je ne voulais pas, mais il… il lui a brisé le bras.

Catlyn s'approcha de lui et posa une main sur son épaule.

— Et la poudre ? s'enquit Ross. Hakon doit s'attendre à ce que nous fassions sauter la distillerie s'il attaque.

Wesley déglutit.

— Il n'y a plus de poudre.

— Quoi ? s'écria Eoin.

— C'est impossible, intervint Adair. Je l'ai déposée moi-même.

— C'est… c'est mon père qui l'a enlevée. Il l'a fait petit à petit, car les barils étaient trop lourds à soulever.

— Oh ! murmura Catlyn, horrifiée. Et où l'a-t-il mise ?

— Il l'a éparpillée du haut des remparts. Et aussi dans les canalisations.

Eoin poussa un gémissement et enfouit son visage dans ses mains.

— Notre dernier espoir s'est envolé !

Catlyn tremblait si fort que Ross brûlait d'aller vers elle pour la réconforter. Mais le temps pressait, il le savait.

— Hakon est-il au courant ? interrogea-t-il d'une voix brève.

Wesley ravala un sanglot.

— J'ai essayé de lui faire croire que les explosifs étaient toujours là. Mais il a compris que je mentais. Et maintenant, si je ne lui ouvre pas les portes, il va tuer Margot.

Catlyn jeta à Ross un regard désemparé.

— Qu'allons-nous faire ?

— Rassemblez tous vos gens dans la grande salle, Catlyn. Nous allons leur expliquer qu'il faut quitter Kennecraig.

— Nous ne pouvons pas abandonner le château ! se récria Eoin. Nous devons nous battre.

— Si vous restez, vous périrez de mort violente. Et vous n'empêcherez pas Hakon de s'emparer de la distillerie. Je vous offre une chance de salut.

Tragiques, les paroles de Ross résonnèrent dans le silence de la pièce. Lorsqu'il les répéta une demi-heure plus tard dans la grande salle, elles firent l'effet d'un coup de tonnerre. Même les plus rebelles des Boyd en restèrent sans voix.

— Comment partir sans attirer l'attention de Hakon ? demanda Catlyn dans un murmure.

— Mes hommes et moi allons tenter une diversion.

— Oh ! Ross ! Et s'il vous capture ?

— Je ferai de mon mieux pour que cela n'arrive pas, la rassura-t-il.

Il déposa un baiser sur ses cheveux et affecta un air confiant. Mais au fond de lui, il savait qu'en la sauvant, il prenait le risque de mourir lui-même.

Chapitre 19

La masse sombre des murailles de Kennecraig se dressait dans la nuit, imposante et apparemment imprenable.

Accroupi dans les rochers, Hakon leva les yeux vers la forteresse, un sourire aux lèvres. Imprenable ? Pas pour eux ! D'un instant à l'autre, Wesley allait leur ouvrir les portes du château.

Hakon n'avait pas dormi depuis quarante-huit heures, mais son esprit était si occupé à fomenter des plans qu'il ressentait à peine le besoin de sommeil. Ses hommes, par contre, piquaient du nez à leur poste. Même Guthrie, nota-t-il en les observant. Surtout Guthrie !

Furieux, Hakon lui assena un coup de coude dans les côtes.

— Réveille-toi, idiot !

Le jeune homme glapit de douleur.

— Inutile de m'insulter en plus ! Vous m'avez déjà battu comme plâtre, geignit-il en frottant son visage tuméfié.

— Je voulais être sûr que tu n'oublierais pas la leçon. Quel est le mot d'ordre, hein ?

— Patience et endurance, marmonna Guthrie d'un ton maussade.

— Tu as manqué des deux. Et à cause de cela, tu aurais pu réduire à néant tous mes projets si je n'avais pas eu la chance de tomber sur ce jeune Boyd et sa chérie.

Une lueur de concupiscence s'alluma dans le regard de Guthrie, tandis qu'il jetait un coup d'œil à la fille recroquevillée dans le creux d'un rocher.

— Je ne comprends toujours pas pourquoi vous m'avez empêché de la prendre après le départ de Wesley.

— Non, c'est non !

— Mais elle est jeune et jolie. Ce n'est pas souvent qu'on en trouve d'aussi affriolantes !

Comme si elle avait senti la précarité de sa situation, la fille tira son plaid au-dessus de sa tête et s'enfouit plus profondément sous les couvertures. Son bras devait lui faire mal, mais elle ne se plaignait pas et ne faisait rien pour attirer l'attention sur elle. Brave fille, songea Hakon. Et diablement appétissante, c'était un fait. Il y avait longtemps qu'il n'avait pas eu une aussi belle fille dans son lit.

— Tu m'as désobéi, Guthrie, et tu dois être châtié pour cela. Cette fille est à moi.

Le tas de couvertures fut agité d'un tremblement.

— Ce n'est pas juste ! se plaignit Guthrie, dont le visage meurtri s'assombrit.

— C'est juste si j'en ai décidé ainsi.

— Alors je veux la primeur des femmes du château. Il m'en faut au moins deux. Catlyn Boyd et une autre.

— Tu en auras deux, d'accord. Mais pas avant que Kennecraig ne soit en notre possession. Par contre, tu ne toucheras pas à la dame. Nous avons besoin d'elle pour tenir les autres.

— Bah ! Une heure avec moi et c'est elle qui nous proposera son aide.

— Pour que tu la tortures et la tues ? Pas question !

— Non, je ne la tuerai pas ! s'indigna Guthrie, le regard flamboyant.

Hakon n'aima pas cette expression de révolte dans ses yeux. Décidément, le gamin devenait de plus en plus difficile à contrôler.

— Hakon ! cria tout à coup le garde Georas. Je crois que la porte s'est ouverte.

Hakon se releva et distribua des coups de pied dans les flancs de ses hommes pour les réveiller.

— Debout ! Armez-vous. Surtout, ne faites pas de bruit, hein ?

— Et si c'est un piège ? objecta Guthrie.

— Pas de danger. Nous allons faire entrer la fille d'abord.

Hakon alla tirer Margot de son nid de couvertures et étouffa son cri de douleur sous un bâillon crasseux. Inutile de lui attacher les bras. Il la saisit par son poignet valide et l'entraîna avec lui vers le château.

Wesley Boyd se tenait bien en vue devant la porte, ainsi que Hakon le lui avait recommandé.

Resté à l'intérieur, Ross surveillait par l'entrebâillement la progression des Fergusson qui s'avançaient sur la piste, sinistre colonne apportant la mort et la destruction.

Priant pour que son plan réussisse, il jeta un coup d'œil derrière lui. Dans la cour, les Boyd faisaient la chaîne sous la direction d'Eoin, occupés à transférer de la distillerie aux greniers en pierre le plus grand nombre possible de tonnelets de whiskey. Le dix ans d'âge en premier, puis tout ce qu'ils pouvaient des autres crus.

Ross avait été surpris d'entendre Eoin proposer son aide.

— Je sais ce que vous voulez faire. Vous allez brûler le château et la distillerie.

Ross avait acquiescé, méfiant.

— Il faut bien que nous occupions les Fergusson. Sans cela ils s'élanceront à notre poursuite.

— Qu'en pense Catlyn ?

— Elle ne sait pas. Si je le lui avais dit, elle aurait sans doute refusé de partir.

Et s'il survivait à tout cela, elle le haïrait jusqu'à la fin de ses jours pour ce qu'il avait fait…

— La faire sortir d'ici, c'est la priorité absolue à mes yeux.

Eoin avait hoché la tête.

— Elle est la dernière de sa lignée, la seule qui connaisse le secret de la fabrication du *finglas*. Mais ce n'est pas pour cela que vous voulez la sauver, avait-il ajouté. Vous l'aimez vraiment, n'est-ce pas ?

— De toute mon âme.

— Et elle vous aime aussi, je pense.

Eoin avait dégluti.

— En dépit de ce que vous avez fait, Adair et lady Jeannie sont persuadés que vous ne nous avez pas trahis. Mais je n'en suis pas si sûr.

Sur ces mots, il était allé organiser le transfert du whiskey, ce dont Ross lui était reconnaissant.

Revenant à l'instant présent, il héla Nigel à voix basse.

— Allez dire à Dallas qu'il doit remonter maintenant. La mèche est installée, je suppose. Gil, ajouta-t-il, aidez Eoin et les autres à monter les derniers barils et partez, vous aussi. Je veux que tout le monde ait franchi le rempart quand Hakon fera son entrée.

Ses hommes acquiescèrent. Tous s'étaient livrés à un travail remarquable ces dernières heures. Aidés par les Boyd, qui avaient fini par comprendre l'urgence de la situation, ils avaient sué sang et eau pour sauver tout ce qui pouvait l'être.

Mathew, calme et efficace selon son habitude, était chargé de faire descendre les gens par les remparts. Adair attendait en bas, dans les rochers, pour les conduire ensuite vers la relative sécurité des bois.

— Margot ! chuchota soudain Wesley. Il… il l'a fait venir avec lui.

Ross serra les mâchoires à la vue de la jeune fille. Encore une innocente à protéger ! C'était une complication dont il se serait bien passé.

— Surtout pas un geste ! intima-t-il. Il fait cela pour s'assurer que nous ne lui tendons pas de piège.

Wesley hocha la tête, mais il tremblait visiblement. Ross tenta de le réconforter.

— Hakon n'a aucune raison de vous faire du mal, à vous ou à elle, tant qu'il ne vous soupçonnera pas de l'avoir trahi. Quand il sera tout près, avancez-vous et dites-lui que toute la maisonnée est endormie et que vous avez occis la sentinelle. N'hésitez pas à pleurer ostensiblement. Il faut lui faire croire que vous êtes dans tous vos états.

— Je n'aurai aucun mal à cela !

— Je sais que vous avez peur, mon garçon, et je vous aurais épargné cela si j'avais pu. Mais tant qu'il détient Margot…

Wesley se redressa à ce nom.

Je suis prêt, milord.

— Très bien. Essayez de diriger Hakon vers la distillerie, mais évitez de l'accompagner si vous le pouvez. Accrochez-vous à Margot en gémissant, afin de pouvoir rester en arrière. Cela aussi ne paraîtra que très naturel. Hakon sera si impatient de prendre possession des lieux qu'il ne se souciera pas de vos faits et gestes. Quant à moi, je resterai dans les parages.

— Vous ne partez pas avec les autres ?

— Pas sans Margot et vous.

Et même après avoir évacué tout le monde, il lui faudrait monter sur le toit pour allumer la mèche. Les distillateurs avaient ouvert les barils, inondant le sol de whiskey brut. Avec un peu de chance, le brasier allait être spectaculaire !

— Voilà, ils sont tous en bas, chuchota Mathew. A vous, Catlyn ! Ross aura ma peau s'il apprend que je vous ai fait passer après tout le monde et non la première ainsi qu'il me l'avait recommandé.

La jeune femme secoua la tête.

— Il n'était pas question que je me sauve tant que tous ceux de mon clan n'étaient pas en sécurité.

Elle se retourna pour jeter un dernier coup d'œil sur les lieux — la cuisine où elle avait appris enfant à confectionner des tartes, les écuries où elle avait passé une fois toute la nuit, parce que sa chatte favorite allait mettre bas, et le donjon, sentinelle sombre dressée contre le ciel nocturne. Le seul foyer qu'elle ait jamais connu…

Puis elle tourna la tête vers la distillerie, avec sa tour où tant de générations de Boyd avaient œuvré avant elle. Tout ce qu'elle avait réussi à emporter, c'était le précieux calice et le livre de bord en cours. Elle savait qu'il était plus sage de partir. Pourtant, elle ressentait cela comme un échec. Dieu savait qu'elle aurait préféré rester et combattre jusqu'à son dernier souffle pour protéger tout ce qu'elle aimait !

— Je reviendrai, chuchota-t-elle.

Oh ! oui ! Cela lui prendrait peut-être des mois, voire des années. Mais elle reviendrait arracher à Hakon les terres de sa famille !

Elle vit une colonne d'hommes contourner le donjon avant de gravir l'escalier des remparts et reconnut à leur tête Nigel Sutherland, suivi des derniers ouvriers de la distillerie.

— Où en est-on ? s'enquit-elle.

— Hakon arrive, murmura Nigel. Ross nous a ordonné de partir tout de suite.

— Où est-il à présent ?

— Il est resté en arrière pour s'assurer que Wesley et Margot sont en sécurité.

Voilà qui ressemblait bien à Ross !

Occupé à faire descendre les hommes, Mathew releva un instant la tête.

— Ross a-t-il l'intention de sortir par la porte avec eux ?

— Il ne me l'a pas dit.

— Bon sang ! Je redescends le chercher.

— Inutile. Dallas et Eoin sont déjà avec lui.

— Beau réconfort ! Il va les éloigner avant d'allumer la mèche lui-même. Si on le laisse faire, il ne partira qu'à la dernière seconde. Je n'ai pas envie de le voir transformé en torche !

— Que voulez-vous dire ? s'enquit Catlyn.

Un silence gêné accueillit la question.

— Il va allumer un incendie pour créer une diversion, c'est cela ?

Mathew acquiesça.

— Désolé, milady. Il ne le ferait pas si ce n'était pas indispensable.

— Je… je sais, murmura-t-elle, la gorge serrée.

Elle se tourna de nouveau vers les bâtiments. Les écuries, avec leur grenier à foin, s'embraseraient instantanément, ainsi que les cuisines, avec leurs jarres d'huile et de graisse.

— Je sais, répéta-t-elle. Mais cela fait mal tout de même.

Mathew lui prit la main et la serra doucement.

— Si nous n'agissons pas ainsi, Hakon va s'élancer à nos trousses.

— Que racontez-vous là ? cria tout à coup une voix querelleuse.

Catlyn se retourna pour voir Roland jaillir de l'ombre, au coin de la tour de garde.

Mathew s'avança vers lui.

— Au nom du ciel, que faites-vous ici ? Je vous ai placé sur le monte-charge il y a une bonne demi-heure !

— Je me suis esquivé sans qu'on me voie. Je ne peux pas abandonner ainsi le *finglas* !

Ses yeux se fixèrent sur Catlyn.

— Qu'est-ce que c'est que cette histoire d'incendie ?

La jeune femme se contenta de secouer la tête.

— Rien. Rien du tout.

— Allons donc ! Votre maudit chevalier veut brûler ma distillerie. C'est cela, hein ?

— C'est faux, le rassura Catlyn, sincère. Nous allons sans doute être obligés de mettre le feu aux écuries et dans la cuisine. Mais Ross ne toucherait jamais au donjon ni à la distillerie.

Mathew s'éclaircit la gorge.

— Allons, Roland, il est grand temps d'y aller !

L'interpellé recula d'un pas.

— Non. Je ne pars pas.

— Il le faut. Hakon est ici. Ses hommes et lui seront dans la cour d'ici quelques instants.

Il empoigna Roland par le bras.

— Il faut que nous soyons hors des murs avant qu'il ne pénètre ici.

— Non !

D'une poussée, Roland fit reculer Mathew et se rua vers l'escalier.

— Roland ! cria Catlyn, qui s'élança à ses trousses.

Derrière elle, elle entendit Mathew la rappeler mais elle fit la sourde oreille. Si elle s'arrêtait, Roland aurait trop d'avance sur eux. Parvenue au sommet des marches, elle le vit disparaître dans l'ombre, du côté des greniers. Catlyn prit ses jambes à son cou, heureuse d'avoir revêtu ses vêtements masculins, qui du moins n'entravaient pas sa course. Roland longea le donjon devant elle, traversa l'arrière-cour et s'engouffra dans les écuries, où elle pénétra après lui. La paille étouffait le bruit de ses pas et le fuyard ne s'était sans doute pas aperçu qu'il était suivi, car elle le vit soudain ralentir, soulever le loquet et pousser l'un des battants de la double porte.

Puis il hésita, sa silhouette trapue immobile dans le halo de lumière qui filtrait de la cour. En avançant, Catlyn comprit pourquoi il n'allait pas plus loin. La grande porte d'entrée était ouverte.

La jeune femme se figea sur place. Oh ! mon Dieu ! Et si Hakon repérait leur présence ?

Quelqu'un la dépassa dans l'obscurité, la frôlant au passage, et se jeta silencieusement sur Roland qui tomba sur le sol. De la poussière et des brins de paille voletèrent dans l'air, tandis que Roland poussait un gémissement de douleur.

— Imbécile ! grogna Dallas. Essayez de refermer la porte, milady, ordonna-t-il en tirant Roland à l'intérieur. Et surtout, pas de bruit !

Ross vit la porte des écuries pivoter sur ses gonds et son cœur se mit à cogner dans sa poitrine. Qui avait contrevenu à ses ordres ? Mais il était trop tard pour aller voir de quoi il retournait. Déjà Hakon pénétrait dans la cour, Margot plaquée contre lui en guise de bouclier. Dieu merci, il ne pouvait distinguer les écuries, dont la vue lui était occultée par le dortoir des soldats, dans l'ombre duquel se dissimulait Ross.

Celui-ci jeta un nouveau coup d'œil vers l'écurie. Si Mathew avait violé ses instructions pour venir l'assister, il allait... Quelque chose bougea soudain derrière lui et il fit volte-face, sa dague à la main.

— Eh là, doucement ! chuchota la voix d'Eoin. Ce n'est que moi.

— Que diable faites-vous ici ?

— J'ai pensé que vous pouviez avoir besoin d'un second. Et il est aussi bien que ce soit un Boyd, non ?

Ross hocha la tête, saisi d'un respect involontaire. La démarche ne manquait pas de courage, c'était un fait.

— Dès que Wesley et Margot se seront enfuis, je monterai sur le toit pour allumer la mèche.

— Combien de temps faudra-t-il pour qu'elle se consume ?

— Dallas pense que cela prendra au moins un quart d'heure.

— Où seront les Fergusson à ce moment-là, à votre avis ? demanda Eoin.

— Je n'en sais rien. Tout ce que j'espère, c'est que Hakon n'aura pas le temps de s'apercevoir que le château est désert et d'envoyer des hommes à la recherche de nos gens.

— Et moi, j'espère qu'il sera à l'intérieur quand l'incendie éclatera ! fit Eoin d'un ton farouche. Ce ne serait que justice.

— Certes. Mais ce qui m'importe avant tout, c'est la sécurité de Catlyn et de tous les autres.

— Que puis-je faire ?

— Allez aux écuries. Je ne sais pas qui s'y trouvait il y a un instant. Mais qui que ce soit, assurez-vous qu'il n'y a plus personne.

Eoin hocha la tête et se fondit dans la nuit. Resté seul, Ross concentra de nouveau son attention sur la grande porte. D'autres Fergusson venaient de franchir le seuil et s'égayaient dans la cour. L'obscurité jouait contre lui, car il ne parvenait à discerner que des silhouettes et la lueur des épées nues, dont les lames étincelaient dans le noir. Seul Hakon était identifiable, grâce à sa chevelure pâle et à la fille qu'il tenait devant lui. La forme mince de l'autre côté de Margot devait être Wesley. Tandis qu'ils s'approchaient, Ross entendit l'un d'eux sangloter doucement.

— Faut-il s'emparer du quartier des soldats ? s'enquit un Fergusson à voix basse.

— Non. Il ne faut pas prendre le risque d'éveiller le château.

Les dents de Hakon brillèrent dans la pénombre.

— Tu avais raison, mon garçon, ils sont stupides. Pas le moindre sens de la stratégie militaire !

— S'il vous plaît, permettez-nous de nous asseoir ! geignit Wesley. Margot est sur le point de s'évanouir.

— Pas encore, grogna Hakon.

D'une voix brève, il intima à ses hommes de poster des gardes à l'extérieur du dortoir.

— Guthrie, va prendre possession des écuries !

— Mais, père…

— Obéis, et plus vite que ça ! Sinon, pas de femmes et pas de whiskey…

« Oh ! Seigneur ! Faites qu'Eoin et les autres aient eu le temps de fuir », pria Ross en silence.

Wesley fit quelques pas de plus, puis gémit de nouveau.

— Pourquoi suis-je obligé de vous suivre ? Je vous ai fait entrer et je vous ai indiqué la distillerie. S'il vous plaît !

— Espèce de poltron ! grommela Hakon, excédé. Allez vous asseoir près du poste de garde alors.

Soulagé, Ross regarda le jeune couple traverser la cour. Mais il s'était réjoui trop vite.

— Suis-les ! ordonna Hakon à l'un de ses hommes. Et assure-toi qu'ils ne nous trahissent pas. Tu me comprends…

Que faire ? Ross pesa les risques, puis il tira son épée, abaissa son heaume sur son visage pour ne pas être reconnu et emboîta le pas au tueur.

L'homme rejoignit Wesley au moment où celui-ci entrouvrait la grande porte pour se glisser dehors avec Margot.

— Ha ha ! Hakon avait raison de ne pas vous faire confiance ! ricana-t-il en brandissant sa rapière.

Wesley poussa Margot derrière lui et se retourna, une main levée pour parer le coup. Mais celui-ci ne vint pas. L'épée de Ross, plus prompte que celle du Fergusson, transperça la cuirasse de l'assassin, qui s'effondra avec un étrange gargouillis.

— Messire Ross ! Jamais je n'ai été aussi…

— Ouste, décampez ! interrompit Ross.

Il s'assura que les deux jeunes gens avaient franchi la porte, puis se glissa dans l'ombre dense du rempart. Encore une tâche à accomplir et il pourrait partir à son tour.

Jetant un coup d'œil à l'autre extrémité de la cour, il vit les Fergusson gravir les degrés du donjon. Leurs silhouettes noires disparurent l'une après l'autre à l'intérieur. C'était le moment !

Ross se dirigea vers l'arrière de la distillerie, où il avait laissé pendre une corde pour faciliter son ascension sur le toit. Il n'était plus qu'à quelques pas de la tour, quand la porte de l'écurie s'ouvrit, livrant passage à une silhouette trapue qui s'élança dans la cour. La voix hystérique de Roland résonna tout à coup dans le silence

— Que faites-vous là, maudits ? Vous allez voir, espèces de diables !

Les Fergusson postés autour du bâtiment se ruèrent vers lui, sous le regard de Ross impuissant. Un éclair d'acier brilla dans la nuit, bientôt suivi par un cri de douleur.

Puis plus rien.

— Oh ! mon Dieu !

Horrifiée, Catlyn enfouit le visage dans la tunique d'Eoin.

— Je le croyais assommé. Comment a-t-il réussi à sortir ?

— Je ne sais pas, murmura Eoin, qui semblait aussi bouleversé qu'elle.

— Vite, passons par-derrière ! chuchota Dallas.

Il courut vers la petite porte, qui s'entrebâilla avec un craquement. Catlyn s'obligea à le suivre, heureuse de pouvoir prendre appui sur Eoin. Le spectacle auquel elle venait d'assister lui avait ôté ses dernières forces.

Elle entendit soudain crier les gonds de la double porte derrière eux.

— Fouillez l'intérieur ! ordonna une voix rude. Il y en a peut-être d'autres.

— Courez, Catlyn ! intima Eoin dans un chuchotement.

Il lui donna une poussée pour lui imprimer de l'élan et se retourna pour faire face à leurs poursuivants.

— Approchez, espèces de lâches ! hurla-t-il. Et capturez-moi si vous pouvez !

— Bon sang, il faut le faire taire ! s'exclama l'un des hommes. Il va réveiller tout le château.

Le cœur cognant à se rompre, Catlyn s'élança en trébuchant vers la petite porte, avec la crainte de sentir à tout moment la morsure froide de l'acier dans son dos. Mais seul le cliquetis des épées qui se heurtaient avec fracas et la respiration haletante des combattants résonnaient à présent entre les murs chaulés. Parvenue sur le seuil, elle ne put résister à l'impulsion de jeter un regard derrière elle pour voir où en était Eoin.

Un groupe d'hommes s'affrontaient dans une danse mortelle, leurs lames lançant des éclairs dans l'obscurité. Oh ! Seigneur, comment Eoin pouvait-il espérer défaire autant d'adversaires ?

Grelottante, elle poussa le panneau de bois.

— Dallas ? Eoin est en…

Des mains brutales l'agrippèrent soudain et elle se retrouva écrasée contre une poitrine aussi dure qu'un roc. Son ravisseur exhalait un relent d'ale et de sueur. Elle se débattit d'instinct et lui assena des coups de talon dans les jambes, tout en mordant les mains qui la retenaient prisonnière.

— Eh, c'est une fille ! Et hargneuse avec ça…

Il l'éloigna juste assez de lui pour pouvoir la frapper — un coup à la pommette assez violent pour lui arracher un cri. La douleur explosa dans la tête de Catlyn et elle n'eut pas la force de réagir lorsqu'il la souleva du sol pour l'emporter. A demi étourdie, elle leva les yeux vers son agresseur et faillit s'évanouir à sa vue. Pas d'erreur possible ! C'était Guthrie Fergusson, alias Guthrie le Diable.

— Père m'a ordonné de vous laisser tranquille, Catlyn Boyd. Mais comment le pourrais-je ?

Il s'empara de sa bouche en un baiser si brutal qu'elle se mit à suffoquer. Ce n'était qu'un prélude, elle ne l'ignorait pas. Tout en elle se rebellait contre ce qui allait suivre. Rassemblant ses dernières forces, elle mordit violemment la langue qui avait forcé l'entrée de sa bouche.

Guthrie poussa un hurlement et releva la tête. Le sang coulait de ses lèvres entrouvertes et une affreuse expression de haine distordait ses traits.

— Vous allez me le payer, espèce de…

Un rugissement lui coupa la parole. Deux mains puissantes arrachèrent Catlyn de son étreinte et la poussèrent vigoureusement en arrière.

Ross ! Il était venu. D'une façon ou d'une autre, il avait su et avait aussitôt volé à son secours.

Un morceau de métal brilla un instant dans la nuit avant de disparaître dans le ventre de Guthrie, dont la poitrine laissa échapper un gémissement guttural. Les mains agrippées à la garde de son poignard, il se plia en deux puis bascula sur le sol, qui trembla sous son poids.

— Oh ! Ross ! murmura Catlyn en se jetant à son cou.

— Pourquoi êtes-vous ici ? C'est insensé ! gronda-t-il en la serrant si farouchement contre lui qu'elle ne put articuler la moindre réponse.

— Allez-vous bien ? interrogea Dallas, dont la haute silhouette apparut tout à coup devant eux.

Catlyn frissonna.

— Oui, merci. Guthrie…

— Il est mort ou mourant, acheva Ross.

— Qui sont ces hommes en train de se battre ? s'enquit Dallas.

Catlyn perçut de nouveau les cliquetis de la bataille et se souvint.

— Eoin. Il faut l'aider. Allez-y, vite !

Ross effleura ses lèvres d'un baiser et la poussa vers Dallas.

— Faites-la sortir d'ici. Par le rempart de l'ouest. Les bandits n'y sont pas encore, chuchota-t-il avant de s'élancer au secours d'Eoin.

Dallas voulu entraîner Catlyn, mais elle refusa de bouger tant qu'elle n'avait pas vu Ross mettre en déroute les deux derniers adversaires que combattait Eoin avec la force du désespoir. L'agilité de Ross et son habileté à manier la rapière étaient à couper le souffle, et cette image demeura gravée dans son esprit tandis qu'elle fuyait vers le rempart, certaine que Ross et Eoin n'allaient pas tarder à les suivre.

Mais lorsque Dallas et elle eurent rejoint les autres réfugiés blottis dans les bois, elle attendit en vain l'arrivée de Ross. Une peur insidieuse lui étreignit le cœur. Et s'il était resté en arrière pour essayer de sauver la distillerie ?

S'il lui arrivait quoi que ce soit à cause d'elle, elle ne se le pardonnerait jamais !

— Où sont-ils tous ? murmura Hakon.

Murdo leva la torche qu'il portait, laissant la lumière illuminer la grande salle vide.

— Je commence à croire que ce Wesley nous a joué un tour !

— Oui. Il a dû avertir son clan.

En fin de compte, il avait eu raison de les faire occire, Margot et lui. Même s'il regrettait un peu la fille…

— Ils ne peuvent pas être loin, reprit Murdo. S'ils étaient sortis, nous les aurions vus. Sans doute sont-ils tous cachés sous leurs lits, à trembler de peur.

— Hum… J'ai du mal à imaginer Ross Sutherland en train de se cacher. Il a dû nous tendre une embuscade. S'ils sont tapis dans les écuries, Guthrie leur tombera dessus quand ils sortiront. Prenez dix hommes avec vous et allez voir ce qu'il en est à l'étage. Moi, je vais essayer de trouver la distillerie.

Hakon renifla l'odeur du whiskey avant même d'avoir atteint

la double-porte décrite par Wesley. D'un geste, il fit passer Dickie devant et pénétra prudemment dans la pièce.

— Va voir ce qu'il y a dans le sous-sol, intima-t-il à Georas.

— Eh, venez voir ici ! héla soudain Dickie depuis la salle voisine.

Hakon franchit le seuil, souleva sa torche et poussa une exclamation de surprise. Partout, des tonneaux de whiskey !

Dickie examinait les casiers, bouche bée.

— Attendez un peu que Guthrie voie ça !

— Ce n'est pas pour boire ! gronda Hakon. Ce whiskey nous rapportera une fortune à Doune ou à Stirling.

Il ne se tenait plus d'excitation à cette seule pensée.

— La distillerie est dessous, annonça Georas, qui émergea de l'escalier. Quatre pièces, pas moins, et les plus grands tonneaux que j'aie jamais vus de ma vie. Mais ces Boyd sont négligents. Ils ont renversé du whiskey partout sur le sol.

— Aucune importance. Et la poudre ?

— C'était du bluff. Il y a bien deux barils dans chaque pièce, mais ils sont remplis de poussière.

— Le diable les emporte ! Et dire que j'aurais pu m'emparer des lieux depuis le début !

— Bah, tout est à nous à présent. Bon sang, tout ce whiskey ! Est-ce qu'on peut mettre un tonneau ou deux en perce pour célébrer notre victoire ?

Hakon secoua la tête.

— Pas tant que nous n'avons pas localisé les Boyd et les Sutherland.

Une angoisse lui monta à la gorge. Tout avait été trop facile. Il devait y avoir un serpent caché quelque part !

— L'endroit est trop tranquille, grommela-t-il.

Il inspecta du regard les recoins éloignés, que la lumière de sa torche ne pouvait pas atteindre.

— Georas, envoie des hommes fouiller toutes ces pièces. Dis-leur d'apporter d'autres torches, des grandes.

— Bien, chef.

Hakon attendit qu'il ait disparu et se tourna vers Dickie.

— Tu as de bons yeux. Grimpe là-haut et emprunte le chemin de ronde. Regarde si tu trouves des signes d'évasion par les remparts.

— Qu'est-ce que cela nous fait s'ils sont partis ? On a le whiskey !

— Nous avons besoin d'eux pour en fabriquer plus, imbécile. Allez, ouste ! Pendant que tu y es, dis à Murdo de fouiller le quartier des soldats, et à Guthrie de passer l'écurie au peigne fin. Je me méfie de…

Il fut interrompu par Georas qui se rua dans la pièce, le regard terrifié.

— Hakon, Guthrie a été attaqué !

— Par l'enfer ! Il n'est pas mort ?

— Non, mais sa blessure est grave. On l'a transporté dans la grande salle. Il… il vous réclame.

Hakon n'avait pas attendu les derniers mots pour se précipiter dehors.

Le claquement de la porte résonna dans le conduit de la cheminée. Pas de chance ! Pourquoi fallait-il que Guthrie soit encore vivant lorsque tant d'autres avait péri ?

Ross exhala un soupir et s'appuya contre la pierre froide. Il venait juste d'éteindre la lanterne dont il avait fait usage pour allumer la mèche. A présent, il allait falloir un bon quart d'heure avant qu'elle ne se consume jusqu'au bout. Et combien encore pour que le whiskey s'enflamme et que le feu se répande ? Jusque-là, rien ne pouvait empêcher l'homme de Hakon d'explorer le chemin de ronde.

Ross sentit sa gorge se nouer à la pensée de Catlyn. Dallas avait dû la conduire vers les bois. Mais si Hakon découvrait leur cachette ?

Les mâchoires serrées, il se laissa glisser le long de la corde et se hâta vers la remise où il avait laissé Eoin.

La pointe d'une dague le menaça dès qu'il eut ouvert la porte.

— C'est moi, chuchota-t-il. Pas encore mort, on dirait ?

— Non, il faut croire, ricana Eoin.

Mais sa voix tremblait. Il avait pris un coup sévère à la cuisse et perdu beaucoup de sang.

— Laissez-moi vous emmener, supplia Ross.

— Pas question. Cela vous prendrait trop de temps et je ne pourrais pas aller loin sur cette jambe de toute façon. Vous avez allumé la mèche ?

— Oui. Mais il faudrait que je fasse partir un incendie tout de suite. La jonchée sur le sol de la grande salle s'enflammera très vite. Il faudrait seulement que je puisse m'en approcher.

— Prenez une jarre d'huile dans la cuisine, conseilla Eoin. On peut la vider à la volée depuis le seuil de la salle et jeter une torche dessus. Laissez-moi y aller ! pria-t-il en esquissant un geste pour se lever.

— Non ! Vous n'y arriverez pas avec votre jambe. Restez ici, je reviens dans un instant.

— Ross... dit Eoin en saisissant le bras de Ross. Je me suis trompé sur votre compte. Vous êtes un homme d'honneur.

— Je me suis trompé moi aussi, mon vieux. Quand tout cela sera fini, nous viderons ensemble une coupe à notre entêtement !

Le rire d'Eoin le suivit, tandis qu'il se frayait un chemin dans l'obscurité que teintaient déjà les premières lueurs de l'aube.

La cuisine se dressait à quelques mètres seulement de la remise. Avec précaution, Ross se glissa dans le bâtiment. De toute évidence, les Fergusson étaient déjà passés par là, à la recherche de nourriture. Mais les pots de graisse près du four étaient intacts. Il s'empara d'une jarre et prit une torche près de l'âtre gigantesque.

Parvenu dans la cour, il entendit des hommes fouiller les écuries et hâta le pas, rasant les murs jusqu'à l'escalier, dont il gravit rapidement les degrés. Dieu merci, il ne rencontra personne et trouva l'entrée déserte. Les Fergusson devaient être rassemblés dans la grande salle, à en juger par les bruits de voix irritées qui filtraient par la porte entrouverte.

Ross parcourut le couloir en quelques enjambées, puis s'aplatit contre le mur et jeta un coup d'œil à l'intérieur. Des torches brûlaient autour de la pièce, éclairant le visage crispé de Hakon et celui du jeune homme qui gisait sur le sol, près de l'âtre vide. Guthrie vivait encore, bien qu'il semblât fort mal en point. Ross aurait voulu éprouver de la compassion pour lui, mais il n'y parvint pas. Pendant sa courte vie, Guthrie avait infligé trop de souffrance autour de lui !

— Trouvez-le ! hurla soudain Hakon. Trouvez ce Ross Sutherland ainsi que tous les siens. Et amenez-les-moi !

Les Fergusson se dirigeaient déjà vers la porte, quand la haute silhouette de Ross s'encadra le seuil.

— Je suis ici. Mais vous ne mettrez pas la main sur moi, Hakon. Ni sur aucun des miens !

Jetant la jarre sur le sol, il saisit la torche fichée près de la porte et la lança dans la pièce. L'huile s'enflamma sur-le-champ, projetant des flammes qui se propagèrent alentour à la vitesse de l'éclair. A travers la fumée, Ross vit une rivière ardente se répandre sur le sol et embraser tables et bancs, tandis que les hommes tentaient de fuir de tous côtés.

Ross recula et enfila le couloir en courant de toute la vitesse de ses jambes. Il sentait la chaleur dans son dos, de plus en plus intense. Il atteignait juste l'escalier, quand un grondement parut monter soudain des entrailles de la terre.

La mèche avait enflammé le whiskey !

La gorge serrée d'appréhension, Ross dévala les degrés. Il s'attendait à voir le feu jaillir à tout moment des fenêtres. Mais au lieu de cela, ce fut une énorme déflagration qui résonna soudain dans la nuit. La poudre ! eut-il le temps de penser. Une tornade brûlante s'abattit sur lui. Les jambes fauchées, il tomba lourdement sur le sol de la cour et sombra dans l'inconscience.

*
* *

Lorsqu'il revint à lui, il faisait jour et la pluie tombait sur son visage. Avec un gémissement, il humecta ses lèvres parcheminées et sentit une saveur de sel sur sa langue.

— Ross ?

Catlyn était penchée sur lui, le regard effrayé et les joues ruisselantes de larmes.

— Vous êtes vivant, Dieu merci !

Il leva la main pour lui toucher le visage, mais une violente douleur lui cisailla le bras.

— Restez tranquille. Vous avez des brûlures à l'avant-bras et votre épaule a été démolie par une pierre.

— Le donjon ?

— Il n'en reste plus rien. La distillerie a brûlé aussi.

Relevant enfin la tête, il constata qu'elle n'avait pas exagéré. Ce château autrefois si imposant n'était plus qu'un amas de cendres et de débris. Avec un gémissement, il se laissa retomber en arrière et saisit la main de Catlyn. Elle lui parut inerte et glacée.

— Je... je suis désolé.

— Ce n'est pas important. A part Roland, nos gens sont sains et saufs. Eoin est blessé mais s'en tirera sûrement.

— Et... Hakon ?

— Mort, ainsi que Guthrie. De tous les Fergusson, seuls ceux qui se trouvaient dans la cour ont survécu. Et ils se sont enfuis.

Elle avait beau dire, il savait que la destruction de Kennecraig était un désastre pour Catlyn et son cœur se serra pour elle.

— Je suis désolé, répéta-t-il. Je ne voulais pas cela.

— Mais c'est bien vous qui avez tout planifié, non ?

— Je voulais allumer un feu pour créer une diversion. Mais je n'avais pas imaginé que...

— C'est sans importance.

Ross aurait voulu la serrer dans ses bras et la réconforter comme une enfant. Mais il craignait qu'elle n'accepte même pas cela de sa part. Oh ! Seigneur, n'avait-il gagné cette bataille que pour perdre son amour ?

— Allez chercher Mathew, intima-t-il. Il faut que nous organisions notre départ. Courage, ma mie ! Nous serons bientôt à la maison, à Stratheas.

Elle désigna d'un geste les décombres fumants.

— Ma maison, c'était ici, Ross.

Chapitre 20

Château de Stratheas

Le soleil s'était levé dans un beau ciel pur, par ce frais matin de la Saint-Michel. C'était le jour où les métayers payaient leur loyer et où les débiteurs venaient s'acquitter de ce qu'ils devaient.

Ross avait une grande dette à rembourser et pas la moindre idée de la façon dont son tribut allait être reçu. Avec un soupir, il traversa le pont et se dirigea vers la silhouette solitaire assise près du lac qui s'étendait sous les murailles de la forteresse.

Catlyn... Elle semblait si perdue, perchée sur un rocher et occupé à jeter machinalement des cailloux dans l'eau claire ! Il y avait des semaines qu'elle était ainsi, depuis la chute de Kennecraig. Lointaine, insensible...

Ross l'avait éloignée des ruines fumantes aussi vite qu'il avait pu, afin de lui épargner davantage de chagrin. Pendant cinq jours, leur triste cavalcade avait cheminé dans les Highlands. A une lieue d'Edin Valley, ils avaient rencontré le père de Ross et une moitié du clan Sutherland, qui s'étaient mis en marche pour leur porter secours. De toute façon, ils seraient arrivés trop tard pour sauver Kennecraig. Mais Ross avait été touché par le soutien de son père, qui équivalait à un pardon.

Il avait également apprécié l'accueil chaleureux que sa famille avait réservé aux Boyd. Catlyn et les siens en étaient reconnaissants aux Sutherland, il le savait. Mais au fil des jours, et tandis que leur nouvelle vie se mettait en place, la jeune femme avait semblé se refermer sur elle-même.

Ross sentit son cœur se serrer dans sa poitrine. Et si son cadeau ne suffisait pas à lui redonner courage ? Si elle ne retrouvait jamais cette énergie et cette vitalité qu'il avait tant appréciées en elle ? Oh ! il ne cesserait pas pour autant de l'aimer, bien entendu. Mais il n'était pas facile d'être marié à une femme qui ne semblait réceptive qu'au lit. Car Dieu merci, elle le désirait encore ! Toutefois, Ross voulait davantage pour eux deux. Il voulait retrouver *sa* Catlyn.

— Je pensais bien que je vous trouverais ici, murmura-t-il.

Elle leva les yeux et un faible sourire incurva ses lèvres.

— C'est un bel endroit.

— Oui, superbe.

Ross promena un long regard sur son domaine et se demanda une fois de plus comment il avait pu si longtemps tourner le dos à tout cela. Nichée entre deux montagnes abruptes, l'antique forteresse de pierre semblait garder toute la vallée, qu'elle dominait de ses tours inexpugnables. La cascade qui dévalait des hauteurs pour alimenter le lac en contrebas ajoutait encore à la grandiose beauté du lieu.

— Ce sont les montagnes qui vous plaisent ?

— Oh ! oui ! Elles me rappellent ma maison.

Ross faillit répliquer que Stratheas était sa maison désormais, mais il se tut, sachant qu'il serait vain d'essayer de la convaincre. Sa mère et lady Jeannie pensaient toutes deux que Catlyn avait simplement besoin de temps pour retrouver ses marques. Aussi s'était-il montré compréhensif et patient. Pourtant, il avait l'impression qu'elle s'éloignait chaque jour un peu plus.

Penché vers elle, il posa la question qu'il évitait depuis tant de jours.

— Voudriez-vous retourner à Kennecraig ?

Elle écarquilla les yeux et il vit luire dans leurs prunelles une nostalgie qui lui déchira le cœur. Puis la flamme s'éteignit et elle secoua la tête.

— A quoi bon ? Il n'y a plus rien là-bas et la vue des lieux me rendrait encore plus malheureuse.

Plus malheureuse ? Ross n'était pas sûr que ce soit possible…

— Ma famille arrive, annonça-t-il.

Il avait été décidé qu'ils célébreraient tous la Saint-Michel à Stratheas, car c'était là et nulle part ailleurs que Ross pouvait offrir son cadeau à Catlyn.

— Déjà ?

Elle se leva prestement.

— Je dois m'assurer que tout est prêt, déclara-t-elle.

— Dora a dû s'en charger. Vous n'avez rien d'autre à faire qu'à vous parer et vous faire belle.

D'un regard appréciateur, il examina la robe que sa mère avait confectionnée pour Catlyn. Le velours pourpre du corsage mettait en valeur la nuance dorée de ses cheveux et le blanc crémeux de son teint.

— Ce ne devrait pas être difficile !

— Oh ! je veux être belle pour leur faire honneur. Ils ont été si gentils pour nous ! C'était très aimable à votre père d'emmener lui-même Margot et Wesley à Doune et de les y installer. Votre mère a été une véritable amie pour la mienne. Et votre sœur…

Un sourire éclaira furtivement son visage. Seule Ella semblait capable de percer la carapace de Catlyn. Peut-être parce qu'elle n'était pas du genre à se laisser repousser !

— Elle est si gaie, si pleine de vie…

— C'est une vraie chipie, vous voulez dire ! s'exclama Ross.

— Peut-être, mais je l'adore.

— Et elle vous le rend bien. Ils vous apprécient tous. Mais moi…

Il pencha la tête pour déposer un baiser sur ses lèvres.

— Moi, je vous aime !

— Moi aussi, Ross, je vous aime. Ne doutez jamais de cela.

Nouant les bras autour de sa nuque, elle l'embrassa avec tout le désir qui brûlait en elle. C'était seulement dans ces moments-là, lorsqu'ils étaient seuls ensemble, qu'elle semblait revivre enfin. Pantelante, elle se lova contre lui, moulant ses hanches sur les siennes.

— Catlyn…

Il lui releva le menton et plongea dans ses yeux un regard où brillait une ardeur contenue à grand-peine.

— Doucement, ma belle ! Je ne veux pas commencer quelque chose qu'il nous faudrait finir à la hâte. Cette nuit, nous aurons tout le temps de nous savourer l'un l'autre, c'est promis.

Elle avança légèrement le ventre, testant la preuve tangible de son désir pour elle. Puis elle songea à son secret.

— Oui, cette nuit sera à marquer d'une pierre blanche.

— Que voulez-vous dire ? s'enquit-elle.

— Oh ! rien !

Elle détourna la tête pour éviter son regard. Dieu merci, une voix joyeuse retentit soudain, la tirant opportunément de son embarras.

— Serions-nous en avance par hasard ?

— Ella ! Bien sûr que non. Vous êtes toujours la bienvenue.

La sœur de Ross n'était pas seule. Ses parents, lord Kieran et lady Laurel, chevauchaient à côté d'elle.

— J'espère que vous êtes prêts à soutenir l'invasion, mes chéris, fit plaisamment cette dernière. C'est une véritable armée de Sutherland, de Mac Lellan et de Boyd qui s'apprête à débarquer. La grande salle de Stratheas va être pleine à craquer !

Catlyn hocha la tête.

— C'est pourquoi ma mère a suggéré de dresser les tables dans la cour.

— Excellente idée, approuva Kieran. Si nos convives deviennent un peu trop bruyants sous l'effet des libations, nous pourrons les reléguer dehors !

— Aidez Catlyn à se mettre en selle, pria Ella. J'ai quelque chose à lui dire avant que les festivités ne commencent.

Aussitôt dit, aussitôt fait ! Ella attendit d'être hors de portée de voix pour se tourner vers sa compagne.

— Est-ce qu'il se doute ?

— Non, je ne crois pas.

— Tant mieux ! Vous ne devinerez jamais ce que j'ai vu hier soir dans la flamme de la bougie.

— Votre prochain grand amour ? la taquina Catlyn.

— Vous ne rirez plus quand vous saurez, assura Ella, qui se pencha vers elle pour lui chuchoter quelques mots.

Le sourire disparut en effet des lèvres de Catlyn, qui écarquilla les yeux de surprise. Oh ! Seigneur, comment Ross allait-il prendre cette incroyable nouvelle ?

— Est-ce qu'elle se doute de quelque chose ? s'enquit Kieran, comme ils suivaient ces dames sur le chemin du château.

Ross secoua la tête.

— Elle est si peu intéressée par ce qui se passe autour d'elle !

— J'en suis tellement désolée, soupira sa mère.

— Moi aussi. Si seulement j'avais pu trouver un moyen de sauver Kennecraig !

— Ce n'est pas seulement la perte de son château. Cette pauvre enfant a vécu tragédie sur tragédie, il faut la comprendre.

— Votre mère a raison, comme toujours, intervint Kieran. J'ai déjà vu cela chez des hommes qui avaient fait trop longtemps la guerre. Voir tomber leurs compagnons les uns après les autres finissait par les abattre complètement.

Ross soupira. Dieu merci, ses parents comprenaient. Et il appréciait leur soutien à sa juste valeur.

— Elle n'a plus de but, c'est cela qui la tue.

— En ce cas, votre cadeau devrait être le meilleur remède.

— Je prie le ciel qu'il en soit ainsi !

— Et vous, mon fils ? Etes-vous satisfait ici ? Ou envisagez-vous de repartir sur le chemin de l'aventure ?

— L'aventure ? Non, j'en ai eu mon content. J'ai suffisamment de défis à relever ici. Je me sens heureux à Stratheas. Du moins le serais-je, si Catlyn partageait ce sentiment avec moi.

— Ella ne s'est donc pas trompée, commenta lady Laurel. Notre lion de fils est enfin dompté !

— Dompté ? J'espère bien que non ! Disons que j'ai trouvé ma lionne…

— *Hello*, Ross ! Comment allez-vous ? s'écria une voix familière, comme la petite cavalcade approchait du château.

Eoin s'avançait vers eux avec Nesta, la tante de lady Laurel, et Rhys ap Owain, son époux gallois. En attendant de se construire leurs propres demeures, les Boyd étaient hébergés par des familles Sutherland. Grièvement blessé, Eoin avait été confié aux bons soins de Nesta. Derrière eux s'avançait tout ce qu'Edin Valley comptait d'hommes, de femmes et d'enfants en âge de marcher.

— Eoin ! s'exclama Ross. Quel plaisir de vous revoir à cheval !

Les bons soins et les remèdes de Nesta n'étaient pas pour rien dans la guérison d'Eoin, qui avait failli perdre sa jambe dans l'aventure. Mais l'Eoin d'aujourd'hui n'était plus celui de Kennecraig. Avoir frôlé la mort de si près avait changé du tout au tout le caractère du jeune homme, qui avait passé sa convalescence à discuter spiritualité avec le père Micheil. Et il avait enfin renoncé à ses vues sur Catlyn, ce dont Ross se réjouissait.

Ross jeta un coup d'œil vers la jeune femme, qui chuchotait avec Ella. Qu'est-ce que sa belle-sœur avait bien pu lui dire pour qu'elle ait l'air si effarée ?

Après l'avoir aidée à mettre pied à terre, Ross joua les hôtes parfaits en présentant Catlyn aux quelques parents qu'elle ne connaissait pas encore. Puis il souhaita la bienvenue aux Boyd et se tourna vers Kieran.

— Il serait temps de commencer, père.

Kieran hocha la tête et réclama le silence.

— Bonne Saint-Michel à tous ! Que toutes les affaires en cours trouvent aujourd'hui une issue favorable, en ce jour où chacun doit régler ses dettes.

Des vivats accueillirent ce souhait et chacun vida sa coupe. Le père Micheil s'installa ensuite à l'une des tables, son grand livre ouvert devant lui. Les débiteurs s'approchèrent de lui un à un, payèrent leur dette et apposèrent une signature dans le registre.

Lorsque le dernier eut accompli son devoir, Ross se tourna vers sa femme.

— Catlyn, je…

— Un instant !

Eoin fendit la foule et s'arrêta devant la jeune femme.

— Je dois moi aussi m'acquitter d'une dette.

Catlyn le considéra d'un regard méfiant.

— Comment cela ?

— Le Tout-Puissant m'a accordé la vie sauve. Aussi voudrais-je consacrer le restant de mon existence à son service. Si vous me le permettez, et avec l'accord du père Micheil, j'entrerai demain à l'abbaye de Melrose.

Des cris de surprise jaillirent de l'assistance.

— Eoin, prêtre ? chuchota Dora. Je n'arrive pas à y croire !

Mathew la serra contre lui avec un petit rire.

— Les voies du Seigneur sont impénétrables, madame mon épouse !

Depuis trois semaines qu'ils étaient mariés, ils ne s'étaient pas quittés d'une semelle.

— Nous vous souhaitons bonne chance dans votre nouvelle vocation, déclara Ross en réprimant un sourire.

Eoin jeta à Catlyn un regard apaisé.

— Bien que j'aie maudit le destin lorsque je vous ai perdue, les choses ont finalement bien tourné pour nous deux, milady. Vous avez trouvé un mari qui vous aime autant que vous méritez de l'être. Quant à moi, j'ai trouvé mon vrai chemin.

— J'en suis très heureuse pour vous, mon ami, répondit Catlyn en toute sincérité. Vous allez nous manquer.

Elle sentit la main de Ross peser sur son épaule, en un geste muet de soutien.

— Ross…

— Moi aussi, j'ai une dette envers vous, Catlyn.

— Vous ? Mais je…

— Laissez parler Ross, ma chérie, intervint lady Jeannie. Il est bien de régler cela en premier.

— De quoi s'agit-il ? s'enquit Catlyn, perplexe.

Personne ne lui répondit mais il était visible qu'ils partageaient tous un secret.

— Faites-moi un peu confiance, lui murmura Ross. Voulez-vous ?

— Oui, bien sûr.

Il la prit par la main pour lui faire contourner le donjon et s'arrêta devant une double porte de bois consolidée de ferrures en métal.

— Quel est cet endroit ?

— Ce sont les anciennes étables. Mes aïeux y abritaient autrefois leurs troupeaux. Venez !

Ross prit une profonde inspiration avant de pousser les lourds panneaux de chêne. Puis il la fit entrer dans une longue pièce basse où une lanterne brûlait sur la table, éclairant d'innombrables étagères vides.

— Par ici, fit-il en ouvrant une autre porte.

Catlyn s'immobilisa sur le seuil, les narines palpitantes.

— Mais… mais cela sent le whiskey !

Ce n'était qu'un subtil parfum, mais il lui rappelait tant de souvenirs que ses yeux s'emplirent instantanément de larmes. Elle tourna la tête vers Ross et s'aperçut qu'il l'observait avec un mélange de crainte et d'espoir.

— D'où cela vient-il ? Vos ancêtres fabriquaient-ils du whiskey ici ?

— Non. Mais j'espère que mes descendants le feront.

Il lui passa un bras autour des épaules et la fit pivoter doucement.

— Là ! Que voyez-vous ?

D'autres étagères. Des étagères remplies de tonnelets portant de petites étiquettes carrées… Une sensation de déjà-vu s'empara de la jeune femme qui vacilla contre Ross.

— C'est un rêve, n'est-ce pas ? Je vais me réveiller…

— Non, mon amour. Tendez la main. Vous pouvez les toucher !

Elle obéit, les doigts tremblants, et effleura de l'index les lettres familières tracées à l'encre noire. L'écriture de son père.

— Mais… c'est le dix ans d'âge ! Comment…

— Plus tard, ma chérie. Je vous raconterai tout, c'est promis. Mais d'abord, je voudrais vous montrer autre chose.

Il lui fit franchir une porte massive et descendre quelques degrés de pierre avant d'ouvrir devant elle un autre battant. Une vaste pièce s'offrit à leurs regards, munie d'un gigantesque récipient de fer posé au-dessus d'un âtre vide. Des tubes de métal jaillis de son sommet serpentaient jusqu'à une immense jarre.

Catlyn pouvait à peine en croire ses yeux.

— C'est…

— Un alambic, ma chérie. Ou du moins je l'espère. J'ai scrupuleusement suivi les croquis de votre cahier. Eoin et les autres gars de la distillerie m'ont apporté leurs lumières. J'ai pensé que vous pourriez fabriquer le *finglas* ici.

— Oh ! Ross… exhala-t-elle dans un sanglot.

Un nœud dur et douloureux parut tout à coup se défaire en elle. Le visage enfoui contre la poitrine de Ross, elle donna libre cours à ses larmes, pleurant comme elle avait été incapable de le faire depuis toutes ces années… Elle pleurait pour son frère, parti trop tôt, pour son père qui n'avait pas vécu assez longtemps pour voir son rêve se réaliser. Elle pleurait pour la destruction de Kennecraig et de sa précieuse distillerie.

Comme dans une brume, elle entendit la voix de Ross lui chuchoter à l'oreille :

— Même si cela doit nous prendre toute la vie, nous ferons du *finglas* le meilleur whiskey de toute l'Ecosse, je vous le promets. N'abandonnez pas, je vous en supplie. Je sais que rien ne peut faire revivre Kennecraig, mais je ferai tout au monde pour réparer ce qu'il m'a fallu détruire. Essayez, Catlyn, je vous en supplie !

La souffrance qui vibrait dans ces mots atteignit la jeune femme à travers le voile de son propre chagrin. Il avait raison, songea-t-elle. Rien ne les empêchait de recommencer. Ce serait une rude tâche, mais Ross lui offrait les moyens et le soutien nécessaires pour reprendre en mains l'héritage familial.

Elle releva la tête, et à travers le brouillard de ses larmes, elle lut la sincère ferveur qui se peignait sur le visage aimé.

— C'est la chose la plus merveilleuse que vous ayez jamais faite, murmura-t-elle. Je…

La voix de lady Jeannie résonna soudain derrière eux.

— Ross, est-ce qu'elle va bien ?

Catlyn jeta un regard par-dessus l'épaule de Ross et vit des visages anxieux se presser sur le seuil. Sa mère. Les parents de Ross. Mathew et Dora. Ella, Adair, Eoin… et même le père Micheil.

La présence du prêtre lui rappela son propre projet de la Saint-Michel. Sa façon à elle de prouver à Ross que son amour pour lui n'avait pas faibli !

— Il y a une chose que vous pouvez faire pour moi, murmura-t-elle.

— Je ne demande pas mieux. De quoi s'agit-il ?

— Epousez-moi !

Il la dévisagea, stupéfait.

— Mais nous sommes déjà…

— Liés par une union temporaire. Je voudrais que nous soyons mari et femme pour de bon. Le père Micheil a accepté de nous marier aujourd'hui même. Si cela ne vous fait rien de prendre pour épouse une femme aux yeux rougis et aux joues marbrées de larmes…

Il eut un sourire radieux.

— Mais je serai l'homme le plus honoré du monde, milady !

Ce fut ainsi que se marièrent le seigneur et la dame de Stratheas. Pas dans la chapelle du château ni dans la cour, ainsi que l'avait projeté Catlyn. Sur la demande instante de Ross, le père Micheil officia dans la distillerie. Puis ils retournèrent tous vers les tables dressées dehors pour déguster le succulent repas de fête que leur avaient préparé Dora et lady Jeannie. Moult toasts furent portés à la santé des nouveaux époux.

Ross craignait que le banquet ne se poursuive fort avant dans la nuit. Or il avait d'autres plans !

— Trouvez un prétexte et rejoignez-moi à la distillerie, chuchota-t-il à sa femme.

Etonnée, Catlyn obtempéra et le retrouva sur le seuil du bâtiment.

— Entrons vite avant qu'on ne nous voie !

Ross verrouilla la porte derrière eux et conduisit sa femme dans une minuscule pièce jouxtant la salle de distillation. En dehors des étagères de bois et de l'épais tapis qui recouvrait le sol, le seul ameublement consistait en une lourde table et deux fauteuils.

— J'ai pensé qu'elle pourrait vous servir de bureau. Cette table n'est pas aussi ancienne que celle de Kennecraig, mais elle est dans ma famille depuis plusieurs générations.

Sur la surface de chêne bien cirée, Catlyn retrouva son livre de bord et le calice de dégustation. Elle les effleura tour à tour avec vénération.

— Vous m'avez rendu tant de choses… murmura-t-elle d'une voix tremblante d'émotion.

Pas seulement les fûts de whiskey, mais son espoir dans l'avenir…

— Quel travail cela a dû vous donner !

— Oh ! ce n'est pas seulement moi. Tout le monde a contribué. C'est le grand Harry et quelques-uns des ouvriers de la distillerie qui sont retournés chercher le *finglas*. Si quelque chose ne vous convient pas dans l'agencement des lieux, n'hésitez pas à me le dire, ajouta-t-il devant son silence.

— Oh ! non, ce n'est pas cela ! Mais c'est une telle surprise… La tête m'en tourne !

Il se rapprocha d'elle.

— J'ai éprouvé la même chose quand vous avez parlé de mariage. Quand avez-vous pris la décision ?

— L'idée m'est venue il y a une semaine. Je voulais faire quelque chose pour vous prouver que je vous aime et que je ne vous en veux pas pour Kennecraig.

Il l'attira dans ses bras pour l'embrasser avec tendresse.

— Ma chérie… Je craignais tant de vous perdre !

— Est-ce pour cela que vous avez construit la distillerie ?

— J'espérais de tout mon cœur que cela vous aiderait à reprendre goût à la vie.

— Moi aussi j'ai eu peur de vous perdre, dans l'explosion de Kennecraig. Vous retrouver sain et sauf, c'était tout ce qui comptait pour moi. J'ai éprouvé une infinie gratitude pour tout ce qui s'est passé ensuite. Pourtant, ma vie me semblait vide. Dora et maman s'occupent des questions domestiques et Adair de construire de nouvelles maisons pour nos gens. Mais moi, je n'avais rien pour occuper mon temps et mon esprit.

— La distillerie vous manquait, n'est-ce pas ?

— Plus que je ne saurais le dire.

— J'avais bien deviné, Dieu merci.

Il appuya son front contre le sien.

— Heureux de vous retrouver, mon amour. Vous m'avez manqué !

— Vous aussi, vous m'avez manqué.

Elle aurait voulu pouvoir lui exprimer tout l'amour qu'elle ressentait pour lui, mais ne trouvait pas ses mots. Puis leurs regards plongèrent l'un dans l'autre et elle comprit que les paroles n'étaient pas nécessaires.

— A présent, montons, voulez-vous ? proposa-t-il avec un sourire d'invite.

— Un instant. Il y a quelque chose que je voudrais faire d'abord.

Nouant les bras autour de sa nuque, elle se haussa sur la pointe des pieds pour atteindre sa bouche. Ce fut un long baiser, profond, et si excitant qu'ils en perdirent quasiment la respiration.

— Allons-y tant que je peux encore marcher ! murmura-t-il en faisant pleuvoir les baisers dans son cou.

— Et la table ? fit-elle d'un ton taquin. Nous pourrions l'essayer, pour voir si elle est aussi… hem… accommodante que celle de mon aïeul !

Le sourire de Ross s'assombrit un instant.

— Vous ne pouvez savoir à quel point je regrette sa

destruction. J'avais espéré que nous continuerions la tradition en concevant nos bébés sur son beau plateau de chêne !

— Qui sait ? Il ne faut pas abandonner cet espoir.

— La table n'existe plus, hélas !

— Mais il semblerait qu'elle ait rempli son office.

Catlyn lui saisit la main et la posa sur son ventre encore plat.

— Si Ella ne s'est pas trompée dans ses dernières prédictions, nos jumeaux devraient naître en mai. Exactement neuf mois après que nous…

— Catlyn ! Ne me dites pas…

— Mais si ! Deux bébés. Des garçons, s'il faut en croire Ella. Avec vos cheveux noirs et votre regard si bleu…

— Ouh ! Je crois que j'ai besoin de m'asseoir, exhala Ross.

Ce qu'il fit aussitôt, en attirant Catlyn sur ses genoux.

— Des jumeaux !

— Vous juriez que nous avions fait un bébé cette nuit-là, se souvint-elle. J'ai appris depuis que vous êtes homme à tenir vos promesses, Ross Lion Sutherland.

— J'essaierai de ne plus jamais vous trahir.

— Vous n'aviez pas l'intention de détruire Kennecraig, je le sais. Adair pense que c'est la poudre que Roland avait dispersée dans les canalisations qui a provoqué l'explosion.

— C'est ce qu'il m'a dit, mais…

— Chut… intima-t-elle. Assez du chagrin et des regrets ! Il nous faut désormais tourner nos regards vers l'avenir.

Il y avait des années qu'elle ne s'était senti le cœur aussi léger ! Ross lui prit la main et entrelaça ses doigts aux siens.

— Nous réussirons, vous verrez. Nous ferons du *finglas* le meilleur whiskey de toute l'Ecosse et nous transmettrons le secret de sa fabrication à nos enfants.

— Mais… vous parlez comme un Boyd !

— Tout ce que je demande, c'est que nous puissions vivre ici ensemble et élever en paix nos enfants.

Prêt à tout pour le bonheur de Catlyn, Ross la laissa faire lorsqu'elle se mit en devoir de délacer sa tunique. Si elle préférait la table à leur lit dans la chambre du premier, eh bien, qu'il en soit ainsi ! Elle était sa lionne, son âme sœur, et tout ce qui faisait son bonheur faisait aussi le sien.

Longtemps après, lorsqu'ils eurent fait l'amour et que leurs corps encore pantelants furent redescendus sur terre, il la reprit sur ses genoux et la serra contre lui.

— Je vous aime, Catlyn. Vous me rendez plus heureux que je ne l'aurais cru possible.

— Et moi aussi je vous aime. Savez-vous quoi ? Je vous préfère même au *finglas* !

— Voilà une déclaration que seul le mari d'une distillatrice peut vraiment comprendre !

— Mais vous, vous comprenez. Et c'est précisément pour cela que je vous aime tant !

Epilogue

Doune, dix ans plus tard

David Erskine sortit de sa taverne et alla clouer le parchemin près de la porte d'entrée. Puis il se recula pour relire l'avis.

Oyez ! Oyez !
Le Chardon d'Or est fier de pouvoir servir à ses clients
le meilleur whiskey de toute l'Ecosse — le finglas.
Distillé à Edin Valley par le clan Boyd,
maîtres distillateurs de sa majesté
le roi Jacques Ier d'Ecosse.

Puis il leva respectueusement sa coupe, avala une gorgée de dix ans d'âge et exhala un soupir d'aise, tandis que le divin breuvage descendait dans sa gorge. C'était vraiment le meilleur *uisge beatha* qu'il ait goûté de sa vie !

— Eh bien, Thomas, mon vieil ami, ils y sont arrivés ! Catlyn et ce Ross Sutherland ont réalisé votre rêve. J'ai toujours su que vous aviez raison d'avoir placé votre confiance en elle !

À découvrir ce mois-ci

6 nouveaux romans dans la collection

Les Historiques

DANS LES BRAS D'UN HIGHLANDER
de Marguerite Kaye - n°566

Ecosse, 1747. Madeleine est désemparée. Alors qu'elle a fui sa Bretagne natale pour retrouver son fiancé disparu, la voilà fascinée par le mystérieux Ecossais qui lui sert de guide, et dont elle ignore à peu près tout. Certes, Calumn Munro lui est venu en aide à son arrivée à Edimbourg, et sans lui, Madeleine n'aurait jamais réussi traverser les Highlands ; mais peut-elle vraiment faire confiance à cet inconnu ? Calumn ne lui a-t-il pas promis qu'avant la fin de leur périple, il lui ferait connaitre le plaisir qu'elle n'éprouvera jamais dans les bras de son fiancé ? Le pire dans tout cela, c'est que Madeleine ne peut s'empêcher de déceler une part de vérité dans les paroles du Highlander. Une vérité qui pourrait bouleverser sa vie ...

LE SECRET DES HAUTES-TERRES
de Suzanne Barclay - n°567

Kennecraig, Ecosse, 1407. Qui est vraiment Ross Sutherland ? Après avoir ouvert les portes de sa forteresse au ténébreux guerrier pour le sauver d'une embuscade, Cathlyn Boyd ne peut s'empêcher de frissonner. Car si elle est fascinée par le séduisant Irlandais, elle n'oublie pas la menace qui pèse sur les siens depuis la mort de son père. Comment ne pas redouter que Ross ait été envoyé par Hakon Fergusson, son ennemi juré qui rêve depuis toujours de voler le secret ancestral de Kennecraig ? Un risque d'autant plus inquiétant que Ross possède une arme redoutable pour parvenir à ses fins : le désir irrépressible qu'il fait tout de suite naître en elle...

LA VENGEANCE DE FORD BARRETT
de Deborah Hale - n°568

Angleterre, 1821. Epouser Ford Barrett, l'héritier de son défunt mari, et devenir chaque jour l'objet de sa vengeance ? Pour Laura Penrose, ce serait sacrifier sa vie. Elle a beau avoir été éperdument amoureuse de Ford sept ans plus tôt, elle refuse de s'imposer une deuxième union sans amour, qui plus est avec cet homme incapable de lui pardonner leur rupture de jadis. Mais pour sauver son indépendance, Laura sait qu'elle devra se montrer forte : Ford n'est plus le garçon charmant d'autrefois. Et que fera-t-elle s'il la place devant un dilemne — l'épouser, ou bien quitter les terres sur lesquelles elle vit avec sa famille, mais qui sont désormais à lui… ?

LA REBELLE DE GREEN VALLEY
de Lynna Banning - n°569

Green Valley, 1867. Quitter sa propriété, comme essaie de l'y forcer Wash Halliday ? Pour Jeanne, c'est une inconcevable perspective ! Après la terrible guerre civile qui a ravagé le pays, sa plantation et sa modeste maison sont tous les biens qu'il lui reste. Ce Halliday peut bien être envoyé par le président, jamais elle ne cèdera ! D'ailleurs, elle a déjà prouvé que rien ni personne ne pouvait l'arrêter s'il s'agit de protéger son avenir et celui de sa fillette. Rien, sans doute, mais… personne ? Le jour où Wash Halliday décide de se présenter chez elle, Jeanne, saisie par tant de séduction, sent chavirer sa chère indépendance…

LA MAÎTRESSE DU LIBERTIN
de Christine Merrill - n°570

Londres, Régence. Le père d'Esme, un homme cruel et violent, a prévu de la marier à un vieil aristocrate dans le seul but de servir ses intérêts. C'est oublier le caractère impétueux de sa fille qui, lorsqu'elle devine ses intentions, décide d'échapper à l'union qu'il veut lui imposer. Comment ? En ruinant sa réputation, en provoquant un scandale, par tous les moyens… Et très vite, une solution apparaît clairement dans l'esprit d'Esme — ou plutôt un visage : celui du capitaine John Radwell, son séduisant voisin, un incorrigible débauché dont on ne compte plus les conquêtes. Aussitôt, Esme fuit la demeure familiale et s'introduit chez le célèbre capitaine, convaincue qu'un libertin tel que lui ne pourra pas résister…

FIANCÉS SUR ORDRE DU ROI

de Tori Phillips - n°571

Angleterre, 1528. A la Saint Jean, Brandon Canvendish et lady Katherine Fitzhugh, fiancés malgré eux, devront se rencontrer. Ainsi en a décidé le roi, et sa décision n'est pas contestable. Pour les intéressés, c'est un véritable couperet qui s'abat. Désespéré, le premier s'épanche auprès de son meilleur ami, John : comment pourrait-il être un bon époux, lui qui a toujours été le pire des débauchés ? Quant à la seconde, elle confie à Miranda, sa cousine, combien il lui en coûte de renoncer à sa liberté après une première union désastreuse. Le premier choc passé, un plan astucieux germe dans l'esprit de Brandon : il se présentra au rendez vous… en se faisant passer pour John ! Un plan savamment orchestré, à un détail près : il ignore que Katherine, elle aussi, a échangé sa place avec Miranda…

A paraître le 1er décembre 2012

LA PROMESSE DU HIGHLANDER

de Marguerite Kaye - n°572

Ecosse, 1748. Et si, après toutes ces années, il était de retour pour la reconquérir ?... Alors qu'elle observe Alasdhair, son séduisant Highlander, au milieu du groupe de convives, Ailsa se sent défaillir. Combien de fois a-t-elle rêvé de ces retrouvailles depuis la disparition d'Alasdhair, six ans plus tôt ? Combien de fois a-t-elle imaginé qu'il reviendrait lui expliquer les raisons de son départ ? Aujourd'hui, Ailsa croyait avoir renoncé à ses rêves de jeune fille. Trop d'années se sont écoulées, trop de mensonges ont été prononcés. Et puis, elle est promise à un laird, un homme de son rang. Pourtant, elle ne peut ignorer la lueur d'espoir qui s'allume en elle lorsqu'elle croise le regard de feu de l'irrésistible Alasdhair…

AMOUREUSE D'UN VIKING

de Joanna Fulford - n°573

Angleterre, 995. Depuis la disparition de son époux, Anwyn ne cesse de repousser les avances du cruel Ingvar, qui rêve de mettre la main sur ses terres. Pour elle, il n'est pas question de subir un autre mariage forcé ni d'imposer l'autorité d'un tyran à son fils ! Hélas, comment résister à l'assaut d'Ingvar avec si peu d'hommes au château ? Il faut trouver des renforts… Aussi Anwyn voit comme un signe l'arrivée d'une bande de Vikings sur son domaine : si elle parvient à faire de ces barbares ses alliés, alors – enfin ! – elle pourra vivre en paix avec son enfant. Et qu'importe le prix que ce pacte lui coûtera ! Du moins le croit-elle. Jusqu'à ce qu'elle se retrouve face au chef des Vikings, un homme ténébreux au captivant regard azur…

UNION SOUS CONTRAT

de Deborah Hale - n°574

Angleterre 1824. Pour protéger son neveu orphelin, Artemis est prête à tout, y compris à affronter le puissant Hadrian Northmore, qui réclame la garde de l'enfant. Il a beau être l'oncle du petit, Artemis refuse de lui abandonner son neveu bien-aimé. Car les Northmore ont prouvé qu'ils étaient indignes de confiance ! N'est-ce pas le frère débauché de Hadrian qui a séduit sa sœur cadette ? Mais alors qu'Artemis se prépare à une violente confrontation, l'arrogant Hadrian lui propose une troublante solution : si elle veut élever son neveu, elle devra accepter de l'épouser…

UN ÉPOUX POUR ELLA

de Cheryl St John - n°575

WYOMING, 1783. Jamais Ella n'aurait dû répondre à cette petite annonce ! Certes, dans sa situation, cette offre était l'occasion rêvée de prendre un nouveau départ, le genre d'opportunité qui se présente une seule fois dans une vie. Et puis, en acceptant de se marier avec un parfait inconnu, elle n'avait pas imaginé qu'elle tomberait sous le charme de son époux dès leur première rencontre… ni même qu'elle éprouverait pour lui un désir aussi immédiat qu'incontrôlable. A présent, déchirée entre ses sentiments pour Nathan et la nécessité de dissimuler sa véritable identité, Ella est complètement désemparée. Car, elle le sait, s'il vient à découvrir son sulfureux passé, Nathan ne lui pardonnera jamais de lui avoir menti…

LE BAL DE L'HIVER

de Annie Burrows - n°576

Angleterre, Régence. Depuis son arrivée à Alvanley Hall, où le comte de Bridgemere donne son traditionnel bal de Noël, Helen ne décolère pas. Pour qui se prend le comte, à traiter si mal ses invités ? Et comment ose-t-il loger sa propre tante dans une tour glaciale du château, sans se soucier de la santé de cette vieille dame ? Helen savait son hôte austère, mais pas à ce point de grossièreté ! Aussi, déterminée à expliquer à ce rustre sa façon de voir les choses, Helen n'hésite pas : elle exige un rendez-vous avec Sa Seigneurie. Mais alors qu'elle se préparait à rencontrer un homme aigri et méprisant, elle a la surprise de découvrir un gentleman infiniment séduisant…

FILLE DE ROI

de Tori Phillips - n°577

Angleterre, 1497. En secret, sir Brampton, tuteur de la jeune Alicia Broom, vient demander à sir Cavendish d'accepter un mariage entre sa pupille et l'un de ses trois fils. Alicia, lui explique-t-il, a besoin de protection, car elle n'est autre que la fille naturelle du roi déchu et serait menacée de mort si le nouveau roi découvrait son existence. Aussitôt, le pacte est conclu : sir Cavendish porte son choix sur son benjamin, Thomas, un adolescent taciturne et solitaire. Puis dix longues années s'écoulent, durant lesquelles Thomas, devenu comte de Thornbury, oublie l'existence d'Alicia. Jusqu'à ce jour où une jeune femme se présente au château et affirme être sa promise…

Composé et édité par les
éditions HARLEQUIN
Achevé d'imprimer en France (Malesherbes)
par Maury-Imprimeur
en septembre 2012

Dépôt légal en octobre 2012
N° d'imprimeur : 175365